MEINE FREUNDINNEN, DER ROCKSTAR UND ICH

Conni

Dagmar Hoßfeld

Meine Freundinnen, der Rockstar und ich

CARLSEN

KAPITEL 1

Lena on air

„Coachella, Baby!“ Meine Freundin Lena stolpert in die Klasse, wirft ihren Rucksack auf den Tisch und rutscht geräuschvoll schnaufend auf den freien Stuhl neben mir. Den Cappuccino, den sie aus der Cafeteria mitgebracht hat, behält sie in der Hand. Sie nippt vorsichtig daran und stellt den Becher ab.

„Gesundheit“, erwidere ich, ohne aufzuschauen. Ich versuche, mich auf einen ziemlich komplizierten französischen Text zu konzentrieren, den wir gestern durchgenommen haben und von dem ich leider nur die Hälfte verstanden habe, wenn überhaupt.

„Ich hab gar nicht geniest.“

„Nicht?“

„Nö.“ Lena schüttelt den Kopf, pustet sich eine Locke aus dem Gesicht und trinkt noch einen Schluck. Das kann ich alles aus dem Augenwinkel verfolgen. „Coachella lautet das heutige Lösungswort.“

„Aha“. Ich frage nicht, wofür. Ich will es auch gar nicht wissen. Bestimmt hat es mit irgendeinem schamanischen Vollmondritual zu tun. Lena ist Expertin in solchen Dingen. Schamanismus, Kräuter, gemurmelte Hexensprüche, Mondphasen und Flüche –

falls ich jemals Bedarf an so etwas habe, werde ich mich jederzeit bedenkenlos an sie wenden. Im Moment versuche ich mich aber, wie gesagt, auf Französisch zu konzentrieren, weil wir demnächst eine Klausur schreiben. Die Freistunde, die wir gerade haben, kommt mir also sehr gelegen. Unsere Lehrerin ist urplötzlich krank geworden – kein Wunder bei den vielen ekligen Keimen und Bazillen, die in so einer Schule herumschwirren und überall kleben bleiben. An Türklinken, Lichtschaltern, Tafelschwämmen, Tischen, Stühlen, einfach überall. Ich darf gar nicht so genau darüber nachdenken. Jedenfalls war eine Vertretung nicht so schnell aufzutreiben, weshalb nun alle paar Minuten der Lehrer unserer Nachbarklasse seinen Kopf durch die Tür schiebt und nachguckt, ob wir noch vollzählig und einigermaßen brav sind.

Offiziell sollen wir die Stunde zum stillen Lernen nutzen. Stilles Lernen? Haha, dass ich nicht lache! Die meisten unterhalten sich ziemlich laut. Die anderen wischen auf ihren Smartphones herum, hören Musik oder schauen sich Videos an.

Lena scheint das alles nicht zu interessieren. Sie zückt ihr Handy und tippt eine längere Nummer ein. Auch das kann ich aus dem Augenwinkel beobachten.

„Mistkack“, murmelt sie vor sich hin. „Immer noch besetzt. Ich muss unbedingt die magische Leitung 10 erwischen. Wie komm ich da nur rein?“

Ihr Rucksack rutscht in Zeitlupe vom Tisch und landet mit einem satten *Flatsch* auf dem Boden. Ein angebissener Apfel kullert heraus. Er bleibt genau vor meinen Füßen liegen. Lena sammelt ihn auf und wischt mit dem Saum ihres T-Shirts darüber, bevor sie ein Stück abbeißt und zufrieden kaut.

Okay, jetzt hat sie meine Aufmerksamkeit.

Ich lasse den Stift sinken und hebe das Kinn.

„Erklärs mir“, sage ich freundlich.

„Was denn?“ Sie guckt mich mit ihren riesigen kajalumrandeten Augen an, während sie weiterkaut.

„Wovon du die ganze Zeit faselst, seit du aufgetaucht bist. Coachella, Lösungswort, Leitung 10 …“, zähle ich auf. „Und wen versuchst du anzurufen?“

„Na, den Radiosender. Wegen dem Gewinnspiel“, antwortet sie. Als wäre es die selbstverständlichste Sache der Welt, an einem Montagmorgen in der Schule zu hocken und beim Radio anzurufen.

„Wegen des Gewinnspiels“, korrigiere ich sie automatisch.

„Hä?“

„Vergiss es.“ Ich seufze.

„Schon geschehen.“ Lena grinst. „Zu deiner Frage: Bei *SpaceOneRainbow* läuft gerade ein megacooles Gewinnspiel.“

„*SpaceOneRainbow?* Ist das der Radiosender?“

Sie wirft mir einen leicht zweifelnden Blick zu und nickt.

„Sorry, aber im Gegensatz zu dir bin ich nun mal nicht so die regelmäßige Radiohörerin“, sage ich zu meiner Verteidigung.

„Macht ja nix. Deshalb erklär ich’s dir ja.“ Sie tätschelt meine Hand und fährt fort: „Man ruft da an, nennt das Lösungswort und gewinnt mit ein bisschen Glück den Hauptpreis. Die Sache hat nur einen winzigen Haken.“

„Welchen denn?“

„Man muss die Leitung 10 erwischen. Dann wird man automatisch mit dem Studio verbunden. Aber ich lande immer nur in einer blöden Warteschleife, muss einen minutenlangen Werbespot über mich ergehen lassen und werde schließlich rausgekickt. – *Vielen Dank für deinen Anruf. Leider hattest du kein Glück. Alle Leitungen sind besetzt. Versuch es doch später noch einmal*", ahmt sie die Stimme eines freundlichen Sprachcomputers nach.

„Das ist doch Abzocke! Wie oft hast du da heute schon angerufen?"

„Ähm, sehr oft", erwidert Lena vage. „Aber wenn ich gewinne, lohnt sich der Einsatz."

Während ich sie fassungslos anstarre, legt sie den Apfel beiseite und drückt auf die Wahlwiederholungstaste ihres Smartphones.

„Ja, hallo? Was? Ich bin drin, echt jetzt??", kreischt sie eine Millisekunde später. Sie springt von ihrem Stuhl auf, der quietschend über den Boden schrappt, und wedelt mit einer Hand. Mit der anderen presst sie sich das Telefon ans Ohr. Ich halte unwillkürlich die Luft an.

„Was ist?", zische ich.

„Ich soll dranbleiben", zischt sie zurück. „Ich glaub, ich bin in Leitung z…"

Zehn wollte sie vermutlich sagen. Nur kommt sie nicht mehr dazu. Sie reißt die Augenbrauen hoch. Auf ihren Wangen leuchten hektische Flecken.

„Nee, oder? Ich bin live? Kein Scheiß?" Lenas Stimme überschlägt sich fast. Ihre Augen glänzen wie im Fieberwahn. Es ist wie in einem Film.

Endlich werden auch die anderen auf sie aufmerksam. Kein Wunder. Lena hampelt wie ein irres Stehaufmännchen kreuz und quer durch die Klasse und ruft die ganze Zeit: „Ich fass es nicht! Ich bin im Radio! Ich bin gerade echt im Radio! Das ist so krass!“

„Stell doch mal auf Lautsprecher!“, ruft jemand.

Sie tut es. Kurz darauf können wir mithören, wie der Radiosprecher nach ihrem Namen fragt und wissen will, woher sie anruft. Anschließend plaudert er noch über das Wetter im Allgemeinen und ihre Stimmung an diesem Montagmorgen im Speziellen.

„Jetzt kommen wir aber zu der alles entscheidenden Frage, liebe Lena Kowalski aus Neustadt“, sagt er schließlich mit dieser nervigen, aufgesetzten Fröhlichkeit, die anscheinend zum Standardrepertoire sämtlicher Radiosprecher der Welt gehört. Werden die so geboren? Sind die wirklich alle von Natur aus so gut drauf? Rund um die Uhr? Keine Ahnung, ist ja auch egal … Ich lausche weiter.

„Wie heißt das weltberühmte *Music and Arts Festival*, das seit 1999 im sonnigen Kalifornien stattfindet und Jahr für Jahr Zigtausende Besucher in die Wüste lockt?“

„COACHELLA!“, brüllt Lena.

„Das ist absolut richtig!“, blökt der Moderator zurück. Ein Jingle ertönt, eine Art Fanfare. Möglicherweise wurde sie von Dieter Bohlen komponiert. Oder von DJ Bobo. Vielleicht auch von beiden zusammen. Ich halte mir kurz die Ohren zu.

Lena jubelt weiter und tanzt um mich herum. Es ist total ansteckend. Ich springe auf und tanze mit. Alle tanzen mit.

Der Moderator gratuliert ihr. Er heißt Jan, so viel habe ich aufgeschnappt.

„Weißt du schon, wen du mitnehmen wirst?“, will Jan wissen.

Ich unterbreche meinen Freudentanz. Mitnehmen? Wohin? Was meint er? Habe ich einen entscheidenden Punkt im Gespräch verpasst?

„Na, meine besten Freundinnen natürlich!“, ruft Lena und strahlt mich an.

Ich strahle automatisch zurück. Es geht gar nicht anders.

„Dann wünschen wir dir und deinen Freundinnen ganz viel Spaß mit dem Gewinn“, meint Jan. Im Hintergrund regelt er schon den nächsten Song hoch. Es ist *Are You Gonna Go My Way* von Lenny Kravitz. „Die Tickets liegen hier im Funkhaus für dich bereit. Du kannst sie jederzeit abholen. Vergiss deinen Ausweis nicht.“

„Cool, vielen Dank!“ Lena bleibt endlich stehen. „Heute ist der geilste Montag ever!“

Jan lacht. Dann ist das Gespräch beendet. Lena würgt Lenny ab und glotzt ihr Handy an, als würde sie sich fragen, was sie da eigentlich in der Hand hält.

Plötzlich ist es mucksmäuschenstill im Raum. Kein Jubel, kein Tuscheln, kein Tanz, kein Garnix mehr.

Ich überlege, Lena das Smartphone ganz behutsam aus der Hand zu nehmen und es auf den Tisch zu legen. Sie hechelt so angestrengt, als bräuchte sie dringend eine kleine Verschnaufpause.

„Willst du dich nicht lieber hinsetzen?“, frage ich sie vorsichtig. „Möchtest du vielleicht was trinken?“

„Nö!“, ruft sie und reißt die Arme hoch. „Jetzt geht die Party doch erst richtig los!“

Herr Nietzsche, der Lehrer von nebenan, der Aufsicht hat, schiebt seinen Kopf um die Ecke. Vermutlich wurde er durch den Lärm aufgeschreckt. Als Lena ihn bemerkt, lässt sie sich blitzschnell auf ihren Stuhl fallen. Sie presst die Lippen fest zusammen und unterdrückt krampfhaft ein Prusten, das sehe ich genau. Ihr Gesicht läuft knallrot an, was zwangsläufig dazu führt, dass ich mich ebenfalls nur noch schwer beherrschen kann. Bei der Vorstellung, was für ein bescheuertes Bild wir beide abgeben müssen, kann ich nicht mehr und gackere los wie ein verhaltensgestörtes Huhn. Lena gibt mir einen halbherzigen Knuff, dann fängt sie an zu wiehern.

„Alles in Ordnung bei euch?", fragt Herr Nietzsche, während er uns zweifelnd betrachtet.

„Alles super!", krächzt Lena. „Wir freuen uns nur so, Sie zu sehen." Über ihre Wange kullert eine Lachträne. Sie wischt sie mit dem Ärmel fort.

Ich starre auf mein Arbeitsblatt, versuche die Luft anzuhalten, zähle im Stillen bis drei und bekomme prompt Schluckauf.

„Na, dann …" Herr Nietzsche dreht sich halb um. „Freut euch bitte ein bisschen leiser. In den anderen Klassen wird gearbeitet."

Er wirft uns noch einen skeptischen Blick zu. Bestimmt denkt er intensiv darüber nach, ob er nicht die Schulpsychologin verständigen und sie um ihre fachkundige Meinung bitten sollte. Dann ist er verschwunden.

Lena und ich gucken uns an und kichern.

„Herzlichen – hicks! – Glückwunsch", japse ich, als ich endlich wieder einigermaßen normal sprechen kann.

„Danke!", strahlt sie.

„Was hast du eigentlich gewonnen?“, fragte Michelle von hinten.

„Einen Schwung VIP-Tickets für das *Spiderfish*-Festival nächsten Monat, mit allen Schikanen“, sagt Lena.

„Wow!“ Michelle bläst die Wangen auf. „VIP bedeutet very important person. Dann seid ihr also Ehrengäste. Das ist megacool!“

Auch die anderen scheinen schwer beeindruckt zu sein.

Weil ich mich mit Festivals nicht so gut auskenne, erkundige ich mich nach den Schikanen, die Lena erwähnt hat.

„Limousinen-Abholservice von der Haustür bis auf das Festivalgelände und zurück, ein riesiges Luxuszelt für fünf Personen, Backstage-Zutritt, Band-T-Shirts, Gratis-Büfett und, und, und“, zählt sie glücklich auf.

Durch die Klasse geht ein vielstimmiges Raunen.

„Boah“, sagt jemand.

„Nimm mich mit!“, ruft jemand anderes. „Bitte, bitte!“

Lena schüttelt lachend den Kopf.

„Ich hab neulich gelesen, welche Bands da spielen. Das ist der Hammer!“ Michelle zählt einige Namen auf, von denen sogar ich schon gehört habe. Es sind Bands aus der ganzen Welt dabei. Ihre Songs tauchen regelmäßig weit oben in den Charts auf.

Jetzt bin auch ich beeindruckt.

„Du hast vorhin am Telefon zu diesem Jan gesagt, dass du deine besten Freundinnen mitnehmen willst“, sage ich.

„Klar. Wen denn sonst?“

„Ähm, keine Ahnung. Krischan vielleicht?“

„Ach, der …“ Lena winkt ab. „Der hat viel zu viel auf seinem

Bauernhof zu tun. Nee, ich dachte natürlich an euch. Du, Anna, Billi, Dina – meine besten Freundinnen eben!"

Ich schlucke. „Echt jetzt?"

„Ja, doch! Fünf Freundinnen, fünf Tickets – wenn das kein Wink des Schicksals ist!" Lena trinkt den kalt gewordenen Cappuccino aus und rülpst laut.

„Wow", sage ich nun auch, weil mir sonst nichts einfällt. Ich bin total gerührt. Gleichzeitig klopft mein Herz wie verrückt.

Lena klatscht mich ab und stößt gleich noch einmal auf.

„Rülps lieber ein bisschen leiser, sonst haben wir den Nietzsche gleich wieder auf der Pelle!", warne ich sie.

Ding-dong!, macht der Gong über der Tür und läutet die große Pause ein.

Lena springt auf und zieht mich am Ärmel hoch.

„Ich rülpse, so laut ich will!", ruft sie. „Ich darf das. Hey, ich war im Radio! Und ich hab den Jackpot geknackt!"

Wir treffen Anna und Billi in unserer Stammecke auf dem Pausenhof. Auf Dina müssen wir leider verzichten. Sie besucht schon seit Längerem eine andere Schule. Aber auch so gibt es ein großes Hallo.

Dass Lena live auf Sendung war und den Hauptgewinn abgestaubt hat, muss sich wie ein Lauffeuer herumgesprochen haben. Anna, Billi und eine Handvoll Mitschüler, die ich nur vom Sehen kenne, gratulieren ihr. Lena genießt es sichtlich, sich feiern zu lassen.

Kurz darauf tauchen die Jungs auf. Phillip, Paul und Lukas stellen sich zu uns. Ich begrüße Phillip mit einem Kuss auf die

Wange und nehme ihm den Kakaobecher ab, den er in der Hand hält. Bevor er protestieren kann, trinke ich einen Schluck und drücke ihm das Getränk anschließend wieder in die Pfote. Das machen wir immer so. Es ist schon so etwas wie ein Ritual zwischen uns.

„Danke schön“, sage ich und klimpere mit den Wimpern.

„Gern geschehen“, erwidert er.

„Krass cool, ey!“ Paul klopft Lena auf die Schulter.

Lukas grunzt etwas und nickt anerkennend.

„Super gemacht“, schließt Phillip sich an. „Wir habens gerade gehört. Glückwunsch!“

Lena bedankt sich mit einem angedeuteten, albernen Knicks. Ein breites Grinsen hat sich in ihrem Gesicht festgesetzt. Ich gehe jede Wette ein, dass es nicht so schnell wieder verschwinden wird.

Als sie irgendwann Anna und Billi anstupst und ihnen mitteilt, dass sie selbstverständlich zum erlauchten Kreis der fünf besten Freundinnen gehören, können die beiden ihr Glück kaum fassen.

„Haltet euch das Wochenende frei. Ihr seid hiermit offiziell eingeladen“, sagt Lena.

„Das ist ja toll!“, juchzt Anna und reißt die Augen hinter der Brille auf.

„Vielen Dank“, schließt Billi sich an. Sie wirkt ein wenig überrumpelt. Kein Wunder.

Lena strahlt mit der Sonne um die Wette, die in dieser Sekunde zwischen den Wolken aufblitzt.

„Das wird ein megageniales Mädelswochenende!“

Phillip, Paul und Lukas wechseln einen Blick. Hab ich mich getäuscht oder sind sie bei dem Wort ‚Mädelswochenende' ganz kurz zusammengezuckt? Die sind doch nicht etwa eifersüchtig?

Nee, das kann nicht sein. Obwohl …

Phillip sieht nicht sehr glücklich aus, als er fragt, wann das Festival und unser „Mädchending" denn steigen sollen.

„In zwei Wochen", antwortet Lena. „Von Freitag bis Sonntag."

„Cool", brummt Phillip. Er hört sich wirklich nicht sehr begeistert an.

Lukas versenkt die Hände in den Taschen seiner Jeans.

Nur Paul grinst wie immer unbekümmert vor sich hin. Kein Wunder, auf seinem T-Shirt prangt ein Smiley. Darunter steht in Großbuchstaben HAVE A NICE DAY! Das verpflichtet ihn ja schon fast dazu, gute Laune zu haben.

Kurz bevor es zum Unterricht gongt, fragt Billi, um was für eine Art Event es sich bei dem Festival überhaupt handelt.

„Es gibt da ja ganz viele unterschiedliche, oder?", sagt sie. „Techno, Theater, Mittelalter, Vollmond, Hippies …"

„Ein Hippie-Festival wäre natürlich klasse", meint Lena. „Aber das *Spiderfish*-Fest geht mehr in Richtung Rock und Metal. Es findet erst zum zweiten Mal statt. Die Bands, die da auftreten, können sich aber echt hören lassen. Kennt ihr zum Beispiel *Thousand Pieces Broken* aus Kanada? Die sind so genial! Vor Kurzem haben sie als beste Newcomer bei einem internationalen Talentwettbewerb abgeräumt."

„Nee, kenn ich nicht. Ich steh ja nicht so auf Rockmusik", gibt Anna zu.

„Ich eigentlich auch nicht." Billi zieht die Schultern hoch und macht ein ratloses Gesicht.

„Gar kein Problem", winkt Lena ab und fügt voller Überzeugung hinzu: „Ihr werdet es lieben. Garantiert!"

So wie sie das sagt, habe ich kaum einen Zweifel daran, dass sie recht behält. Und das, obwohl ich auch nicht gerade auf Rock und Metal abfahre. Von dieser kanadischen Band habe ich auch noch nie was gehört. Jedenfalls nicht, dass ich mich daran erinnern könnte.

Vor meinem inneren Auge sehe ich langhaarige Typen, die abgewetzte Lederklamotten tragen, Bier aus Kuhhörnern trinken, Motorrad fahren und ihre Köpfe zu überlauter Musik schütteln, die es lärmmäßig locker mit einem startenden Düsenjäger aufnehmen kann. Aber möglicherweise sind das ja nur die üblichen blöden Vorurteile.

Es gongt zum zweiten Mal. Wir setzen uns in Bewegung und hüpfen die Treppe hinauf. Die Jungs folgen uns mit einigem Abstand. Im Gegensatz zu uns hüpfen sie allerdings nicht. Im Gegenteil, sie sind mit einem Mal auffallend still und schweigsam.

Als ich mich zu Phillip umdrehe, guckt er schnell woandershin. Nanu, was ist denn mit dem los?

KAPITEL 2

Jungs gegen Mädchen oder was?

Am Nachmittag bin ich immer noch total aufgedreht. Die Aussicht auf das spektakuläre Festival-Wochenende mit meinen besten Freundinnen stellt alles andere in den Schatten. Am liebsten würde ich die ganze Zeit durchs Zimmer hüpfen und laut singen. Leider habe ich zu viele Hausaufgaben auf. Und dann klingelt auch noch mein Handy. Phillips Name leuchtet mir entgegen.

„Hi!", melde ich mich, während ich einen angefangenen Satz zu Ende schreibe.

Phillip kommt sofort zur Sache. „Ein Heavy-Metal-Festival? Echt jetzt?"

Ich sitze an meinem Schreibtisch, halte mir das Handy ans Ohr und stelle mir sein Gesicht vor. Wahrscheinlich zieht er gerade die Augenbrauen zusammen. Seine Stirn ist garantiert gerunzelt. Das höre ich am Ton seiner Stimme.

Wie gesagt: Es ist bereits Nachmittag und ich hab echt noch viel zu tun. Ich muss für die Französisch-Klausur lernen und den Übungstext zu Ende übersetzen, aber Phillips Anruf und seine spürbar miese Laune bringen mich ganz aus dem Konzept. Ich lasse den Füller sinken.

„Seit wann hast du was gegen Heavy Metal?", frage ich erstaunt zurück und füge hinzu: „Außerdem ist es mehr Melodic Rock als Metal, hat Lena gesagt. Also, seit wann hast du was gegen gut gemachte, klassische Rockmusik?"

„Ich hab überhaupt nichts dagegen. Aber du weißt schon, dass die meisten da nur hingehen, um sich zu betrinken und die Sau rauszulassen?"

Ich muss lachen, weil sich das total bescheuert anhört.

„Die Sau rauslassen?", wiederhole ich spöttisch. „Ist das dein Ernst?"

Phillip schweigt beleidigt.

Klar meinte er das ernst. Sonst hätte er es wohl nicht gesagt.

In meinem CD-Player steckt das Best-of-Album von Rita Ora. *Over the hills and far away*, singt Rita. Ich liebe dieses Lied und summe mit, obwohl ich eigentlich keine Musik bei den Hausaufgaben mag. Ich bin nur zu faul, um aufzustehen und den Player auszuschalten. Außerdem ist die CD nach diesem Song eh zu Ende. Phillip schweigt beharrlich. Ich kann ihn durch das Handy atmen hören. Vielleicht merkt er ja selbst, wie blöd er sich gerade benimmt.

„Hey, bist du noch da?", erkundige ich mich irgendwann.

Während der verstrichenen Minuten habe ich nicht nur gesummt, sondern im Kopf zwei Sätze des französischen Textes ins Deutsche übersetzt und blitzschnell in meine Kladde gekritzelt. Multitasking, ha!

„Klar", knurrt Phillip. „Wo soll ich denn sonst sein?"

Keine Ahnung. Vielleicht auf dem Mond, wo du hingehörst, erwidere ich im Stillen. Langsam wird es mir echt zu bunt.

„Hör mal, nur um mich anzuschweigen, ist so ein Handygespräch vielleicht ein bisschen zu teuer", sage ich.

„Ich hab 'ne Flatrate", brummt er zurück.

„Aber ich muss noch eine Menge lernen. Wieso hast du mich eigentlich angerufen? Nur um mir zu sagen, dass du keine Rockmusik magst?"

„Nein."

„Okay", sage ich so sanft wie möglich. „Was hältst du davon, wenn ich jetzt erst mal lerne, diesen Text, der vor mir liegt, fertig übersetze und dich dann später zurückrufe?"

„Ja, ist gut. Ich hab gleich Training. So gegen halb acht bin ich wieder zu Hause."

„Perfekt", antworte ich zufrieden. „Ich melde mich. Oder du dich. Bis dann, mon chéri!"

„Bis dann", murmelt Phillip und legt auf.

„Was war das denn, bitte schön?", frage ich mich laut.

Ich halte das Telefon in der Hand und betrachte es eine ganze Weile nachdenklich, bevor ich es schließlich aufs Bett werfe. Mau hebt den Kopf und blinzelt mich verwirrt an.

„Sorry, Kater", sage ich schnell. „Schlaf ruhig weiter."

Er kringelt sich zusammen und schnurrt wie ein Motor.

Ich widme mich wieder dem Text. Nur noch zwei Seiten. Ha, das ist doch ein Klacks!

Aber irgendwie ist die Luft raus, das merke ich ziemlich schnell. Immer wieder muss ich an das seltsame Telefongespräch denken. Was sollte das? Ist Phillip wirklich sauer, nur weil ich ohne ihn auf dieses Festival will?

Da ich mich eh nicht mehr richtig konzentrieren kann, lege

ich den Füller weg, springe auf, schnappe mir das Handy und wähle Annas Nummer.

Sie ist beim zweiten Klingeln dran.

„Hi, Conni! Was gibts?"

„Sag mal, benimmt Lukas sich auch so komisch?", komme ich ohne Umschweife zur Sache.

„Hm, nö. Jedenfalls nicht komischer als sonst."

Ich muss lachen, weil es so trocken rüberkommt. Dann erzähle ich ihr von Phillips grummeligem Anruf und frage Anna, was sie davon hält.

„Ich glaub schon, dass die Jungs ein bisschen neidisch sind", meint sie nach kurzer Bedenkzeit. „Wahrscheinlich würden sie auch gerne auf das Festival gehen. Jetzt hat Lena ihnen die letzte Chance vor der Nase weggeschnappt."

„Die letzte Chance?"

„Ja, sicher. Das *Spiderfish*-Wochenende ist komplett ausverkauft. Das stand neulich in der Zeitung. Es gibt kein einziges Ticket mehr. Höchstens bei eBay oder so. Aber da sind die Eintrittskarten natürlich richtig teuer." Anna raschelt leise mit Papier.

„Natürlich", murmele ich. „Wenn das so ist, kann ich Phillips Reaktion fast ein bisschen verstehen. Aber nur fast. Schließlich kann ich doch nichts dafür, dass Lena die letzten fünf Karten gewonnen und uns eingeladen hat, oder?"

„Nö, kannscht du nischt", nuschelt Anna. Anscheinend hat sie sich ein Stück Schokolade in den Mund geschoben.

„Hascht du deinen Eltern schon von unserem Wochenende erzählt?", wechselt sie das Thema.

„Nein, das konnte ich nicht, weil ich sie noch gar nicht gesehen hab. Meine Mam hat heute ihren langen Tag in der Praxis. Sie und mein Dad treffen sich nach Feierabend in der Stadt und kommen erst zum Abendessen nach Hause. Und du?“

„Ich auch noch nicht. Meine Mutter ist gerade nicht so gut drauf. Ich warte lieber ab, bis sie bessere Laune hat, sonst erlaubt sie's mir garantiert nicht.“ Anna seufzt.

„Das wird noch ein harter Brocken, fürchte ich. Meine Eltern werden vermutlich nicht sehr begeistert sein.“

Ich seufze ebenfalls.

„Genau darum sollten wir ihr es ihnen auch so schonend wie möglich beibringen“, meint Anna.

Wir reden noch ein bisschen über die Schule und die Klausuren, die demnächst anstehen. Und natürlich auch über die Festivalvorbereitungen. Was nimmt man zu so einem Event mit? Was zieht man an? Fragen über Fragen ... Wir beschließen, uns erst darum zu kümmern, wenn wir das Okay unserer Erziehungsberechtigten in der Tasche haben.

„Sonst packen wir ganz umsonst und sind hinterher enttäuscht, wenns nicht klappt“, sage ich ausnahmsweise vernünftig, obwohl ich mir natürlich am liebsten sofort Gedanken um mein Outfit machen würde, das ist doch wohl klar. Aber ich reiße mich zusammen.

Anna und ich verabschieden uns voneinander.

„Wir sehen uns morgen früh“, sagt sie.

„Alles klar“, erwidere ich. „Machs gut, bis dann.“

„Ciao.“

Kaum habe ich aufgelegt, vibriert mein Handy und spielt

gleichzeitig die Anrufmelodie. Dinas Name steht auf dem Display. Ich werfe dem Französischbuch auf meinem Schreibtisch einen entschuldigenden Blick zu, drehe mich zum Fenster und nehme das Gespräch an.

„Hi, Dina! Wie gehts?"

„Gut", sagt sie fröhlich. „Und dir?"

„Auch gut."

„Lena hat gerade angerufen und mich zu diesem Konzertwochenende eingeladen. Sie hat gesagt, dass ihr alle mitkommt, Anna, Billi und du. Stimmt das?"

„Ja, klar." Ich wundere mich über die Frage. Warum sollte Lena ihr etwas Falsches erzählen?

„Dann ist ja gut. Ich wollte nur sichergehen, bevor ich's meinen Eltern sage", plappert Dina weiter. „Wenn eure Eltern es erlauben, werden meine nämlich hoffentlich nichts dagegen haben."

„Na ja …", wende ich vorsichtig ein. „Genau genommen wissen meine Eltern noch gar nichts davon. Ob Billi ihre schon gefragt hat, weiß ich nicht. Anna hat sich auch noch nicht getraut."

„Oh …", meint Dina. Ich kann förmlich durchs Handy spüren, wie es in ihr arbeitet, während sie die nicht so frohe Botschaft sacken lässt.

„Tja", sage ich und zwirbele eine Haarsträhne zusammen. „Zum Glück haben wir noch eine Menge Zeit, um unsere Erziehungsberechtigten auf das Event einzustimmen. Anna hat vorgeschlagen, einfach abzuwarten, bis die Stimmung optimal ist."

„Ja, das hört sich vernünftig an", murmelt Dina. „Wenn ihr nicht dürft, muss ich gar nicht erst fragen."

„Dann warte doch einfach ab, bis wir dir grünes Licht geben. Brauchst du's für deine Eltern schriftlich?"

„Das wird hoffentlich nicht nötig sein." Dina lacht. „Sorry, ich muss auflegen. Meine Mutter ruft mich."

„Kein Problem", versichere ich. „Hoffentlich bis bald mal wieder!"

„Ja, das wär schön", antwortet sie und legt auf, bevor ich Tschüs sagen kann.

„Jetzt aber!", sage ich zu meinem Französischbuch.

Vorsichtshalber stelle ich mein Handy lautlos und schiebe es in die Schreibtischschublade. Die CD ist inzwischen zu Ende. Ich lausche kurz der Stille, dann schnappe ich mir meinen Füller und lege los.

Als ich mit der Übersetzung fertig bin und gerade noch ein paar neue Vokabeln lernen will, höre ich, wie unten die Haustür aufgeschlossen wird. Kurz darauf poltert Jakob die Treppe hoch und stürmt in mein Zimmer. Natürlich wie immer ohne anzuklopfen.

„Hey! Sollte man in deinem Alter nicht eigentlich langsam lesen können?" schnauze ich ihn an. Ich zeige auf das Pappschild an der Tür, auf dem in riesigen Leuchtbuchstaben und mit drei fetten Ausrufezeichen unübersehbar ANKLOPFEN!!! steht. Es hängt schon so lange da, dass es vermutlich längst mit dem Türblatt verwachsen ist. Mein kleiner Bruder schafft es trotzdem immer noch, es konsequent zu ignorieren.

„Ups, hab ich ganz vergessen!" Er grinst frech, ohne rot zu werden.

Ich werfe ihm einen finsteren Blick zu, den er ebenfalls ignoriert. Ich fürchte, ich habe ein Autoritätsproblem.

„Du sollst runterkommen", sagt er. „Mama und Papa haben Pizza mitgebracht."

„Pizza?" Ich klappe mein Vokabelheft zu. „Ich komme!"

Jakob hat sich schon umgedreht und flitzt die Treppe runter. Ich folge ihm, so schnell ich kann. Auf Socken ist das gar nicht so einfach. Auf der untersten Stufe rutsche ich fast aus. Zum Glück schaffe ich es, mich in letzter Sekunde am Geländer festzuhalten. Dann drifte ich mit Schwung durch den Flur bis ins Wohnzimmer, wo meine Eltern bereits am Tisch sitzen und eine riesige Familienpizza auf vier Teller verteilen. Jakob leckt sich bei dem Anblick die Lippen. Ich schlüpfe neben ihn und halte meinen Teller hoch. Ich hab wirklich Hunger.

„Guten Abend, Conni", sagt mein Vater betont höflich.

„Hi, Dad! Hi, Mama!" Ich grinse zuerst ihn und dann meine Mutter an. „Wie war euer Tag?"

„Anstrengend", sagt meine Mutter. Sie lässt sich auf ihren Stuhl sinken und schließt kurz die Augen. Sie sieht wirklich erschöpft aus. Kein Wunder. Immerhin war sie stundenlang von zig kleinen Kindern umzingelt, die vermutlich nicht besonders gut drauf waren. Wer geht schon gerne zum Arzt? Ich nicht.

„Am besten lässt du dir gleich ein schönes Schaumbad ein, liest noch ein bisschen und gehst heute mal früh ins Bett", schlage ich mitfühlend vor, bevor ich von meinem Pizzastück abbeiße.

„Das klingt sehr verlockend." Meine Mutter guckt auf ihren Teller und seufzt, als wäre sie sogar zum Essen zu müde.

„Guten Appetit, Familie!", trällert Papa. Obwohl er auch ganz schön fertig aussieht, schafft er es, seiner Stimme einen munteren Klang zu verleihen.

„Haut rein!", mümmelt Jakob, der sein Pizzateil einfach zusammengeklappt und mit wenigen Bissen verschlungen hat. Er greift schon nach dem zweiten Stück, wobei er penibel darauf achtet, das mit dem höchsten Salamianteil zu erwischen. Weil ich mehr auf Champignons und nicht so auf Salami stehe, gönne ich es ihm. Er muss schließlich noch wachsen. In so einem fettigen Wurstprodukt stecken garantiert jede Menge Wachstumshormone.

Örks, denke ich im Stillen.

„Schmeckt sehr gut", sage ich, weil es erstens stimmt und ich zweitens meine Eltern ein bisschen aufmuntern möchte. Es gefällt mir gar nicht, die beiden so abgespannt und wortkarg zu erleben. Am liebsten würde ich ihnen vorschlagen, irgendwo ein Wellness-Wochenende zu buchen. Nur zu zweit, ganz romantisch. Bestimmt würde ihnen das guttun. Wenn ich reich wäre, würde ich es ihnen sogar spendieren. Nur leider bin ich momentan alles andere als wohlhabend. Dabei nehme ich mir regelmäßig vor, zu sparen. Eine Zeit lang funktioniert es auch ganz gut, aber meistens kommt dann doch wieder irgendwas dazwischen. Eine unvorhersehbare Ausgabe in Form einer Klamotte, eines Buches, einer Kinokarte oder so. Echt blöd. Alles, was Spaß macht, ist immer so teuer.

„Wie läufts in der Schule? Habt ihr schon Französisch geschrieben?", unterbricht Mama meinen Gedankenfluss.

„Da läuft alles spitze", antworte ich. „Die Klausur schreiben wir morgen in den ersten zwei Stunden. Ich werde nachher noch ein bisschen lernen."

„Fein", sagt sie lächelnd.

Papa unterdrückt ein Gähnen.

Oh, Mann … Es scheint echt hart zu sein, ein gewisses Alter erreicht zu haben.

Mir fällt das Rockfestival ein. Wenn ich berechnend wäre, könnte ich den halbkomatösen Zustand meiner Erziehungsberechtigten schamlos ausnutzen und ihnen jetzt mal eben die Erlaubnis abluchsen. Im Moment wären die vermutlich gar nicht in der Lage, die Tragweite ihrer Zustimmung abzuschätzen. Wahrscheinlich würden sie nur müde murmeln „Okay, Conni. Alles, was du willst" und anschließend einschlafen.

Aber nein, so fies bin ich nicht. Da warte ich doch lieber ab, bis sie wieder im Vollbesitz ihrer geistigen und körperlichen Kräfte sind. Hoffentlich bald!

Jakob ist mit dem Essen fertig und zappelt rum. Ich stupse ihn unauffällig an und deute mit dem Kinn auf den Tisch.

„Vielen Dank für die Pizza", sage ich.

„Ja, danke!" Jakob steht auf und fängt brav an, das Geschirr zusammenzustellen. Nur ein Stück Pizza ist übrig geblieben.

„Kann ich das morgen zum Frühstück essen?"

„Kalte Pizza?" Ich schüttele mich.

„Ich kann's doch toasten", meint er achselzuckend.

„Mach, was du willst, solange du mich aus dem Spiel lässt." Ich stehe ebenfalls auf und zwinkere meiner Mutter zu. „Und du vergiss das Schaumbad nicht!"

Sie nickt und gähnt gleichzeitig.

Nachdem Jakob und ich Teller und Besteck in die Spülmaschine verfrachtet haben, gehen wir wieder hinauf. Jakob verschwindet in seinem Zimmer, ich in meinem. Es ist kurz nach sieben. Bis Phillip gegen halb acht vom Training kommt, kann ich noch in Ruhe ein paar Vokabeln lernen.

Ich befreie mein Handy aus der Schreibtischschublade, checke ein paar Nachrichten, schnappe mir anschließend das Vokabelheft und mache es mir damit auf dem Bett gemütlich. Mau sitzt am Fenster und starrt hinaus, ohne mich zu beachten.

Um kurz nach halb acht lasse ich das Heft sinken. Mir brummt der Schädel. Für heute hab ich wirklich genug gelernt. Ich will gerade nach dem Telefon greifen, als es leise düdelt. PHILLIP steht auf dem Display.

„Hallo, Lieblingsmensch“, melde ich mich.

„Hey, Süße!“

Oh, er klingt viel fröhlicher als vorhin! Erstaunlich, aber eigentlich kein Wunder. Es ist ja allgemein bekannt, dass bei regelmäßigem Training jede Menge Glückshormone ausgeschüttet werden. Wir hatten das mal in Bio. Aus Serotonin, Dopamin, Adrenalin und Noradrenalin wird ein regelrechter Glücksrauschcocktail gemixt. Was das betrifft, müsste Phillip tatsächlich permanent happy und im Flow sein, bei all dem Sport, den er ständig macht.

Ich stopfe mir mein Kuschelkissen in den Nacken.

„Alles klar bei dir?“, frage ich.

„Alles perfekt“, antwortet er. Ich kann das Lächeln in seiner Stimme hören. „Die Jungs und ich haben uns was Cooles für das Wochenende ausgedacht, an dem ihr auf diesem Festival seid.“

„Ach ja?“, sage ich zögernd.

Er lacht leise. Anscheinend will er mich auf die Folter spannen.

„Was denn?“, frage ich, um ihm den Gefallen zu tun.

„Wir machen ein Männerwochenende!“

„Wie bitte, was?“

„Ein Männerwochenende“, wiederholt er geduldig, obwohl ich ihn natürlich schon beim ersten Mal verstanden habe. Es klang nur so absurd in meinen Ohren. Ich meine … Männer? Wen meint er damit? Sich selbst, Lukas und Paul etwa?

Ich unterdrücke ein Prusten, während er es mir vollkommen ernst erklärt.

„Wir treffen uns an dem Freitag direkt nach der Schule bei mir. Bei schönem Wetter bauen wir den Grill auf und zelten bei uns im Garten. Nebenbei läuft im Partykeller ein Games-Marathon.“

„Games-Marathon.“ Meine Stimme klingt wie ein Echo. „Du meinst, ihr spielt von morgens bis abends Computerspiele?“

„Genau! Wenn wir wollen, sogar die ganze Nacht.“ Phillip ist total euphorisch. Ich sags ja: Endorphine und so.

„Ihr wollt also grillen, zelten und zocken, während wir auf dem Festival sind? Das ganze Wochenende über?“

„Jepp! Cool, oder?“

„Aber so was von cool!“, bestätige ich.

Und so männlich, füge ich im Stillen hinzu.

Ich würde gerne kichern, aber ich fürchte, dass ich meinen Freund damit verletzen könnte, weshalb ich mich beherrsche, es nicht zu tun, obwohl es mir schwerfällt.

Hach, denke ich gerührt. Jungs sind doch irgendwie niedlich.

„Das klingt nach einem wirklich guten Plan“, sage ich.

„Nur schade, dass du nicht dabei bist“, meint Phillip.

„Ach, weißt du ... Das ist schon okay“, erwidere ich locker. „Bei so einem echten Männerwochenende würde ich mir wahrscheinlich total überflüssig vorkommen. Du weißt doch, dass ich nicht so auf PC-Spiele stehe.“

„Ja, stimmt. Trotzdem schade. Ich würde das Wochenende lieber mit dir verbringen. Zu zweit.“

Weil mir darauf keine passende Erwiderung einfällt, sage ich nichts, sondern betrachte stattdessen die kleine Muschel auf meinem Nachttisch. Phillip hat sie bei einem Spaziergang in Deauville am Strand gefunden und mir geschenkt, als wir im Frühjahr zusammen in Frankreich waren. Mir wird ganz warm ums Herz, als ich mich daran erinnere.

„Hey, bist du noch da?“, fragt Phillip.

„Nicht wirklich“, gestehe ich. „Ich war gerade in Gedanken in Deauville. Es war so wunderschön da. Glaubst du, dass wir es irgendwann schaffen, noch mal da hinzufahren?“

„Natürlich“, antwortet er sofort ohne jeden Zweifel. „Nach Deauville im Sommer und im Winter nach Paris. Dann trinken wir heißen Punsch und laufen Schlittschuh auf dem Eiffelturm. Genauso, wie wir es uns vorgenommen haben.“

„Ich kann's kaum erwarten.“ Ich seufze.

„Ich auch nicht“, sagt er. „Bis morgen, Süße. Schlaf gut und träum was Schönes.“

„Mach ich“, verspreche ich. „Ich werde von Paris träumen, vom schneebedeckten Eiffelturm, von Deauville im Sonnenschein und vielleicht sogar ein bisschen von dir."

„Na, das will ich doch hoffen." Phillip lacht leise. Dann legt er auf.

Ich lasse Phillips Lachen in mir nachklingen, während ich in den dämmrigen Garten schaue und an die Zukunft denke. An *unsere* Zukunft. Denn Phillip und mich gibts natürlich nur im Doppelpack. Das ist ja wohl klar.

KAPITEL 3

Es ist nicht immer einfach, jung zu sein

„Shit, shit, shit!“, flucht Lena am nächsten Morgen in der Schule. Zuerst denke ich, dass es wegen der Klausur ist, die wir gleich schreiben müssen, aber daran liegt es nicht.

„Hast du dich geklemmt? Tut dir was weh?“, erkundige ich mich erschrocken.

„Fuck, nein!“ Lena wirft sich auf ihren Stuhl und streckt alle viere von sich. Sie sieht aus wie ein erschöpfter Maikäfer. Nur dass Maikäfer in der Regel nicht so unfein fluchen.

„Was ist denn los?“, frage ich sie.

„Wie alt bist du?“, fragt sie zurück.

„Sechzehn, seit dem 30. April. Das weißt du doch.“

„Und was ist mit Anna, Dina und Billi?“, will sie wissen.

„Billi ist die Jüngste von uns. Sie ist ein Jahr jünger und nur in unserer Klassenstufe, weil sie ein ganzes Schuljahr überspringen durfte, die kleine Intelligenzbestie.“ Ich lache.

Lena unterbricht mich.

„Hast du schon mal was von einem Feierzettel gehört? Man nennt ihn auch *Muttizettel.*“ Sie betont das letzte Wort und malt dazu Gänsefüßchen in die Luft.

„Nein, hab ich nicht." Ich schüttele den Kopf. Langsam wirds mir echt zu bunt. „Wieso stellst du mir so komische Fragen? Hast du Fieber? Zu viel Salbei geschnüffelt? Die falsche Teemischung getrunken vielleicht?"

Lena stöhnt auf, aber wenigstens stellt sie keine kryptischen Rätselfragen mehr, sondern spuckt endlich aus, was los ist.

„Ich hab auf dem Schulweg einen Abstecher zum Funkhaus gemacht, um unsere Festivaltickets abzuholen", erzählt sie mit gesenkter Stimme.

In mir schrillt eine Alarmglocke. War die Anrufaktion etwa ein Fake? Haben wir zu früh gejubelt?

„Du hast die Karten doch hoffentlich bekommen?"

„Alle fünf, wie versprochen." Lena nickt.

„Aber dann ist doch alles gut!", sage ich fröhlich und gebe ihr einen Knuff.

„Nix ist gut!", widerspricht sie. „Gar nix!"

Leider gongt es in dieser Sekunde. Gleichzeitig biegt unsere Französischlehrerin äußerst dynamisch um die Ecke. Sie nimmt ihre Umhängetasche ab, wirft einen Stapel Arbeitsblätter auf den Tisch und schreibt das heutige Datum an die Tafel. Alles in einer einzigen fließenden Bewegung aus dem Handgelenk.

„Bonjour, la classe!", zwitschert sie, als sie sich zu uns umdreht.

„Bonjour, Madame", murmeln wir zurück.

Lena brummt nur. Ich achte nicht mehr auf sie. Jetzt muss ich mich auf die Klausur konzentrieren.

Wir sprechen kurz über das Thema der Arbeit, dann werden die Zettel mit den Aufgaben verteilt. Es wird ruhig in der Klasse – bis auf die üblichen Nebengeräusche. Papier raschelt,

Füße scharren, ein Bleistift rollt vom Tisch, jemand seufzt. Es ist Lena.

Wir haben die volle Doppelstunde zur Verfügung. Wer will, darf zwischendurch eine Pause machen. Ich verzichte darauf, trinke nur ab und zu einen Schluck Wasser und arbeite ansonsten durch.

Lena hat sich inzwischen beruhigt. Mit tief gesenktem Kopf sitzt sie neben mir. Ihre dunkelroten Locken berühren fast die Tischplatte, während sie schreibt. Einmal strecke ich den Rücken durch und werfe ihr einen kurzen Seitenblick zu, aber sie bemerkt es gar nicht.

Gegen Ende der ersten Stunde muss ich die Patrone meines Füllers wechseln. Lena beißt schnell ein Stück von einem Müsliriegel ab, den sie in ihrem Federmäppchen gebunkert hat, und schreibt kauend weiter.

Als wir das nächste Mal aufschauen, ist die Zeit schon rum und wir müssen abgeben.

„Das lief doch ganz gut“, sage ich erleichtert, als wir uns mit den anderen aus der Klasse in den Flur schieben. „Bei dir auch?“

„Jo.“ Lena nickt, während sie einem Fünftklässler ausweicht und auf die Treppe zusteuert.

„Wie wärs mit Kakao und Croissants in der Cafeteria?“ Ich tippe ihr auf die Schulter. „Dann kannst du mir auch in Ruhe erzählen, was vorhin los war.“

„Klar, von mir aus“, antwortet sie.

Wir bahnen uns unseren Weg nach unten und laufen zielstrebig durch die Pausenhalle, bis wir schließlich im Schülercafé vor dem Tresen stehen und unsere Bestellung aufgeben.

Wer immer die Idee für diese Cafeteria hatte – ich glaube, es war der Schulverschönerungsverein –, hat einen Orden verdient. Wie haben wir nur früher unsere Schultage überlebt, als es noch keine leckeren Snacks gab und die Getränke aus einem altersschwachen, versifften Automaten kamen?

Dankbar betrachte ich den Kakao und das knusprige Croissant auf meinem Tablett und suche gleichzeitig nach einer Sitzgelegenheit.

Die heiß begehrten Tische an der Fensterfront sind natürlich schon besetzt. Doch dann entdecke ich Anna, Billi und die Jungs. Phillip winkt, als er Lena und mich sieht.

„Danke fürs Freihalten!" Ich rutsche neben ihn und gebe ihm einen zärtlichen Knuff in die Seite.

„Braver Junge", sagt Lena.

Phillip grinst.

Während Lena und ich genüsslich unsere Croissants verputzen, unterhalten sich Phillip, Lukas und Paul über ihr geplantes Männerwochenende. Anna und Billi hören sehr interessiert zu. Ich nicht so. In erster Linie geht es doch nur darum, wer was mitbringen soll – Chips, Grillwurst, Energydrinks und solche Sachen. Ich stupse Lena mit dem Ellbogen an.

„Sag schon, was war vorhin los? Wieso wolltest du wissen, wie alt wir alle sind?"

Sie greift mit einer Hand in die Innentasche ihrer Jeansjacke, zieht einen Briefumschlag heraus und reicht ihn mir.

„Lies selbst!"

Ich nehme den Umschlag mit spitzen Fingern entgegen, öffne ihn und linse hinein.

„Wow, sind das die Eintrittskarten für das Festival?“

„Exakt, du Superhirn!“ Lena nickt.

„Cool! Ja, und?“ Ich trinke einen Schluck Kakao.

„Hinter den Karten steckt noch mehr. Guck dir die Zettel an, lies dir alles in Ruhe durch und sag mir dann, was du davon hältst.“

Ich nehme mehrere Papiere heraus. Das erste Blatt trägt das knallige Logo des Radiosenders im Briefkopf. Ich falte den Briefbogen auseinander und fange an zu lesen. Gleich zu Beginn wird Lena im Namen des gesamten Teams herzlich gratuliert. Es folgt eine ellenlange Erklärung des Senders zur An- und Abreise, zu Unterbringung und Verpflegung, zu den Extras und so weiter. Im letzten Drittel stehen irgendwelche Paragrafen zu Versicherungen, Haftungsausschlüssen und ähnlichen Dingen, von denen ich leider nicht einmal die Hälfte verstehe, weshalb ich sie mehr oder weniger überfliege. Doch dann kommts.

„Was ist das?“, frage ich. „Eine Vereinbarung zur Übertragung der Erziehungsberechtigung? Was soll das denn heißen?“

Mit gerunzelter Stirn betrachte ich die mit einer Büroklammer angehefteten Seiten. Es sind fünf, für jedes Ticket eins vermutlich. Sie sehen vollkommen identisch aus und tragen die Überschrift ‚Formular für Jugendliche über 16 Jahre‘. Ein Paragraf des Bürgerlichen Gesetzbuches wird zitiert. Darunter folgen mehrere Zeilen Text sowie einige gedruckte Linien und Felder, die offenbar ausgefüllt und unterschrieben werden müssen.

„Tja, siehste? Gar nix ist gut!“ Lena schnaubt.

Inzwischen sind die anderen aufmerksam geworden. Anna

und Billi recken ihre Hälse. Ich reiche ihnen je eine Kopie des Formulars.

„Wieso über 16? Ich bin doch erst 15", sagt Billi verwirrt.

„Ich vermute mal, dass es für ‚unter 16-Jährige' vielleicht noch ein eigenes Formular gibt." Lena verzieht ironisch den Mund.

„Was? Heißt das etwa, dass Billi vielleicht gar nicht auf das Festival darf, weil sie zu jung ist?", fragt Anna erschrocken.

„Sie darf schon, aber wahrscheinlich nur in Begleitung ihrer Eltern oder eines anderen Erwachsenen", mischt Phillip sich ein. Er zieht mir den Brief aus der Hand und überfliegt ihn. „Hier stehts doch: ‚Kinder und Jugendliche im Alter von 7 bis einschließlich 15 Jahren haben nur in Begleitung einer personenberechtigten Person oder einer erziehungsberechtigten Person Zutritt zu der Open-Air-Veranstaltung.'"

„Und was ist mit uns?", fragt Anna verunsichert.

„‚Jugendliche ab 16 Jahren dürfen sich bis 24 Uhr ohne Begleitung eines Erziehungsbeauftragten auf dem Gelände aufhalten'", liest Phillip weiter. Er lässt das Schreiben sinken und guckt uns an. „Ich schätze, dass ihr jemanden über 18 oder die schriftliche Erlaubnis eurer Eltern braucht. Vielleicht sogar beides. Sonst müsst ihr um Mitternacht nach Hause. Hier steht, dass bei Minderjährigen die Eltern diese Formulare auf jeden Fall unterschreiben müssen."

Am Tisch herrscht Schweigen. Wir starren entgeistert vor uns hin.

Irgendwann bläst Billi die Wangen auf und lässt die Luft leise zischend wieder entweichen.

„Ich steig aus", verkündet sie, ohne jemanden direkt anzuschauen. „Ich weiß jetzt schon, dass meine Eltern das niemals unterschreiben werden. Ich muss es gar nicht erst versuchen. Lena, du kannst meine Karte jemand anderem geben. Ich verzichte freiwillig."

„Spinnst du?" Anna funkelt sie an.

„Nein", entgegnet Billi. „Ich kenne nur meine Eltern besser als ihr."

„Aber wenn du nicht darfst, darf ich garantiert auch nicht", brummt Anna.

Lena schüttelt resigniert den Kopf und glotzt vor sich hin.

„Hey, aufgeben kommt nicht in die Tüte!", rufe ich. „Schon gar nicht, bevor wir alles versucht haben. Wir kriegen das schon irgendwie hin. Dieses Festival muss gigantisch sein. Das lassen wir uns doch nicht entgehen! Also, ich bestimmt nicht!"

Ich gebe mir Mühe, optimistischer zu klingen, als ich bin. In Wirklichkeit bin ich ziemlich geschockt. Die Zustimmung unserer Eltern ist ein Stolperstein. Dass wir sie fragen müssen, war mir klar. Aber dieses offizielle Dokument ist doch noch was anderes.

Es gongt. Die große Pause ist zu Ende.

„Das ist das Jugendschutzgesetz", sagt Phillip und steht auf.

„Was willst du damit sagen?" Ich nehme mein Tablett und gucke ihn an.

„Dass daran vermutlich nichts zu ändern ist", antwortet er. „Der Veranstalter wird darauf bestehen, dass ihr euch an die Vorschriften haltet. Alleine schon, um sich gegen alles Mögliche abzusichern."

„Ohne das blöde Formular könnt ihr gleich zu Hause bleiben", fügt Paul hinzu.

„Schöner Mist“, meint Lukas.

Lena nickt düster. „Was wir jetzt brauchen, ist ein Erwachsener, der bereit ist, uns zu begleiten, ohne uns das ganze Wochenende zu versauen.“

„Bitte keine Eltern!“ Bei der Vorstellung, meine Mutter oder meinen Vater – vielleicht sogar beide! – mitschleppen zu müssen, stöhne ich auf. Ich meine, wie soll man sich mit seinen besten Freundinnen amüsieren, wenn die eigenen Eltern neben einem stehen? Wir sind doch keine Kleinkinder mehr!

„Keine Eltern!“, bekräftigt Lena. „Auf gar keinen Fall! Habt ihr heute Nachmittag Zeit?“

Billi, Anna und ich nicken.

„Okay“, meint Lena. „Am besten treffen wir uns bei mir und machen einen Plan. Passt es euch gegen halb fünf?“

Wieder nicken wir.

„Ich sag Dina Bescheid“, seufze ich.

„Wie wärs, wenn du Krischan fragst, ob er mitkommt?“, wendet sich Anna an Lena. „Der ist schließlich erwachsen.“

„Erstens hat er zu viel zu tun“, sagt Lena, „und zweitens will ich nicht als Einzige meinen Freund mitnehmen. Es soll ein Mädelswochenende sein. Dabei bleibts.“

Ich stimme ihr zu. Billi und Anna auch. Wir mögen Krischan wirklich sehr, aber es wäre nicht das Gleiche, wenn er dabei wäre.

Die Jungs haben ihr Geschirr inzwischen weggebracht. Wir folgen ihnen und schieben unsere Tabletts zu den anderen in einen Wagen. Dann trennen sich unsere Wege.

„Telefonieren wir nachher?“, fragt Phillip mich leise.

„Auf jeden Fall!“ Ich streiche ihm mit den Fingern über den Unterarm.

„Bis dann.“ Er zwinkert mir zu.

„Bis später!“, ruft Anna.

Lena und ich winken. Wir müssen in einen anderen Kursraum.

Während wir durch die Gänge schlurfen, schweigen wir. Die schöne Vorfreude auf unser wildes Mädelswochenende ist geplatzt wie eine Seifenblase.

„Wir kriegen das schon irgendwie hin“, murmele ich mehr zu mir selbst als zu Lena.

„Klar“, murmelt sie zurück. „Irgendwie ...“

„Kennst du nicht zufällig einen Hexenspruch? Einen schamanischen Zauber? Ein wirksames Räucherritual?“ Ich stemme mich gegen die Tür des Kursraums und halte sie mit der Schulter auf.

„Ich denke mal darüber nach“, sagt sie und schlüpft an mir vorbei. „Was haben wir jetzt eigentlich?“

„Geschichte.“

„Auch das noch! Heute ist echt nicht mein Tag.“ Lena schüttelt den Kopf.

Ich versuche, sie aufmunternd anzugrinsen, aber es gelingt mir nur halb. Der Geschichtsunterricht von Herrn Horst, auch liebevoll Horsti genannt, ist wirklich die absolute Höchststrafe. Trocken, verstaubt und tödlich langweilig.

*

Am Nachmittag ist meine Stimmung immer noch etwas gedämpft, um es mal vorsichtig auszudrücken. Auf dem Weg zu Lena hab ich Dina eingesammelt und sie auf den neuesten Stand gebracht. Sie ruft „Das ist ja total bescheuert!“ und bringt das Elend damit voll auf den Punkt.

In Lenas Straße stellen wir unsere Räder an einer Mauer ab, klicken die Schlösser zu und verstauen die Helme in den Rucksäcken. Dann gehen wir zur Haustür und klingeln.

Eine Sekunde später schnarrt schon der Türöffner und wir betreten den kühlen, dunklen Flur des Mietshauses, in dem es wie immer seltsam müffelt – ein bisschen nach Putzmittel, altem Holz, nassem Hund und dem Mittagessen der vergangenen Tage.

Lena erwartet uns oben an der Treppe. Sie ist barfuß, trägt eine abgeschnittene Jeans und dazu eine Hippiebluse. Die Haare hat sie hochgesteckt. An ihrem linken Ohrläppchen baumelt eine bunte Feder. Ich muss lächeln. Sie sieht mehr denn je wie eine Hexe aus – wie eine Hexe von heute, die Shorts statt Schürze und Kopftuch trägt.

„Hi!“ begrüßt sie uns. „Anna und Billi sind schon da. Wir sitzen draußen auf dem Balkon. Das Wetter ist viel zu schön, um in der Bude zu hocken.“

Wir umarmen uns im Flur. Kurz darauf finde ich mich auf einem schmalen, von unzähligen Schling- und Grünpflanzen umrankten Balkon wieder. Der ist überraschend sonnig, obwohl er auf den Hinterhof hinausgeht. An der Längsseite sind mehrere Holzpaletten aufeinandergestapelt. Dicke Sitzpolster und runde Kissen liegen darauf verstreut. Auf einem Klapptisch stehen eine Keksdose und ein Messingtablett mit Teegeschirr. Über uns wehen bunte, fast durchscheinende Tücher und an einer Schnur aufgereihte Gebetsfahnen aus Tibet. Ich fühle mich, als hätte ich eine Zeitreise gemacht und wäre in einem orientalischen Basar gelandet.

Anna und Billi thronen im Schneidersitz auf ihren Kissen. Die beiden winken.

„Ist das nicht cool hier? Ich will auch so einen Balkon", sagt Anna zur Begrüßung.

Dina und ich lassen uns neben sie fallen.

„Sehr cool", bestätige ich nickend.

Lena schenkt für uns alle Tee ein.

„Wir haben viel zu besprechen", meint sie, während sie uns die zarten Porzellanschälchen reicht, in denen eine helle, goldschimmernde Flüssigkeit schwappt. „Das ist Ginkgo-Konzentrationstee. Eine Mischung aus Grüntee, Rosmarin, Apfelminze, Zitronenmelisse, Rosenblüten und Ginkgoblättern. Er stärkt die Aufmerksamkeit und unterstützt die Besinnung auf das Wesentliche. Schließt eure Augen, atmet tief ein, werdet euch des Seins bewusst und trinkt langsam."

„Ohmm", brummen Anna und ich gleichzeitig.

Billi und Dina kichern.

Lena wirft uns einen strengen Blick zu.

„Augen zu! Atmen! Trinken!", ordnet sie an.

Wir folgen ihren Anweisungen. Ich bin mir ziemlich sicher, dass wir ein etwas verstörendes Bild abgeben, aber zum Glück sieht uns ja keiner.

Mit geschlossenen Augen schnuppere ich an dem lauwarmen

Gebräu, schlürfe es anschließend geräuschvoll durch die Zähne und spüre kurz darauf, wie es sich in meinem Magen ausbreitet.

Ja, gut. Okay. Es ist ein ganz angenehmes Gefühl. Ob ich jetzt die Augen wieder aufmachen darf? Vorsichtshalber warte ich noch ein bisschen und zähle still bis zehn.

Neben mir höre ich Anna glucksen. Ich beiße mir auf die Zunge, um nicht loszuprusten. Gleichzeitig blinzele ich mit einem Auge, um nachzuschauen, was um mich herum passiert.

Lena sitzt im Lotussitz auf einem runden Kissen und ist in sich versunken wie ein Buddha. Ich kann förmlich das *Chi* durch sie hindurchfließen sehen, auch wenn ich eigentlich nicht genau weiß, was das ist. Sie hat mal versucht, es mir zu erklären. Es hat etwas mit Luft, Energie, dem Atem und solchen Dingen zu tun. Angeblich beruht alles, was existiert und geschieht, auf diesem geheimnisvollen *Chi*.

Ich schaue zu den anderen rüber. Anna bemerkt es und legt einen Finger an die Lippen.

„Pst", macht sie leise. Genau wie ich hält sie ihre Teeschale in beiden Händen und beobachtet fasziniert, wie Lenas innerer und äußerer Atem strömt.

Billi und Dina haben es sich auf ihrem Kissenberg gemütlich gemacht und scheinen zu schlafen. Oder ist ihre Meditation nur besonders intensiv? Nein, sie scheinen tatsächlich eingeschlafen zu sein.

Als Lena urplötzlich die Augen aufreißt und uns unvermittelt anstarrt, zucken Anna und ich ertappt zusammen. Vor Schreck verschütte ich etwas von dem Tee.

„Himmel, Lena!", schnaufe ich.

„War das nicht herrlich?“, sagt sie lächelnd. Sie stellt ihre Schale beiseite und streckt sich wie eine Katze. „Es geht doch nichts über Achtsamkeitsübungen im Alltag. Ich fühle mich richtig gut geerdet. Ihr auch?“

„Ja, klar. Und wie.“ Anna und ich nicken gleichzeitig.

Billi und Dina regen sich.

„Haben wir was verpasst?“ Billi guckt sich um. Dina gähnt.

„Nein, alles gut“, versichert Lena, immer noch lächelnd.

Ich tupfe mit einem Zipfel meines T-Shirts auf dem Teefleck herum. Zum Glück ist er auf dem bunten Kissenstoff kaum zu sehen.

„Ich glaube, ich habe soeben die Lösung für unser Problem gefunden“, verkündet Lena.

„Ist dir der große Ginkgogeist erschienen und hat sie dir ins Ohr geflüstert?“, ziehe ich sie auf.

Sie schnaubt nur und sagt: „Wir brauchen die Erlaubnis unserer Eltern. Und wir brauchen eine erwachsene Begleitperson. Richtig?“

„Korrekt“, bestätige ich seufzend.

„Die Erlaubnis eurer Eltern kann ich euch leider nicht besorgen“, fährt sie fort, „aber vielleicht eine Begleitperson. Jemand, der uns garantiert keine bescheuerten Vorschriften macht oder uns auf dem Festival rund um die Uhr beaufsichtigt.“

„Und wer soll das sein?“, will Anna wissen.

„Meine Cousine Nikoline.“ Lena entknotet ihre Beine. „Die ist völlig gechillt und vor allem volljährig. Sie sagt bestimmt nicht Nein, wenn ich sie frage. Vorausgesetzt, sie hat an dem Wochenende nicht schon was anderes vor.“

„Wie alt ist die denn?", erkundige ich mich vorsichtig.

„Anfang zwanzig. Sie studiert Urbanistik, was immer das ist. Sie ist nicht nur ziemlich alt, sondern auch ganz schön klug."

„Urbanistik hat was mit Stadtplanung und Architektur zu tun", klärt Dina uns auf.

„Stadtplanung? Hey, das wird meinem Vater gefallen. Er arbeitet im Bauamt. Nikoline könnte ihm sympathisch sein." Ich grinse.

„Das ist Kismet!" Lena hebt eine Hand und klatscht mich ab. „Wenn ihr einverstanden seid, ruf ich sie heute Abend an und frag sie."

Billi und Dina wechseln einen besorgten Blick.

„Ach, ich weiß nicht ...", murmelt Billi. „Ich bin mir immer noch nicht sicher, ob ich wirklich auf dieses Festival gehen möchte. Ist es da nicht total voll und laut?"

„Rockmusik ist meistens laut", bestätigt Lena. „Und voll? Tja, ein paar Tausend Leute werden da sicher antanzen."

„So viele?" Nicht nur Billi, auch Dina schnappt nach Luft.

„Klar, was denkt ihr denn? Es ist das größte Festival im ganzen Umkreis! Das Ereignis des Jahres!" Lena zieht die Stirn kraus.

„Mir geht es wie Billi. Ich glaub nicht, dass ich mich da wohlfühlen würde, ehrlich gesagt", gesteht Dina und wird ein bisschen rot.

Ich stupse sie an. „Aber das weißt du doch erst, wenn du's ausprobierst! Ich bin auch total aufgeregt, wenn ich nur daran denke. Schließlich waren wir alle noch nie auf so einem Riesenevent. Das ist doch gerade das Spannende daran!"

Sie schüttelt den Kopf.

„Ich will's eigentlich gar nicht ausprobieren. Ich bin mir auch so schon sicher, dass es nichts für mich ist."

„Ich auch", sagt Billi. „Abgesehen davon, dass meine Eltern es mir eh nicht erlauben werden. Aber das ist nicht der Hauptgrund. Nein, es ist mir einfach ein paar Nummern zu groß."

Anna macht ein ratloses Gesicht. Lena hebt die Augenbrauen. Wir gucken uns an und zucken gleichzeitig mit den Schultern.

„Da waren's nur noch drei", sagt Lena.

„Plus deine Cousine, falls sie Ja sagt", erinnere ich sie.

„Stimmt", bestätigt sie nickend. „Fünf Tickets für vier Leute … Und was machen wir mit der überzähligen Karte?"

„Verschenken? Verlosen? Zurückgeben? Ich hab keine Ahnung", gestehe ich.

„Wie wärs damit, sie einfach aufzuheben, falls Billi und Dina es sich doch noch anders überlegen?", schlägt Anna vor.

„Ja, das wär auch 'ne Möglichkeit", stimme ich ihr zu.

„Es ist vollkommen in Ordnung, wenn wir nur zu viert sind statt zu fünft", merkt Lena an. „Die Vier ist eine bedeutsame Zahl. Sie steht für das weibliche Prinzip, das kosmische Prinzip und die Elemente."

„Wow, das beruhigt mich! Auch wenn ich es total schade finde, wenn Billi und Dina nicht mitkommen. Aber ich mag die Vier als Zahl. Und als Symbol für das weibliche Prinzip." Ich muss grinsen. „Jetzt müssen wir nur noch irgendwie unsere Eltern überzeugen. Hast du dafür keinen Hexenzauber parat?"

„Leider nicht", erwidert Lena bedauernd. „Darum müssen wir uns wohl selbst kümmern."

„Wir schaffen das schon irgendwie", sagt Anna. Sie klingt

nicht besonders euphorisch, sondern im Gegenteil ziemlich unsicher.

„Natürlich schaffen wir das!“ Ich setze mich einen Tick gerader hin und drücke den Rücken durch. „Aufgeben ist so was von keine Option!“

Lena hält die Hand hoch. Wir klatschen uns ab.

Billi und Dina wünschen uns viel Glück. Sie wirken erleichtert.

Über uns flattern die tibetischen Gebetsfahnen im Wind, als wollten sie uns Mut zusprechen.

Tschakka, denke ich. *Spiderfish*-Festival, wir kommen!

KAPITEL 4

Die unglaubliche Wirkung von harmonischen Salathormonen

Auf dem Heimweg mache ich mir dann doch noch ein paar Gedanken wegen der überzähligen Eintrittskarte. Obwohl ich Billis und Dinas Bedenken gut verstehen kann und mich auch schon ein bisschen darauf freue, Lenas gechillte Cousine mal kennenzulernen, tut es mir leid, dass unser Mädelswochenende jetzt anders als geplant ablaufen soll. Ich hoffe nur, dass Nikoline wirklich so nett ist, wie Lena behauptet. Zuerst muss sie natürlich mal einverstanden sein. Vielleicht hat sie ja gar keine Lust, unseren Babysitter zu spielen. Was dann?

„Dann müssen wir doch unsere Eltern mitschleppen", beantworte ich mir die Frage selbst.

Ich stöhne innerlich auf, während ich langsam vor mich hin radele. Am liebsten würde ich Phillip das frei gewordene Ticket geben, das ist ja wohl klar. Die Vorstellung, mit ihm auf das Festival zu gehen, gefällt mir. Wir wären endlich mal wieder rund um die Uhr zusammen. Wir würden in einem schnuckeligen Zelt übernachten, könnten uns Tag und Nacht küssen und hätten garantiert jede Menge Spaß.

Aber so schnell, wie die Idee gekommen ist, schiebe ich sie

auch wieder beiseite. Genauso gut könnte Anna plötzlich Lukas mitnehmen wollen. Oder Lena Krischan, falls der Zeit hätte. Egal, wie ich es drehe und wende, es wäre nicht gerecht. Außerdem haben die Jungs inzwischen längst ihr Männerwochenende durchgeplant. Wir würden sie nur aus dem Konzept bringen und für Verwirrung sorgen. Es bleibt also dabei: Phillip wird sich mit seinen Freunden amüsieren und ich mich mit Anna, Lena und Nikoline.

„Wir werden auf jeden Fall viel Spaß haben", sage ich laut zu mir selbst, während ich schwungvoll in unsere Einfahrt rolle und unvermittelt bremsen muss, weil da, wo ich sonst immer halte, plötzlich ein Rasenmäher parkt.

Ich steige ab und schiebe mein Fahrrad ein Stück weiter, wobei ich fast über einen leeren Benzinkanister stolpere, der vor mir im Gras steht.

„Hey, ist das Absicht?", blaffe ich.

„Conni?" Mein Vater guckt um die Ecke. „Nein, das war keine Absicht. Ich bin gerade mit dem Mähen fertig. Bringst du den Kanister bitte in den Schuppen? Danke."

Ich will schon erwidern, dass sich vielleicht auch jemand anderes um den Krempel kümmern könnte – vielleicht sogar er selbst? –, als mir einfällt, dass ich ihn und meine Mutter ziemlich dringend brauche, um mir ihr Okay für das Festival geben zu lassen. Bevor ihre Unterschriften nicht auf diesem Erziehungsbeauftragungsdingsbums verewigt sind, hänge ich in der Luft.

Ich schnappe mir den Kanister, trage ihn in den Schuppen und schiebe den Rasenmäher hinterher. Soll ich das Messer vielleicht noch sauber machen? Ach nee, das geht zu weit.

„Danke!“, ruft mein Vater, als ich die Haustür aufschließe.

„Gern geschehen“, flöte ich zurück. Ich gebe mir Mühe, dass es nicht ironisch klingt, und verschwinde im Haus.

Meine Mutter steht in der Küche und verarbeitet Tomaten, Gurken und Radieschen zu einem bunten Salat. Ich werfe mir ein Stück Gurke in den Mund und greife nach einem Messer, um ihr beim Schnippeln zu helfen. Sie nimmt es mit einem Lächeln zur Kenntnis.

„Alles gut?“, fragt sie.

„Alles super!“ Ich bemerke, dass sie nicht mehr ganz so abgespannt aussieht. „Habt ihr heute früher Feierabend gemacht, du und Papa?“

„Ja, wir haben telefoniert und beschlossen, ein paar Überstunden abzubummeln. Bei ihm im Büro und in meiner Praxis war heute ausnahmsweise mal nicht so viel los.“

„Cool“, sage ich lächelnd. Bevor ich es mir anders überlegen kann, fasse ich mir ein Herz und plappere schnell weiter. Die Stimmung ist gerade so gechillt. Das sollte ich ausnutzen.

„Lena hat neulich in einer Radiosendung Tickets für ein Musikfestival gewonnen. Sie hat Anna, Billi, Dina und mich eingeladen. Billi und Dina haben leider abgesagt, aber dafür will Lenas Cousine mitkommen. Sie heißt Nikoline und studiert Urbanistatisik oder so. Auf jeden Fall ist sie volljährig und wird uns als Aufsichtsperson begleiten.“

Ich halte die Luft an.

Meine Mutter lässt das Messer sinken und mustert mich von der Seite. „Gehts dir wirklich gut?“

„Ja, total." Ich atme wieder, stopfe mir ein Radieschen in den Mund und grinse blöd. Mau sitzt auf der Fensterbank und scheint ebenfalls zu grinsen. Aber vielleicht bilde ich mir das auch nur ein. Ich zwinkere ihm zu. Er fängt an zu schnurren.

„Und was ist das für ein Festival?" Mama schnippelt weiter.

Ich kaue angestrengt.

„Na ja … Musik, Bühnen, Zelte, viele Leute", sage ich, als ich wieder sprechen kann. „Es geht an einem Freitagnachmittag los und endet Sonntagvormittag."

„Das ganze Wochenende also?"

„Mhm, ja."

„Und wo wollt ihr da schlafen?" Sie greift nach der Salatschüssel und wirft die Gurken- und Tomatenstücke hinein. Die Radieschen folgen mit Schwung.

„In einem eigenen Zelt, das die Leute uns da hinstellen. Es wird alles komplett von dem Radiosender organisiert. Wir bekommen sogar eine Betreuerin, die sich vor Ort um alles kümmert. Zusätzlich zu Lenas Cousine, versteht sich. Die kommt extra mit, nur zur Sicherheit." Ich nehme mir noch schnell ein Radieschen, bevor es weiter unten im Salat verschwindet, und nage es rundherum ab.

Die Stirn meiner Mutter ist gerunzelt. Ich beschließe, erst mal zu schweigen, um sie nicht beim Nachdenken zu stören. Denn dass sie darüber nachdenkt, was ich ihr gerade erzählt habe, sieht sogar ein blinder Maulwurf. War ja auch 'ne ganze Menge Input.

Sie schweigt eine Weile, während ich mich zusammenreiße und versuche, weder zu zappeln noch zu drängeln. Es ist gar nicht so einfach.

Irgendwann guckt sie mich lange an, ohne etwas zu sagen. Ihr Gesicht bekommt dabei einen ganz seltsamen Ausdruck. Traurig? Melancholisch? Sentimental? Alles zusammen? Das lässt sich ziemlich schwer analysieren.

„Ach, Conni …“, sagt sie schließlich seufzend. „Ein Festival … Manchmal vergesse ich tatsächlich, wie alt du schon bist. Bald bist du volljährig und musst uns nicht mehr fragen.“

Hey, stimmt! Darauf freue ich mich schon. Ich will gerade versichern, dass ich sie wahrscheinlich trotzdem immer noch um ihren Rat und, falls nötig, auch um Erlaubnis für alles Mögliche fragen werde, ganz egal wie alt ich bin, als sie weiterspricht.

„Lass uns gleich beim Essen darüber reden, wenn Papa dabei ist. Okay? Ich glaube nicht, dass er etwas dagegen hat.“

Ich starre sie an und schlucke schwer.

Was ist denn hier los? Wo bleibt der Einwand, dass ich für eine derartige Veranstaltung noch viel zu jung bin? Kein Kopfschütteln? Kein kategorisches Nein? Nicht mal der Hauch einer Spur von dem sonst üblichen Das-kommt-ja-überhaupt-nicht-infrage-Gezeter?

Ich bin etwas überrascht, um es mal vorsichtig auszudrücken. Macht Gemüse friedlich? Senden die Gurken und Tomaten vielleicht irgendwelche Harmoniehormone aus? Und hat meine Mutter zu viele davon eingeatmet?

Falls es so ist: Vielen Dank, liebe Tomaten! Danke schön, Gurke & Co!

„Kennst du Lenas Cousine schon?“, bringt meine Mam mich wieder ins Hier und Jetzt zurück, während ich liebevoll das Grünzeug betrachte.

„Nein, noch nicht. Aber wahrscheinlich treffen wir uns bald mal, damit wir uns vor dem Festival kennenlernen können." Ich hole das Salatbesteck aus der Schublade.

„Ja, macht das." Meine Mutter schiebt zwei lange Zwiebelbaguettes in den Ofen, rührt die Tomatensuppe um, die die ganze Zeit in einem Topf leise vor sich hin geblubbert hat, und holt zum Schluss noch eine Käseplatte aus dem Kühlschrank.

„Wow, lecker! Suppe, Salat, Baguettes, Käse …" Ich spüre, wie mir das Wasser im Mund zusammenläuft. „Genau die richtigen Zutaten für ein französisches Picknick. Wollen wir nicht draußen auf der Terrasse essen?"

„Schöne Idee." Sie drückt mir die Salatschüssel in die Hände und schiebt mich aus der Küche. „Sag Papa und Jakob Bescheid, dass sie sich die Hände waschen sollen."

Während des Essens lenke ich das Gespräch auf Lenas Cousine und ihr Studium. Mein Vater hört interessiert zu.

„Urbanistik, soso", murmelt er und versenkt den Löffel in der Suppe.

Bevor er dazu ansetzen kann, Jakob und mir zu erklären, was das ist, wechsele ich geschickt das Thema und erzähle von dem weltberühmten *Spiderfish*-Festival und Lenas Ticket-Gewinn. „Nikoline kommt auch mit", sage ich und knabbere nervös an einem Stückchen Brot.

„Die Urbanistik-Studentin?" Mein Vater hebt die Augenbrauen und löffelt konzentriert weiter.

„Ja, genau." Ich knabbere, krümele und nage vor mich hin wie ein aufgedrehter Hamster.

„Du gehst echt auf ein Open-Air-Festival? Voll krass!“, meint Jakob.

„M-hm, tja. Ist es“, erwidere ich vage.

Meine Mutter hält sich diskret im Hintergrund. Ich vermute, dass sie meinem Dad die Entscheidung zuschieben möchte. Aber ob das im Umkehrschluss schon bedeutet, dass sie es mir erlaubt? Ich hab keine Ahnung, wirklich nicht. Eltern sind ja irgendwie generell nicht leicht zu durchschauen. Meine eigenen bilden da auch keine Ausnahme.

Endlich legt mein Vater seinen Löffel weg und schaut auf.

„Du möchtest mit Lena und ihrer Cousine also auf dieses Musikfestival?“

„Ja, genau. Und mit Anna“, füge ich geduldig nickend hinzu.

Mein Vater guckt meine Mutter an. Jede Wette, dass er sie gleich fragt, was sie denn dazu sagt.

„Was sagst du denn dazu?“, fragt mein Dad in dieser Sekunde.

Ich beiße mir schnell auf die Unterlippe und drücke den Daumen, so fest ich kann.

„Ich habe nichts dagegen einzuwenden. Es ist ein Wochenende, sie verpassen keine Schulstunden. Sie sind alt genug, verantwortungsbewusst und in Begleitung“, meint meine Mam.

Ich könnte sie auf der Stelle abknutschen!

Mein Vater nickt sehr ruhig und nachdenklich, ganz ohne Widerspruch. Das hatte ich nicht erwartet. Die Situation erinnert mich ein bisschen an das Frühjahr, als ich ähnlich angespannt vor der Entscheidung gebibbert habe, ob ich Phillip nach Frankreich begleiten darf oder nicht. Damals kamen die beiden mir schon sehr entspannt vor. Heute toppen sie das noch mal um hundert Prozent.

Es ist unglaublich! Bis vor Kurzem hätte ich so was nicht für möglich gehalten. Ich kann mich gut an die Zeiten erinnern, als ich um jede Erlaubnis kämpfen musste. So lange ist das noch gar nicht her.

Wie kommt es, dass sie mich plötzlich behandeln, als wäre ich kein kleines Kind mehr, sondern eine ernst zu nehmende Persönlichkeit?

Mir fallen verschiedene Möglichkeiten ein:

1. Ich bin ein echtes Glückskind. (Klar bin ich das!)
2. Meine Eltern akzeptieren die Tatsache, dass ich langsam erwachsen werde.
3. Sie wissen, dass sie mir vertrauen können. Die Gründe liegen auf der Hand: Ich baue keinen Mist. Okay, selten. Ich gebe mich nicht mit den falschen Leuten ab. Ich trinke nicht, ich rauche nicht, ich gehe fast nie bei Rot über die Straße und bin meistens pünktlich. Überhaupt bilde ich mir ein, eine extrem vernünftige und verantwortungsbewusste Bilderbuchtochter zu sein.
4. Meine Eltern sind die großzügigsten, verständnisvollsten Eltern der Welt.
5. Sie sind heute einfach gut drauf.

„Hallo, Conni? Hast du überhaupt zugehört?“, will mein Vater wissen.

„Äh … Wie bitte?“, frage ich verwirrt zurück.

„Wir haben gerade gesagt, dass es okay ist, wenn du mit Anna, Lena und Nikoline auf dieses Musikfestival gehst." Meine Mutter zwinkert mir zu, was mich fast noch mehr aus der Fassung bringt als alles andere. Es kommt wirklich selten vor, dass sie zwinkert. Eigentlich so gut wie nie. Sie muss wirklich sehr gut drauf sein.

Während ich noch darüber nachdenke, fällt der Groschen. Manchmal hab ich echt eine etwas lange Leitung. Peinlich, ich weiß.

„Heißt das, ich darf?", frage ich vorsichtig.

„Mann, das hat Mama doch gerade gesagt!" Jakob klatscht sich mit der flachen Hand an die Stirn und stöhnt auf, und das macht er nur, weil er so eine begriffsstutzige Schwester wie mich hat. Ich kann's nämlich immer noch nicht fassen.

„Wo ist der Haken? Ich muss jetzt nicht für den Rest meines Lebens den Geschirrspüler ausräumen, Rasen mähen, Fenster putzen oder irgendwas studieren, was ich nicht will, oder? Versprecht ihr mir das?"

Meine Eltern nicken im Takt. Sie sehen aus wie zwei Wackeldackel auf der Hutablage eines Autos, das soeben über eine sanfte Bodenwelle gerollt ist.

Ich muss grinsen. Dann springe ich auf.

„Cool, danke! Ihr müsst nur noch so ein komisches Formular unterschreiben, mit dem ihr eure Erziehungsberechtigung für das Wochenende abgebt. Sonst darf ich mich nämlich nicht länger als bis 24 Uhr auf dem Festivalgelände aufhalten und müsste zu Hause übernachten, was natürlich nicht geht. Bleibt ruhig sitzen. Nicht bewegen, ich hol den Wisch schnell."

Ich renne nach oben in mein Zimmer, bevor sie etwas sagen oder auch nur ansatzweise Luft holen können. Der Zettel steckt noch zwischen den Schulsachen im Rucksack. Ich ziehe ihn heraus, glätte ihn mit einer Hand, schnappe mir einen Kuli vom Schreibtisch und fliege wieder nach unten. Mein Herz hat ein bisschen Mühe hinterherzukommen. Es klopft wie verrückt.

Ich überspringe den letzten Treppenabsatz und lege fast eine Bruchlandung hin, weil der Teppich im Flur unter mir wegrutscht. Aber auch diese Herausforderung meistere ich mit klawitterscher Eleganz und Lässigkeit.

„Bitte schön!" Ich klatsche den Zettel auf den Terrassentisch und strahle meine Eltern an. Dass der Kuli im Salat landet, versuche ich zu überspielen.

Jakob prustet. Mein Vater schmunzelt. Und ich? Ich angle den Stift mit spitzen Fingern aus dem Kräuterdressing und lache über mich selbst.

*

„Dann haben sie unterschrieben? Einfach so?"
Anna starrt mich an. Es ist der nächste Morgen. Wir haben uns auf dem Schulweg getroffen und gehen das letzte Stück gemeinsam. Ich schiebe mein Fahrrad und nicke.

„Wow", sagt sie andächtig. „Ich frag meine Mutter gleich heute Nachmittag. Wenn du darfst, kann sie schlecht Nein sagen. Wünsch mir Glück."

„Mach ich. Wird schon klappen."

Wir haben den Schulhof erreicht. Ich schiebe das Rad in den Unterstand und schließe es ab.

Anna wartet neben der Eingangstreppe auf mich. Bei ihr stehen Lena, Billi und die Jungs. Phillip dreht sich zu mir um und strahlt über das ganze Gesicht. Mir wird sofort warm ums Herz. Ich liebe ihn und dieses verrückte Kribbeln, das ich spüre, sobald ich ihn sehe. Hoffentlich hört das nie auf. Auch nicht in hundert Millionen Jahren.

„Hi", sagt er und gibt mir zur Begrüßung einen Kuss auf die Nasenspitze.

„Guten Morgen", erwidere ich lächelnd.

„Hey-ho!" Lena unterbricht unseren romantischen Augenblick, indem sie sich zwischen uns schiebt. „Anna hat gerade erzählt, dass du deine Eltern überredet hast."

„Ich musste sie gar nicht überreden. Es ging irgendwie fast von selbst", gebe ich zu.

„Super!" Lena klopft mir auf die Schulter.

Wir gehen die Treppe hinauf. Phillip und ich laufen Hand in Hand, bevor uns unsere unterschiedlichen Stundenpläne bis zur ersten großen Pause auseinanderreißen.

„Was ist mit deiner Cousine? Hast du sie gefragt?", wende ich mich an Lena.

„Jepp. Sie freut sich." Lena lacht fröhlich. „Meine Mütter haben den Zettel auch schon unterschrieben. Jetzt fehlt nur noch Anna."

Anna hört nur mit einem Ohr zu. Lukas flüstert ihr gerade etwas in das andere. Sie kichert und gibt ihm einen kleinen Stoß, wodurch er kurz aus dem Tritt kommt und eine Treppenstufe hochstolpert. Paul packt ihn blitzschnell am Kragen.

Lukas schnauft. „Boah … Danke."

„Gerne." Paul grinst. Auf seinem T-Shirt steht WHAT WOULD SUPERMAN DO? in Großbuchstaben.

Ich muss lachen, als ich es sehe. Dann trennen sich unsere Wege. Lena und ich müssen ein Stockwerk höher.

„Wir sehen uns in der Pause." Phillip winkt mir zu.

Manchmal bereue ich, dass ich Französisch gewählt habe. Hätte ich Latein genommen, könnte ich den ganzen Vormittag neben ihm sitzen. Aber vielleicht ist es besser so. Wahrscheinlich würde ich ihn die ganze Zeit anschmachten und könnte mich auf nichts anderes mehr konzentrieren. Außerdem mag ich Französisch. Und mit Lena bin ich auch gern zusammen. Es ist also alles gut, wie's ist.

„Ich hab übrigens gestern noch beim Sender angerufen und denen gesagt, dass ich das überzählige Ticket zurückgeben werde", erzählt Lena mir, während wir unseren Fachraum betreten.

„Und wenn Billi oder Dina es sich doch noch anders überlegen?", werfe ich ein.

„Ach, das glaub ich nicht. Falls doch, schmuggeln wir sie irgendwie mit rein." Lena setzt sich neben mich und wirft ihre Tasche auf den Tisch. Heute kullert kein Apfel heraus, sondern eine Kiwi. Bevor das haarige Ding über die Kante rollt, fange ich es mit einer Hand auf.

„Danke", meint Lena. „Der Sender will das Ticket jetzt versteigern. Der Erlös soll der Flüchtlingshilfe zugutekommen. Dina und Billi haben eine gute Tat getan."

„Das ist großartig, aber … bedeutet das etwa, dass wir uns unser VIP-Zelt jetzt vielleicht mit jemand Wildfremdem teilen müssen?“

„Keine Ahnung, kann schon sein.“ Lena plustert die Wangen auf. „Lassen wir uns mal überraschen, was?“

„Das kann ja lustig werden“, murmele ich und ziehe meinen Ordner aus dem Rucksack.

„Und ob!“ Lena grinst breit.

*

Am Nachmittag fange ich an zu packen. Das heißt, nein, zuerst mache ich eine Liste. Ich liebe Listen! Die haben so etwas Übersichtliches. Außerdem kann man sie abhaken und sieht auf den ersten Blick, was schon erledigt ist. Während ich in meinem Zimmer auf dem Boden hocke, die schon gut gefüllte Seite des Collegeblocks betrachte und auf einem Kuli kaue, läuft im Hintergrund *SpaceOneRainbow*. Ich habe den Sender auf meinem Laptop unter Favoriten gespeichert und höre ihn inzwischen fast nur noch. Sogar morgens zum Wachwerden. Der Mix aus deutschen und internationalen Chart-Hits ist echt klasse. Gerade läuft *Sweet But Psycho* von Ava Max. Genau der richtige Song für meine Aktion.

Anna hat schon zweimal angerufen, um mich zu fragen, was ich alles mitnehme. Sie ringt noch mit ihrer Mutter um die Erlaubnis, aber packen will sie trotzdem schon. Als mein Handy klingelt und Annas Name zum dritten Mal an diesem Tag aufleuchtet, grinse ich.

„Hier ist das Festivalbüro Klawitter", melde ich mich. „Wie kann ich Ihnen behilflich sein?"

Anna antwortet mit einem Stöhnen. „Hilfe! Ich bin total überfordert. Wie viele T-Shirts packst du ein? Nimmst du Make-up mit? Eine lange Jeans oder Shorts? Und was ist mit Shampoo und solchen Sachen? Wollen wir uns das nicht teilen?"

„Für jeden Tag ein T-Shirt plus ein, zwei in Reserve", antworte ich nach einem Blick auf meine Liste. „Jeans, Shorts, Socken und Unterwäsche. Vom Make-up nur das Nötigste. Vielleicht eine getönte Tagescreme, Pickelstift, Rouge und Wimperntusche. Daran, dass wir uns Shampoo, Duschgel und Bodylotion teilen können, hab ich auch schon gedacht." Ich schreibe es schnell auf, damit ich es nicht vergesse.

„Mückenspray und Sonnenmilch", schlägt Anna vor. „Und Pflaster vielleicht?"

„Schon notiert", schnarre ich. „Gibt es bei dir was Neues, außer dass du ein bisschen überfordert bist?"

„Du meinst, ob ich meine Mutter inzwischen rumgekriegt hab? Nee, leider nicht. Aber ich schaff das schon."

„Wenn du Hilfe brauchst, sag Bescheid. Dann kommen Lena und ich vorbei. Wenn wir zu dritt sind, hat deine Mam keine Chance. – Oh, Mann … Ist das nicht alles aufregend?"

„Allerdings!" Anna kichert. Dann kommt sie wieder auf das Thema *Ich packe meinen Koffer und nehme mit …* zurück.

„Denkst du, dass ein Sommerkleid overdressed wäre?", fragt sie nachdenklich.

„Kommt darauf an", antworte ich. „Ein schneeweißes mit Rüschen und Tüll vermutlich schon. Aber ein luftiges T-Shirt-Kleid? Warum nicht?"

„Okay", sagt Anna. „Falls mir noch was einfällt –"

„– rufst du einfach wieder an", vollende ich den Satz. „Bis dann!"

Wir legen gleichzeitig auf. Im Radio läuft ein Song von Michael Patrick Kelly. Mau kommt durch die angelehnte Tür ins Zimmer und streicht mir schnurrend um die Beine. Ich nehme ihn in den Arm und drücke ihn an mich. Als er sich losstrampelt, springe ich auf und fange an zu tanzen.

„So I'm gonna take this life and never let it go", singen Paddy und ich zusammen, während ich eine Klamottenschublade aufreiße, den Inhalt inspiziere und kurz darauf in hohem Bogen T-Shirts, Socken und Unterwäsche in meinen Reiserucksack werfe. Die Zeit vergeht wie im Flug, und irgendwann muss ich schließlich anfangen. Warum also nicht gleich heute?

Je eher ich fertig bin, desto schneller geht es los. So lautet jedenfalls meine unschlagbare Klawitter-Theorie. Vielleicht klappts ja.

KAPITEL 5

Wir Kleinstadtmädels und ein Hauch von New York City

Yes! Auf die unschlagbare Klawitter-Theorie ist Verlass! Die Zeit ist tatsächlich unfassbar schnell vergangen. Das wird mir klar, als der Tag unserer Abreise plötzlich da ist und wir in Lenas Küche am Fenster stehen. Wir sind so nervös und aufgedreht, dass wir uns gegenseitig auf die Füße treten.

„Guckt euch das an! Ist das nicht einfach spektakulär?"

Lena drückt sich die Nase an der Scheibe platt. Keine Ahnung, ob sie das sonnengelbe New Yorker Taxi meint, das vor dem Haus in einer Parklücke steht, oder doch eher den Chauffeur im schwarzen Anzug, der sehr cool hinter dem Lenkrad sitzt und auf uns wartet.

Beide erregen Aufsehen – und zwar nicht nur bei uns. Immer wieder bleibt unten jemand stehen und guckt. Ein Typ schießt sogar Fotos mit seinem Handy.

Ein Hauch von Weltstadt in unserer piefigen Kleinstadt – wow! Phillip würde ausflippen, wenn er das sehen könnte. Er ist ein Riesen-New-York-Fan. Schade, dass er nicht hier ist. Ganz ehrlich? Er fehlt mir jetzt schon.

Die Zeit ist wirklich geflogen. In wenigen Minuten starten

wir in unser Festival-Wochenende. Und das mit Stil. Ich meine, wer kann schon von sich behaupten, mit einem original *Yellow Cab* durch die Gegend kutschiert zu werden? Also, ich bisher nicht. Lena, Anna und Nikoline auch nicht.

Wir haben uns vor einer halben Stunde bei Lena getroffen. Jetzt fallen wir fast übereinander bei dem Versuch, im Flur unsere Gepäckstücke zu sortieren und zu schultern. Schließlich wollen wir unseren Fahrer nicht länger warten lassen.

„Das ist so cool! Wir müssen unbedingt ein Selfie von uns mit dem Taxi machen!" Anna schnappt nach Luft, als wäre sie kurz davor, zu hyperventilieren.

Ich bin auch total aufgeregt, das gebe ich zu. Nur Nikoline, Lenas Cousine, ist die Ruhe in Person. Wir haben sie vor ein paar Tagen kennengelernt und auf Anhieb nett gefunden. Sie ist ein ganz natürlicher Typ, ein bisschen kleiner als ich und dunkelhaarig. Für das Festival hat sie sich in eine weite Latzhose und ein gepunktetes Schlabbershirt geworfen. Dazu trägt sie blaue Chucks. Sie sieht aus wie eine von uns. Kein Stück älter.

Als wir uns endlich mit unseren Siebensachen aus der Wohnung schieben, stolpert Anna über die Fußleiste.

„Nix passiert!", ruft sie.

Sie ist wirklich komplett durch den Wind. Kein Wunder. Im Gegensatz zu mir hat sie tatsächlich noch bis gestern Abend mit ihrer Mutter um die Erlaubnis gerungen. Die arme Anna stand kurz vor einem Nervenzusammenbruch. Ihre Mutter wahrscheinlich auch. Zu dem Zeitpunkt hatten Lena und ich schon längst fertig gepackt, obwohl es gar nicht so einfach war, uns zu entscheiden, was wir anziehen und unbedingt mitnehmen wollen. Irgendwann habe ich einfach alles zum Rest geworfen und den Rucksack zugezogen.

Anna lupft ihre dickbauchige rosa Reisetasche und schiebt sich seitwärts die Treppe runter. Ich folge ihr schnaufend mit meinem Gepäck.

Plötzlich spüre ich mein Handy in der Hosentasche vibrieren. Vielleicht ist es Phillip, der mir heute zum gefühlt millionsten Mal viel Spaß wünschen will. Vielleicht ist es aber auch meine Mutter, die mich daran erinnern möchte, mir regelmäßig die Zähne zu putzen.

Egal wer oder was es ist, ich entscheide mich dafür, den Anruf zu ignorieren. Wenn ich jetzt stehen bleibe, blockiere ich die Stufen und halte alles auf, während draußen unser Taxi wartet. Bestimmt trommelt der Chauffeur schon genervt auf das Lenkrad. Außerdem bohrt sich gerade Lenas Seesack ziemlich unsanft in meinen Rücken. Das Vibrieren in meiner Tasche erstirbt.

Draußen vor dem Haus atmen wir alle erst mal auf.

Lena will die Arme ausbreiten, vermutlich um zu jubeln, aber sie schafft es nur halb. Ihr unförmiger Segeltuchbeutel ist einfach zu schwer.

Ob es wirklich so schlau ist, diese ganzen Klamotten mitzuschleppen? Hätten wir uns nicht vielleicht auf das Nötigste beschränken sollen?

Nö, beantworte ich mir die Fragen selbst. Schließlich haben wir einen Wagen und ein Zelt nur für uns. Dazu noch unseren eigenen Chauffeur.

Und was für einen!

„Hoppla!", entfährt es Lena, als der Typ lässig aus dem gelben Taxi steigt und uns von oben bis unten mustert.

Dürfen Chauffeure grinsen? Und dürfen die dabei so gut aussehen? Im Kino sind die sonst doch eher unscheinbar, alt, steif und dezent und verziehen keine Miene. Unserer nicht. Der trägt eine dunkle Pilotenbrille, hat breite Schultern und lockige Haare, die er zu einem kleinen Pferdeschwanz zusammengebunden hat. Die Schultern und der Rest stecken in einem perfekt sitzenden Anzug. Glänzende Schuhe und ein blütenweißes Hemd mit offenem Kragen vervollständigen das Outfit.

„Darf ich euch helfen?" Er geht über die Straße, ohne nach links und rechts zu schauen. Na gut, dabei setzt er sich wirklich keiner größeren Gefahr aus. Lena und ihre Mütter wohnen in einer verkehrsberuhigten Zone. Es gibt hier keinen Durchgangsverkehr. Das hat er in den vergangenen Minuten vermutlich gecheckt, während er auf uns gewartet hat. Trotzdem wirkt es irgendwie cool und unerschrocken.

Lena spitzt die Lippen. Annas Wangen laufen zartrosa an.

Nikoline und ich verhalten uns ganz normal.

Zwei Jungs in Jakobs Alter bleiben stehen und bestaunen das Taxi. Der Chauffeur nickt ihnen zu. Dann mustert er unser Gepäck.

„Okay, Ladys … Wollt ihr auf eine Kreuzfahrt oder auf ein Rockkonzert?", fragt er. „Ich bin übrigens Bert."

Er streckt uns seine Hand entgegen.

Bert? Den Namen muss ich erst mal sacken lassen.

„Herbert?" Anna schüttelt die angebotene Hand.

„Nein. Nur Bert."

„Okay, Nurbert“, mischt Lena sich ein. „Dann wollen wir mal, was?“

„Gerne.“ Bert nimmt die Sonnenbrille ab und versenkt sie in der Hemdtasche.

„Wir können unsere Sachen selbst tragen“, meint Nikoline. Sie hat die ganze Zeit noch nichts gesagt. „Wie geht denn der Kofferraum auf?“

Bert geht nach hinten und öffnet die Heckklappe. Wir folgen ihm.

„Nurbert?“, raune ich Lena zu.

„Hat er doch gerade gesagt, oder?“, flüstert sie zurück.

Wir kichern.

Als unsere Sachen verstaut sind, machen wir die obligatorischen Selfies. Mit dem Taxi, mit Nurbert und mit vielen albernen Grimassen, die wir schneiden, weil wir unser Glück immer noch nicht wirklich fassen können. Zum Schluss schießt Nurbert noch ein Gruppenfoto von uns, wie wir uns in den Armen liegen.

Da Lena die Gewinnerin ist und wir anderen ohne sie das hier nicht erleben würden, darf sie selbstverständlich vorne auf der Beifahrerseite einsteigen. Sie sitzt kerzengerade auf dem Polster wie auf einem Thron, schaut aus dem heruntergelassenen Fenster und strahlt selig vor sich hin. Das kann ich im Rückspiegel sehen, als Anna, Nikoline und ich auf die sofabreite Rückbank rutschen. Es ist unglaublich, wie groß dieses Fahrzeug innen und außen ist. Und so superbequem!

„Yeah“, sagt Nikoline. „Ich war vor zwei Jahren in New York, aber ich habs nicht ein einziges Mal geschafft, da mit einem Taxi zu fahren. In Filmen genügt es immer, sich an eine Straße zu stellen und mit einem Kaffeebecher zu winken. Vergesst es! Im wahren Leben rauschen die einfach an dir vorbei – es sei denn, du bist Wallstreet-Banker, Model oder berühmt. Am besten alles zusammen. Nur dann hast du gute Chancen, mitgenommen zu werden."

„Du warst in New York?" Ich bin beeindruckt.

„Ich hab da ein Praktikum in einem Architekturbüro gemacht. Nach dem Studium möchte ich wieder rüberfliegen. Am liebsten würde ich ein, zwei Jahre dort leben und arbeiten", antwortet sie nickend.

„Wahnsinn", sagen Anna und ich gleichzeitig.

„Drückt mir die Daumen, dass es klappt", erwidert Nikoline lächelnd.

Bert hat inzwischen seine Pilotenbrille wieder aufgesetzt. Hinter den dunklen Gläsern zwinkert er Lena kurz zu, dann dreht er den Zündschlüssel um. Der Motor erwacht mit einem dunklen Blubbern zum Leben. Das Taxi rollt vorwärts.

„Was für ein geiler Sound!" Lena ist begeistert. Sie streckt ihren Arm aus dem Seitenfenster und winkt einem Pärchen zu, das an der Straßenecke steht.

„Kannst du mich mal kneifen?", fragt mich Anna von der Seite. Sie hibbelt aufgeregt neben mir herum.

„Warum?", frage ich zurück.

„Weil ich irgendwie gerade nicht glauben kann, dass mir das hier wirklich passiert."

Sie hält mir ihre Hand hin. Ich kneife zu.

„Au! Danke. Ich wollte nur sichergehen, dass ich nicht träume."

„Gern geschehen." Ich lehne mich zurück und lasse die Stadt an mir vorüberziehen. Anna hat recht: Das hier fühlt sich nicht real an.

„Darf ich?" Lena hat das alte Radio im Armaturenbrett entdeckt und dreht schon an den Knöpfen, ohne die Antwort abzuwarten.

„Sicher", sagt Bert. „Du bist der Boss."

Es rauscht in den Boxen. Lena braucht ein Weilchen, bis sie einen Sender gefunden hat.

„Hey, das ist *SpaceOneRainbow*!", ruft sie, als das Rauschen aufhört und einem Sommerhit weicht. Sie dreht lauter. *„Havana, ooh na-na, half of my heart is in Havana, ooh-na-na"*, grölt sie.

„Ooh-ooh-ooh, I knew it when I met him", fallen wir ein.

Bert verzieht keine Miene und lenkt das Taxi unbeirrt durch den Verkehr. Er ist wirklich ein toller Chauffeur. Also nicht, dass ich da Vergleichsmöglichkeiten hätte, aber es gefällt mir einfach, wie souverän und lässig er mit der Situation und uns umgeht.

Jeder andere würde wohl die Flucht ergreifen, wenn er mit vier falsch singenden Mädchen das Auto teilen müsste. Nicht unser Nurbert. Der steht über den Dingen und schmunzelt nur innerlich. Vielleicht summt er innen drin ja sogar heimlich mit, wer weiß.

Während wir durch die Gegend geschaukelt werden und überall für erstaunte Blicke sorgen, checke ich meine Nachrichten auf dem Handy. Nicht Phillip oder meine Mam haben vorhin versucht mich anzurufen, sondern Billi wars. Ich klicke auf Lautsprecher, damit die anderen die Sprachmitteilung mit anhören können. Lena dreht das Radio leiser.

„HALLO, IHR! DINA UND ICH WÜNSCHEN EUCH VIEL SPASS UND SONNENSCHEIN! FEIERT FÜR UNS MIT UND VERGESST NICHT, JEDE MENGE FOTOS ZU MACHEN. TSCHÜ-HÜSS!“

„Wie süß“, meint Anna.

„Schade, dass sie nicht doch mitgekommen sind.“ Ich stecke das Handy weg und schaue aus dem Fenster.

„Bestimmt habt ihr irgendwann noch mal die Gelegenheit, alle zusammen auf ein Konzert oder Festival zu gehen“, sagt Nikoline.

„Klar, wenn die beiden älter sind.“ Ich nicke.

„Und ein bisschen mutiger“, fügt Lena hinzu.

„Ja, das auch“, sage ich nachdenklich.

„Das kommt schon noch. In eurem Alter ist es manchmal gar nicht so leicht, mutig und cool zu sein“, meint Nikoline. „Ich war früher auch eher ängstlich und zurückhaltend. Ist doch nichts dabei. Schließlich sind nicht alle Mädchen gleich.“

Wo sie recht hat, hat sie recht.

*

Die Fahrt zum Festival dauert eine gute Stunde. Uns kommt es allerdings gar nicht so lang vor. Im Gegenteil, wir genießen jede Sekunde. Irgendwann öffnet Lena das Handschuhfach und entdeckt, dass es in Wirklichkeit ein bis zum Rand mit Schokoriegeln und kleinen Tetrapaks gefüllter Mini-Kühlschrank ist.

„Ist das dein geheimer privater Vorrat?", fragt sie Bert.

„Nein." Er schüttelt den Kopf. „Das gehört alles zum VIP-Paket. Bedient euch! Falls ihr unterwegs picknicken möchtet: Im Kofferraum ist noch ein Kühlfach mit Sekt und Kaviar."

„Prickelbrause? Fischeier? Örks, nee. Kokoswasser ist schon in Ordnung!"

Lena greift in das Handschuhfach und holt vier Getränkepackungen und eine Handvoll Riegel heraus, die sie einfach über die Schulter nach hinten wirft. Anna und ich fangen die Teile auf. Nikoline beugt sich schnell vor und nimmt Lena die Tetrapaks ab, bevor sie die auch noch durch die Gegend schmeißt.

„So ein Luxusleben!" Lena trinkt und rülpst zufrieden. Dann sinkt sie tiefer in den Sitz und schnurrt behaglich. „Können wir bitte ganz weit fahren? Vielleicht bis nach Spanien oder so? Ich liebe dieses Auto!"

Bert grinst. „Ich auch. Aber leider lautet mein Auftrag, euch pünktlich am Zielort abzuliefern. Anastasia erwartet euch auf dem Festivalgelände."

„Anastasia?"

„Das ist die Betreuerin vom Sender. Sie kümmert sich um alles und ist eure Ansprechpartnerin vor Ort."

„Noch eine Babysitterin?" Lena rülpst noch einmal.

„Ein bisschen mehr Respekt, bitte", sagt Nikoline.

Lena dreht sich zu ihr um. „Wie viel bezahlen unsere Eltern eigentlich dafür, dass du auf uns aufpasst?"

„Eindeutig zu wenig", gibt Nikoline schlagfertig zurück.

Ein paar Kilometer weiter haben wir unser Ziel fast erreicht. Der Verkehr nimmt deutlich zu. Irgendwann stehen wir vor einer Abfahrt in einem Stau und sind zwischen lauter Autos mit Fähnchen und Festivalaufklebern eingeklemmt. Aus heruntergelassenen Fenstern wummert Heavy Metal.

„Oha", meint Bert. Er gestattet sich, eine Augenbraue hochzuziehen.

Ich folge seinem Beispiel. Allerdings lupfe ich gleich beide Brauen. Einzeln kann ich das gar nicht, sosehr ich es auch versuche. Auf jeden Fall ist das, was ich höre und sehe, ein klitzekleines bisschen beunruhigend.

Unser Taxi ist von wild aussehenden Typen mit zotteligen Haaren und schwarzen Klamotten umringt, deren Autos zum größten Teil ebenfalls schwarz sind – bis auf die, die nur noch aus Rost und Aufklebern zu bestehen scheinen.

Sind das vielleicht die Leute, vor denen Phillip mich warnen wollte, als er von „die wollen alle nur die Sau rauslassen" gesprochen hat? Ich fürchte, ja.

„Hey, krass!" Lena winkt unseren Nachbarn im Stau zu.

Die tätowierten Jungs freuen sich und winken johlend zurück.

Nikoline runzelt die Stirn.

„Ich glaub, ich will nach Hause", murmelt Anna. Sie wirft mir einen unsicheren Blick zu.

„Ach, das wird bestimmt lustig. Entspann dich." Ich tätschele ihre Hand. Viel lieber möchte ich meine eigene Hand tätscheln. Worauf hab ich mich nur eingelassen? Vielleicht war Lenas Vorschlag, bis nach Spanien zu fahren, gar nicht so verkehrt. Das Taxi kommt mir wie ein sicherer Ort vor, den ich im Augenblick lieber nicht verlassen möchte. Wie eine Art Panic Room auf Rädern.

Ich seufze heimlich, als der Stau sich auflöst. Zum Glück kreuzen immer mehr normal aussehende Fahrzeuge auf, je näher wir dem Festival kommen. Die Insassen dieser Wagen unterscheiden sich überhaupt nicht von uns. Ich sehe überall erwartungsvolle Gesichter und fröhliche Leute in bunten Klamotten, die sich auf das Wochenende freuen. Genau wie wir.

Farbige Hinweisschilder führen zu den verschiedenen Park- und Campingplätzen. Innerhalb des Dorfes, durch das wir im Schritttempo kriechen, regeln Polizisten den Verkehr.

Girlanden und Fähnchen flattern im Wind. An einem Stand kann man mit Helium gefüllte Ballons in Form von Einhörnern oder eines blauen Spiderfish kaufen. Der kugelrunde Fisch mit dem Spinnennetz ist das Maskottchen des Festivals und hat ihm den Namen gegeben, hat Lena uns erzählt.

„So viele tolle Menschen!“, ruft sie in dieser Sekunde. „Und überall Regenbogenfahnen und Einhörner! Ich liebe es!“

Anna, Nikoline und ich nicken nur.

Viele Festivalbesucher sind mit Rucksäcken, Zelten und Schlafsackrollen unterwegs. Zwei Mädchen ziehen einen Bollerwagen mit ihren Sachen hinter sich her. Sie tragen weite Pluderhosen und Tanktops. Ihre Haare haben sie zu langen Zöpfen geflochten und mit Federn geschmückt.

Über allem liegt ein dicker, fetter Soundteppich aus Musik. Es kribbelt in meinem Bauch.

Die Sonne scheint und wärmt die Welt. Ich höre Rufe und Gelächter. Gleichzeitig spüre ich, wie sich die ausgelassene

Stimmung auf mich überträgt und alles zum Vibrieren bringt. Es gefällt mir.

Ganz kurz vermisse ich Phillip. Zu gerne würde ich das hier mit ihm teilen. Ich hoffe nur, dass sein Wochenende genauso schön wird wie meins. Denn daran, dass meins ganz sicher wunderschön werden wird, hab ich keinen Zweifel mehr.

Bert steuert unser Taxi im Schneckentempo durch den Ort. Wir haben die Scheiben zum Winken, Gucken, Riechen, Hören und Staunen heruntergelassen.

„Da sind wir!" Bert hält vor einer Schranke, zeigt auf den Aufkleber des Radiosenders, der deutlich sichtbar an der Seitenscheibe des Taxis klebt, und wechselt ein paar Worte mit einem Ordner, der uns anstandslos durchfahren lässt.

Inzwischen hängen wir fast aus den Fenstern, damit uns nur nichts entgeht. Sogar Anna hat ihre Bedenken verdrängt. Ihre Wangen sind knallrot vor Aufregung.

Wir rollen weiter, biegen irgendwann ab und bleiben schließlich stehen. Bert dreht den Zündschlüssel um. Der Motor hört auf zu blubbern, das Radio verstummt. Wir auch.

Eine Reihe schneeweiße Beduinenzelte ragt vor uns auf. Im Hintergrund ist eine gigantische Bühne zu erkennen. Scheinwerfer und Lautsprecher hängen an meterhohen Stahlmasten. Alles ist unfassbar riesig. Auch der grinsende Spinnenfisch, der hoch über dem Gelände am Himmel schwebt und sich beim zweiten Hinsehen als Fesselballon entpuppt. Wow, sieht das cool aus!

Mein Herz klopft, mein Bauchnabel kribbelt. Wir sind tatsächlich da.

KAPITEL 6

Glamping für vier und ein Mädchen, das Pfeffer heißt

Lena findet als Erste ihre Sprache wieder. „Das ist der Hammer, Leute!", jubelt sie. „Jetzt gehts lo-hos!"

Wir steigen aus, strecken uns, schauen uns um.

Bert holt sein Handy aus der Jackentasche und telefoniert mit Anastasia, um ihr zu sagen, dass er uns wohlbehalten abgeliefert hat. *Mission accomplished* sozusagen. Auftrag ausgeführt.

„Ob eins davon unseres ist?" Ich versuche einen Blick in eines der spitzen Zelte zu werfen. Viel kann ich nicht sehen. Das Licht im Inneren ist zu schummrig.

„Ich muss mal", flüstert Anna mir zu. „Gibts hier irgendwo Toiletten?"

„Im Dorf hab ich vorhin ein Schild gesehen." Ich zucke mit den Schultern. „Aber wo es hier was gibt? Keine Ahnung."

„Wenn wir ein eigenes Zelt haben, werden wir wohl auch ein eigenes Klo haben." Nikoline verschränkt die Arme vor der Brust. „Hoffe ich jedenfalls."

„Ich auch", jammert Anna.

In diesem Augenblick trabt eine kurzhaarige, blonde Frau auf uns zu und strahlt uns an, als wären wir gute Bekannte, die sich rein zufällig über den Weg gelaufen sind. Sie trägt ausgebeulte, olivgrüne Baggy Pants, dazu eine karierte Bluse, derbe Sicherheitsstiefel und ein Walkie-Talkie am Gürtel. Ihre Fingernägel sind metallisch blau lackiert. Sie wirkt extrem lässig.

„Hey, da seid ihr ja! Superschön!“, ruft sie.

Fehlt nur noch, dass sie die Arme ausbreitet.

Sie breitet die Arme aus und stellt sich vor – „Anastasia, *SpaceOneRainbow*“ –, bevor sie links und rechts Küsschen verteilt.

Anscheinend freut sie sich wirklich sehr, uns zu sehen.

Kurz darauf bekommen wir breite Halsbänder mit eingeschweißten Eintrittskarten überreicht. „Das sind die Lanyards mit euren Backstage-Pässen. Die Pässe sind personalisiert und haben einen QR-Code. Verliert sie bitte nicht und zeigt sie bei Kontrollen vor. Supereasy. Ihr kommt damit überall rein. Vor die Bühne, hinter die Bühne, in den abgesperrten VIP-Bereich und in unser Verpflegungszelt. Das hat übrigens rund um die Uhr geöffnet. Habt ihr die Muttizettel dabei? Und eure Personalausweise? Die müsste ich mal kurz checken. Danach zeig ich euch dann euer Zelt und die facilities.“

Facilities? Anna, Lena und ich gucken uns an und kichern.

Bevor wir losgefahren sind, haben wir Nikoline unsere Erlaubniszettel und die Ausweise gegeben. Schließlich ist sie ab jetzt unsere Erziehungsbevollmächtigte. Sie holt die Unterlagen aus ihrem Rucksack und reicht sie Anastasia. Die scannt die Zettel und Ausweise so schnell, als hätte sie Röntgenaugen. Sie notiert sich unsere Ausweisnummern und fotografiert die Feierzettel noch mit dem Handy, bevor sie sie zurückgibt.

Ich schaue mich in der Zwischenzeit schon mal um.

Einige Zelte sind anscheinend bereits bewohnt. Vor den Eingängen liegen Schuhe herum.

Über allem hängt der Duft von Bratwurst, Pommes und Zuckerwatte. Es riecht wie auf einem Jahrmarkt. Pärchen und Gruppen schlendern über die Wiese. Bis die ersten Bands auftreten, dauert es allerdings noch eine Weile, erzählt Anastasia. Die Musik, die von der Bühne herüberweht, ist nur ein Soundcheck.

„Kannst du mir sagen, wann *Thousand Pieces Broken* auftreten?", wendet sich Lena an Anastasia. Die nickt.

„Jo, klar. So gegen neun, schätze ich. Die sind heute Abend unser main act. In eurem Zelt findet ihr das line-up für das ganze Wochenende."

Main act? Line-up? Gibt es vielleicht ein Wörterbuch für diese seltsame Festivalsprache? Falls ja, hätte ich gerne eins.

„Auf der Liste stehen sämtliche Uhrzeiten und welche Band auf welcher stage auftritt", fährt Anastasia fort. „Wir haben insgesamt drei Bühnen, eine große für die wichtigsten Bands und noch zwei kleinere. Die Großen spielen auf der Hauptbühne. Ist total easy."

„Okay", sagt Lena und wickelt eine Haarsträhne um ihren Finger.

Anastasia nickt. Sie dreht sich um und bedeutet uns, ihr zu folgen.

Bert lädt schnell unser Gepäck aus. Er wünscht uns viel Spaß, dann steigt er ins Taxi und ist weg.

„Er holt uns doch hoffentlich auch wieder ab, oder?", raunt Anna mir zu, während wir unsere Sachen nehmen und hinter

Anastasia herwatscheln wie Entenküken hinter ihrer Entenmama.

„Sicher", erwidere ich. „Nurbert vergisst uns nicht. Keine Panik."

„Hab ich euch schon gesagt, dass ihr eure Ausweise und die Feierzettel immer bei euch tragen müsst? Das ist Vorschrift", erklärt uns Anastasia über die Schulter hinweg.

„Ja, klar. Machen wir", verspricht Lena. Sie hat ein weites Trägerhemd an, darunter ein schwarzes Bikinioberteil, und sich eine verspiegelte Sonnenbrille ins Haar gesteckt. Mit ihrer kurzen, ausgefransten Jeans, den vielen Armbändern, Schmuckfedern, Halsketten und den knöchelhohen Bikerboots sieht sie aus wie ein weiblicher Rockstar.

Anna und ich haben uns auch für Shorts und T-Shirt entschieden. Allerdings stecken unsere Füße nicht in Boots, sondern in Flipflops. Es ist hochsommerlich warm. Die Luft ist drückend und schwül. Ich spüre, dass mir Schweißperlen zwischen den Schulterblättern herunterrollen. Es kribbelt und kitzelt.

„Hoffentlich kühlt es bald ab. Ein Gewitter wäre schön."

Nikoline schnauft. Ihr Gesicht ist knallrot und glänzt.

„Was? Bloß das nicht!", sage ich.

Anastasia beruhigt uns. Sie ist am Ende der Reihe vor einem Zelt stehen geblieben und zieht eine schwere Plane zur Seite, die als Tür dient.

„Nee, nee", meint sie. „Die Wettervorhersage ist auf unserer Seite. Es soll zwar Gewitter geben, aber nicht hier bei uns." Sie tritt zurück und gibt den Weg frei. „Come in, ladies!"

Wir folgen ihrer Aufforderung.

Ich bin wirklich gespannt, wie es im Zelt aussieht. Der erste Eindruck gefällt mir schon mal. Es ist schön schattig und kühl, total angenehm.

„Das Zelt hat eine Klimaanlage und einen Deckenventilator", erklärt Anastasia uns. „Hier im Vorzelt ist das Bad mit Duschkabine, Waschbecken und Camping-WC. Der Kühlschrank steht auch hier vorn, direkt neben der Spüle. Er ist mit allem gefüllt, was ihr braucht: kalte Getränke, Snacks, Obst, Sandwiches, Joghurts. Außerdem gibt es noch einen Grill, einen Klapptisch und ein paar Stühle, falls ihr euch auch mal draußen hinsetzen wollt."

Ich bin total geplättet und weiß gar nicht, was ich sagen soll. Früher war ich hin und wieder mit meinen Eltern zelten. Auch mal mit meinen Freunden. Aber das war immer eher die spartanische Version – im Gegensatz zu dem hier. Der reinste Luxus!

„Oh, cool! Glamping ist total angesagt. Ich hab erst neulich in einer Zeitschrift was darüber gelesen." Anna stupst mich mit dem Ellbogen an.

„Glamping?", frage ich.

„Ja, das ist eine Mischung aus Glamour und Camping, also glamouröses Camping, Luxuszelten", erklärt Anna mir, die ein echter Zeitschriften-Junkie ist und immer über alles Bescheid weiß, was gerade in ist.

„Glamping klingt cool."

„Finde ich auch."

Wir folgen den anderen in das Hauptzelt. Unsere Sachen lassen wir einfach im Vorraum stehen.

„Wow!", höre ich Lena rufen.

Anna und ich schieben uns hinter ihr und Nikoline in den runden Innenraum. Mir klappt auf der Stelle der Unterkiefer runter. Nicht nur mir, den anderen auch.

Anna und Nikoline haben ganz vergessen, dass sie doch eigentlich dringend auf die Toilette wollten. Wir stehen einfach nur da, mit offenen Mündern und großen Augen.

Über unseren Köpfen schnurrt ein Ventilator. Unter unseren Füßen sind dicke Teppiche ausgebreitet, die den gesamten Boden bedecken. An den Wänden stehen fünf Betten, von denen jedes einzelne mindestens doppelt so breit ist wie meine schmale Matratze zu Hause. Bunte Kissen sind auf den marokkanisch anmutenden Steppdecken verstreut. An den Fußenden liegt jeweils ein Stapel dicker, flauschiger Handtücher. Neben jedem Bett steht ein Hocker mit Lampe.

Ich fühle mich wie in einem Film. Alles sieht wahrsinnig edel und nach Afrika, Steppe und Abenteuer aus. Es würde mich kein bisschen wundern, wenn ein Löwe seinen Kopf ins Zelt schieben oder draußen eine Horde Elefanten vorbeitrampeln würde.

„Das ist ein originales Safarizelt“, sagt Anastasia, als hätte sie meine Gedanken gelesen. „Great, oder?“

„Aber hallo!“, krächze ich.

„Wow“, sagt Lena noch einmal. „Das ist echt mega!“

„Das ist es“, bestätigt Nikoline.

Wir bedanken uns bei Anastasia. Sie antwortet mit einem Lächeln.

„Freut mich, wenns euch gefällt. Licht gibts übrigens auch.“ Sie zeigt auf die Nachttischlampen. „Die Akkus sollten voll aufgeladen sein. Falls sie nachlassen, stellt sie einfach nach draußen.

Die LEDs werden vom Tageslicht gespeist, auch wenn es bewölkt ist. Noch Fragen?“

„Im Moment nicht.“ Ich grinse. Es geht nicht anders.

Anastasia tippt sich an die Nase. „Wollt ihr euch erst mal einrichten? Oder soll ich euch gleich noch das Gelände zeigen?“

Wir gucken uns an.

Anna zuckt mit den Schultern.

Lena und ich schütteln gleichzeitig die Köpfe.

„Das kriegen wir schon hin“, sagt Nikoline.

„Logo“, meint Lena.

„Klar“, füge ich hinzu.

„Lasst bitte keine Wertsachen rumliegen“, ermahnt Anastasia uns noch. „Die Zelte lassen sich nicht abschließen. Aber keine Angst: Ihr seid hier im abgesperrten Bereich. Unsere Security ist ständig auf Streife und passt auf.“ Sie klatscht in die Hände. „Okay, dann lass ich euch jetzt allein. Ich geb euch nur noch schnell meine Handynummer und einen Lageplan. Auf der Rückseite findet ihr die Bands und ihre Auftrittszeiten. Wie gesagt: Ihr habt mit euren Tickets Zutritt zu fast allen Bereichen. Im Vorzelt steht noch ein Karton mit Merchandise für euch. T-Shirts von den Bands, Caps, Kulis, Aufkleber, Notizblöcke und so ’n Kram. Das sind Präsente vom Sender und den Sponsoren. Greift zu. Es gehört alles euch.“

Anna kneift mich. Wir können unser Glück kaum fassen.

Anastasia überreicht uns den bunten Faltplan, nachdem sie ihre Telefonnummer draufgekritzelt hat. „Ich bin rund um die Uhr erreichbar. Wenn irgendwas ist, call me.“

„Machen wir“, sagt Anna.

„Danke!“ Ich grinse immer noch. Ich kann nichts dafür. Es liegt an allem. Dem Wetter, dem Zelt, dem Umstand, dass ein geniales Wochenende vor mir liegt ... Einfach an allem.

Nikoline geht mit Anastasia zum Zeltausgang.

Anna, Lena und ich starren uns sekundenlang schweigend an. Plötzlich fallen wir uns wie auf Kommando in die Arme und hüpfen, tanzen, kreischen wie blöd, als hätte jemand auf einen unsichtbaren Auslöser gedrückt. Es dauert eine Weile, bis wir uns wieder im Griff haben und normal atmen können. Dann stürzen wir uns im Vorzelt auf den Pappkarton und schleppen ihn in unser Wohn- und Schlafzimmer.

Nikoline schüttelt lachend den Kopf, als sie es sieht.

Lena entdeckt ein T-Shirt ihrer Lieblingsband und presst es sich an die Brust. „Wahnsinn ... Bald seh ich ihn live!“

„Wen?“, frage ich.

„Cooper Summerfield!“ Sie hält mir das T-Shirt hin. „Er ist der Leadsänger.“

„Okay“, sage ich, weil ich nicht weiß, was ich sonst sagen soll.

„Er ist ein Gitarrengott. Er sieht so gut aus!“

„Ich finde, er hat ziemlich viele Falten“, mischt Anna sich ein.

„Ey, das liegt doch nur an dem zerknautschten Stoff!“, protestiert Lena.

Anna und ich prusten los. Lena greift noch einmal in den Karton und wirft uns zwei eingeschweißte schwarze Plastikpäckchen zu. Eins trifft Annas Stirn. Das andere fange ich geschickt mit einer Hand und betrachte es von allen Seiten.

„Echt jetzt? Ein Regencape? Wie praktisch“, bemerke ich ironisch.

„Ihr könnt sie wieder in die Kiste werfen. Ich glaub nicht, dass wir die Dinger brauchen werden.“ Lena schlüpft aus ihrem Trägerhemd und zieht sich das T-Shirt ihres Idols übers Bikinioberteil. Es ist über den Daumen gepeilt mindestens drei Nummern zu groß. Sie versinkt fast darin, aber das scheint sie nicht zu stören.

„Wo steckt eigentlich Nikoline?“, fragt Anna plötzlich und guckt sich um. „War sie nicht gerade noch da?“

„Ich hab nur kurz die Toilette gecheckt“, kommt es aus dem Vorzelt. „Sie funktioniert! Nur für den Fall, dass du immer noch so dringend musst …“

„Ach ja!“ Anna springt auf. „Wenn ich zurück bin, verteilen wir die Betten. Einverstanden? Es ist so cool hier! Fast wie auf einer Klassenfahrt. Findet ihr nicht?“

Ich unterdrücke ein Prusten.

„Klassenfahrt?“, fragt Lena entsetzt.

„Na ja, nur ein bisschen …“, sagt Anna. „Wartet ihr auf mich mit dem Bettenaussuchen? Bin gleich wieder da!“

Sie stürzt hinaus und prallt dabei fast mit Nikoline zusammen.

„Ich nehm das hier.“ Nikoline lässt sich auf das erstbeste Feldbett fallen. „Ihr könnt von mir aus knobeln. Ist mir egal.“

„Mir ist es auch wurscht“, meint Lena. „Ich werde eh kein Bett brauchen. Schließlich bin ich nicht zum Schlafen hier. Ich will was erleben!“

„Du meinst, du willst überhaupt nicht schlafen, solange wir hier sind?“, frage ich ungläubig.

„Doch, schon“, erwidert sie. „Vielleicht mach ich zwischendurch mal ein Nickerchen, wenn ich müde bin. Aber ich werde ganz bestimmt nicht die Nacht vergeuden, indem ich an der Matratze horche. Never! Ich hab was Besseres vor. Hat zufällig jemand 'ne Schere dabei?"

„Wozu?"

„Um das Teil ein bisschen zu modifizieren." Sie zupft an dem T-Shirt.

„Reicht dir eine Nagelschere? Sonst guck mal draußen in den Küchenschubladen nach." Nikoline wühlt in ihrer Reisetasche und wirft eine Handvoll Klamotten aufs Bett, bevor sie ganz unten ihren Kulturbeutel findet, in dem eine Schere steckt.

„Die Nagelschere genügt vollkommen. Danke." Lena streckt die Hand aus. Wenige Minuten später ist das T-Shirt nicht mehr wiederzuerkennen. Sie hat die Gesamtlänge locker um zwanzig Zentimeter gekürzt und die Ärmel abgetrennt. Anschließend hat sie mit der winzigen Schere aus dem runden Ausschnitt ein ausgefranstes V gemacht. Das Teil sieht plötzlich extrem sexy aus.

„Super, dass du noch ein bisschen Stoff übrig gelassen hast", sagt Nikoline. „Sonst müsste ich dich glatt dazu verdonnern, einen von den schicken schwarzen Regenponchos überzuziehen."

Lena überhört die Bemerkung. Ich muss grinsen. Lena kann anziehen, was sie will. Nicht mal ein hässlicher Plastikponcho könnte sie entstellen.

„Steht Cooper auf bauchfrei?", erkundige ich mich.

„Wer weiß?" Lena zwinkert mir zu.

„Heftig!" Anna kommt ins Zelt und starrt auf Lenas Eigenkreation. „Und so willst du draußen rumlaufen?"

„Rumlaufen, tanzen, feiern und jede Menge Spaß haben", bestätigt Lena ungerührt. „Wollen wir nicht langsam starten? Worauf warten wir noch?“

„Darauf, dass sich jeder ein Bett aussucht, zum Beispiel“, sagt Anna.

„Such dir einfach eins aus“, schlage ich vor. „Wir werden uns schon einig. Lena will eh nicht schlafen.“

„Wieso nicht?“ Anna guckt ähnlich überrascht wie ich vor wenigen Minuten.

„Weil Schlafen total überbewertet wird.“ Lena zieht an einem langen Faden und beißt ihn ab.

„Hallihallo!“, trällert in diesem Augenblick eine helle Stimme hinter uns. „Bin ich hier richtig? Ich glaube, wir sollen uns das Zelt teilen. Ich bin Cynthia-Cayenne. Und wer seid ihr?“

KAPITEL 7

The itsy-bitsy spider

Wir drehen uns um. Im Zelteingang steht ein schmales Mädchen mit halblangen, rötlich schimmernden glatten Haaren und lächelt uns an.

„Du, ich glaub nicht, dass du hier richtig bist“, meint Anna nach einer Schrecksekunde.

„Bestimmt hast du dich im Zelt geirrt. Die sehen ja auch alle gleich aus.“ Ich nicke dem Mädel zu und erwarte, dass es den Irrtum einsieht, sich umdreht und wieder geht. Passiert aber nicht. Cynthia-wie-auch-immer steht wie angewurzelt da und rückt nur umständlich ihren Rucksack zurecht, indem sie kurz hopst. Das Gepäckstück sieht dick und prall und ziemlich schwer aus. Ich werde den Eindruck nicht los, dass diese Cynthia-Cayenne gekommen ist, um zu bleiben.

Aber wieso hier? Bei uns? In unserem Zelt?

Anna wirft mir einen verwirrten Blick zu. Ich antworte mit einem ratlosen Schulterzucken.

„Du heißt Cayenne? Echt jetzt? Wie der Pfeffer? Ist das dein richtiger Name?“ Lena zieht die Stirn kraus.

„Ja, klar ist das mein richtiger Name. Und das hier ist das richtige Zelt. Anastasia hat mich hergeschickt und gemeint, dass hier auf jeden Fall ein Schlafplatz für mich frei ist."

„Moment mal", mischt Nikoline sich ein.

Höchste Zeit, denke ich. Schließlich ist sie unsere vorübergehend erziehungsberechtigte Babysitterin und somit dafür zuständig, uns bei Konflikten und in komischen Situationen behilflich zu sein. Das dünne Mädchen mit dem seltsamen Namen sieht zwar nicht so aus, als hätte es besonders viel verborgenes Konfliktpotenzial, aber die Hartnäckigkeit, mit der es sich keinen Millimeter vom Fleck rührt – abgesehen von dem kurzen Hopser –, ist schon ein bisschen beunruhigend. Nein, nicht beunruhigend. Eher erstaunlich. Sie steht einfach nur da, ganz selbstverständlich, als hätte sie jedes Recht darauf.

Hat sie auch, wie sich herausstellt.

„Anastasia schickt dich?", hakt Nikoline nach.

„Genau. Ich hab im Radio die letzte Freikarte ersteigert. Das heißt nicht ich, sondern meine Oma. Die hat das Gebot abgegeben. Ich bin nämlich gerade bei meinen Großeltern zu Besuch und die meinten, ich hätte vielleicht Bock drauf. Dabei mach ich mir echt nix aus Musik und Menschenansammlungen. Zelten finde ich auch irgendwie prollig. Aber das hier ist ja was anderes, ne? Voll der Luxus!" Cynthia-Cayenne kichert. Dann bewegt sie sich vorwärts. „Welches Bett soll ich denn nehmen?"

„Scheiße, die Freikarte! Das Ticket, das ich zurückgegeben habe, weil Billi und Dina nicht mitwollten!" Lena klatscht sich die Hand an die Stirn.

„Du meinst das Ticket, das der Radiosender für einen guten Zweck versteigern wollte?" Ich gucke die anderen an.

„Mein Ticket. Genau.“ Cynthia-Cayenne lächelt. Sie nimmt den Rucksack ab und lässt ihn auf den Boden plumpsen. Es wirkt wie ein eindeutiges Statement: Hier bin ich und hier bleibe ich. Macht was draus oder lasst es sein.

Anna schnappt nach Luft.

Ich nage an der Unterlippe und weiß nicht, was ich sagen soll. Wie konnten wir vergessen, dass der Sender uns noch jemanden ins Zelt stecken könnte? Hätten die uns nicht wenigstens vorwarnen können, anstatt einfach vollendete Tatsachen zu schaffen? Warum hat Anastasia vorhin nichts davon gesagt? Die Situation ist echt absurd.

„Tja, dann …“, bricht Nikoline schließlich das Schweigen. „Herzlich willkommen in deinem, meinem und jetzt unserem Zelt.“

„Danke schön.“ Cynthia-Cayenne strahlt und sieht dabei eigentlich ganz nett aus. Für meinen Geschmack ist sie allerdings ein bisschen zu stark geschminkt. Kirschrote Lippen und dazu passender Nagellack sind nicht wirklich meine Sache. Aber wie gesagt: Geschmäcker sind verschieden. Wenns ihr gefällt … Auf jeden Fall passt das Make-up zu ihrem Outfit. Weiße Leggins, ein pinkfarbenes Markentop mit Glitzerlogo und an den Füßen hauchzarte Riemchensandalen. Ob das mit einem Rockfestival kompatibel ist, auf dem die meisten Leute in ausgefransten Jeans und T-Shirts herumlaufen? Egal, auch das ist eine individuelle Entscheidung. Ich beschließe, ihr eine Chance zu geben. Warum auch nicht? Sie hat jedes Recht, hier zu sein.

„Hi, ich bin Conni. Und das sind Anna, Lena und Nikoline.“

Cynthia-Cayenne wedelt mit der Hand.

„Bist du alleine hier? Wie alt bist du?“, erkundigt sich Anna.

„Gerade 18 geworden. Ja, ich bin allein hier. Welches Bett ist noch frei?“

Wie 18 sieht sie nicht aus. Ich hätte sie viel jünger geschätzt.

„Such dir eins aus“, sage ich. „Wir waren gerade dabei, sie aufzuteilen.“

„Dann nehm ich am besten gleich dieses hier, falls keiner was dagegen hat.“ Cynthia-Cayenne hebt ihren Rucksack hoch und wirft ihn auf das Feldbett neben dem Eingang.

„Geht klar“, meint Anna. „Ich wollte sowieso ein anderes.“

Sie zuckt mit den Schultern. Ganz so egal, wie sie tut, ist es ihr nicht, das sehe ich an ihrer gerümpften Nase, aber Cynthia-Cayenne achtet nicht darauf und fängt in aller Ruhe an, ihre Sachen auszupacken.

Wir schauen ihr fasziniert zu, bis von der nahen Bühne plötzlich ein harter Schlagzeugwirbel herüberweht. Kurz darauf jault eine E-Gitarre auf. Es klingt wie ein sterbendes Tier. Ich zucke zusammen.

Cynthia-C. packt weiter aus, als hätte sie nichts gehört.

Lena lässt sich rücklings auf das Nachbarbett fallen und schließt wortlos die Augen. Will sie vielleicht auf Vorrat schlafen, damit sie länger durchhält?

Ich verzichte darauf, ihr zu sagen, dass das leider nicht funktionieren wird. Man kann nicht vorschlafen, das hab ich neulich erst gelesen. Der Körper kann Erholung nicht auf Vorrat speichern. Im Gegenteil, man bringt höchstens seinen normalen Schlafrhythmus durcheinander, wenn man es versucht. Die anschließende Müdigkeit ist genauso groß wie ohne Schlaf. Lena ignoriert die wissenschaftlichen Studien und fängt an zu schnarchen.

Nikoline wischt unterdessen auf ihrem Smartphone herum und kümmert sich um nichts. Ihre Stirn ist konzentriert gefaltet.

„Bist du auch von Bert mit dem amerikanischen Taxi abgeholt worden?“, wende ich mich an Cynthia-C.

„Nein, mein Taxi war ganz normal. Ich glaub nicht, dass das amerikanisch war. Woran erkennt man das?“ Sie hält eine zerknitterte Bluse hoch, unterzieht sie einer eingehenden Prüfung und legt sie anschließend sorgfältig zusammen. „Eigentlich hätte ich auch zu Fuß kommen können. Meine Großeltern wohnen gar nicht weit von hier.“

„Aha“, sage ich. Doof, ich weiß. Aber was anderes fällt mir nicht ein. „Ich guck mal im Kühlschrank nach was Trinkbarem.“ Ich drehe mich um und schlüpfe aus dem Zelt.

Anna kommt sofort hinter mir her.

„Cynthia-Cayenne? Echt jetzt?“, zischt sie mir mit gesenkter Stimme zu. „Das ist ja fast so krass wie Paris-Dakar oder Pepsi-Carola!“

„Pepsi-Carola?“, wiederhole ich leise prustend, während ich den Inhalt des Kühlschranks checke und mich für eine eiskalte Flasche Designerwasser entscheide.

„Lach nicht! So hieß wirklich mal jemand.“ Anna nimmt mir die beschlagene Flasche aus der Hand, dreht den Deckel auf und trinkt. „Zum Glück gibt es verantwortungsvolle Standesbeamte, die das Schlimmste verhindern. Nur bei unserer CC haben sie es anscheinend nicht geschafft. Wie kann man sein Kind so nennen? Die ist doch fürs Leben gestraft!“

„Sei nicht so gemein!“ Ich nehme ihr die Wasserflasche wieder ab. „So schlimm finde ich den Namen jetzt nicht. Außerdem kann sie nichts dafür. Und sie scheint doch ganz nett zu sein.“

Anna schnauft.

„Gib ihr eine Chance und sei lieb zu ihr. Wahrscheinlich merken wir kaum, dass sie da ist. Wir werden eh die meiste Zeit unterwegs sein und nur zum Schlafen ins Zelt kommen.“ Ich stupse Anna an. Sie zuckt widerstrebend mit den Schultern.

„Iiieh!“, gellt in dieser Sekunde ein lang gezogener Schrei durchs Zelt.

Anna und ich starren uns an, bevor wir in der nächsten Sekunde gleichzeitig losstürzen.

Ich schwenke die Wasserflasche über dem Kopf.

„Was ist passiert?“

„Da! In der Ecke!“ Cynthia-Cayenne steht auf ihrem Feldbett und zeigt nach oben. In ihrem Blick liegt blankes Entsetzen.

„Was soll denn da sein?“ Lena hat die Augen aufgeschlagen und setzt sich hin.

Nikoline lässt ihr Handy sinken und seufzt. Sie verzieht das Gesicht, als hätte sie Zahnschmerzen.

Anna guckt mich an. Hab ich's dir nicht gesagt? Die hat 'ne Schraube locker, scheint sie mir wortlos mitteilen zu wollen.

„Eine Spinne!“ Aus Cynthia-Cayennes Kehle kommt ein würgendes Geräusch.

Lena schüttelt den Kopf und lässt sich wieder zurücksinken.

Nikoline seufzt noch einmal. Ich habe den Eindruck, dass sie ihren Entschluss, das Wochenende mit uns zu verbringen, gerade ein bisschen bereut. Ihrer Miene nach zu urteilen, würde sie lieber unter einer Palme auf einer einsamen Insel im Pazifik hocken. Oder auf einer schaukelnden Eisscholle irgendwo im Polarmeer. Egal wo, nur nicht hier. Ich kann es ihr nicht wirklich verdenken.

Ich massiere meine Nasenwurzel mit zwei Fingern und zähle still bis drei, bevor ich betont freundlich antworte: „Die sitzt da doch ganz friedlich und bewegt sich überhaupt nicht."

Cynthia-Cayenne starrt mich so grimmig an, als hätte ich die Spinne eigenhändig da oben hingesetzt, nur um sie zu ärgern. „Und was, wenn die sich doch bewegt? Und auf mich drauffällt?"

Oh Mann, das Mädel klingt ziemlich hysterisch.

„Spinnen tun nichts. Im Gegenteil, die sind froh, wenn wir ihnen nichts tun", mischt Anna sich ein. „Bestimmt gibts hier noch mehr von der Sorte."

„Sicher. Das Zelt steht auf einer Wiese. Da krabbeln alle möglichen Insekten rum", bestätige ich. „Außerdem sind wir auf dem *SPIDERfish*-Festival. Die Kleine ist so etwas wie das Wappentier dieser Veranstaltung."

Cynthia-Cayenne tötet uns mit ihrem Blick. Zuerst Anna, dann mich.

„Macht sie weg!", befiehlt sie. „Oder ich gehe!"

„Wie bitte?", frage ich.

„Gehts noch?", grunzt Anna.

„Wir sollten das arme Ding einfach da oben sitzen lassen", schlägt Lena vor. „Dann erledigt sich die Sache von selbst. Und zwar hoffentlich früher als später", fügt sie hinzu. Ich nehme an, dass sie damit auf die eventuell unmittelbar bevorstehende, überstürzte Abreise unserer Mitbewohnerin anspielt. Jedenfalls grinst

Lena und fängt an, ein altes amerikanisches Kinderlied zu singen: „*The itsy bitsy spider went up the water spout. Down came the rain and washed the spider out …*"

Cynthia-Cayenne schnaubt.

„Jetzt entspannt euch mal, Leute! Die ist doch eh schon tot, wenn ihr mich fragt." Nikoline starrt nach oben.

Die Spinne ist tatsächlich so winzig, dass man sie kaum als solche erkennen kann. Vielleicht ist es überhaupt keine Spinne, sondern nur ein Krümel, ein Fleck, ein Webfehler im Zeltstoff. Was weiß ich.

„Eine TOTE Spinne? Das ist ja noch schlimmer als eine lebendige!", kreischt Cynthia-Cayenne. Sie presst sich eine Hand auf die Brust. Hoffentlich hat sie keinen Herzfehler. Das meine ich jetzt ganz ernst. Nicht, dass sie kollabiert, wenn sie sich weiter so aufregt. Mit Phobien ist wirklich nicht zu spaßen. Ich hab mal gelesen, dass unheimlich viele Menschen schreckliche Angst vor allen möglichen Dingen haben und sich da total reinsteigern. Das ist bestimmt nicht lustig. Falls Cynthia-Cayenne hyperventiliert, werden wir eine Tüte brauchen, in die sie atmen kann. Ich schaue mich vorsichtshalber schon mal um.

„Himmel noch mal!" Nikoline stapft hinaus, wühlt im Vorzelt herum und kehrt kurz darauf mit einem Besen zurück. Sie drückt CC den Besenstiel in die Hand. „Wenn dich die Spinne dermaßen stört, mach sie gefälligst selbst weg."

„Im Leben nicht!" Cynthia-Cayenne stößt den Besen von sich.

„Die hat sie doch nicht mehr alle." Neben mir fängt Anna an zu prusten.

Ich stimme ihr zu, obwohl ich Cynthia doch gerade noch in

Schutz genommen habe. „Schade, dass Billi nicht hier ist. Die würde die Spinne garantiert adoptieren“, murmele ich. „Billi liebt alle Tiere, sogar wenn sie acht behaarte Beine haben.“

Wir ernten einen weiteren Todesblick von Cynthia-Cayenne.

„Findest du sie immer noch nett? Die ist doch total gaga“, wispert Anna mir zu, während sie zuckersüß lächelt.

„Möglicherweise passt originell besser als nett“, flüstere ich zurück. „Sie ist wirklich ein bisschen hysterisch.“

„Wollen wir jetzt vielleicht mal einen Plan machen und gucken, wann welche Band wo spielt?“ Lena hat sich auf den Bauch gedreht und den Faltplan vor sich ausgebreitet. Es ist mehr als offensichtlich, dass sie sich nicht länger mit dem Spinnenproblem befassen möchte. Eine überaus weise Entscheidung, der ich mich sofort anschließe. Anna auch.

Wir setzen uns zu Lena und schauen gemeinsam auf den Plan, wobei wir versuchen, Cynthia-Cayennes leises Wimmern zu ignorieren. Es ist nicht ganz einfach, aber zum Glück gibt sie nach wenigen Minuten auf. Wahrscheinlich wird es ihr zu langweilig, weil wir ihr keine Beachtung mehr schenken. Aus den Augenwinkeln bemerke ich, dass sie mit vorgeschobener Unterlippe schmollt. Ich könnte mir vorstellen, dass sie bestimmt gerne ein Selfie von sich und der Spinne machen und ihren Status in den sozialen Netzwerken posten würde. Ich sehe den Text direkt vor mir:

BIN BEI VOLL FIESEN LEUTEN GELANDET.
SO MACHT DAS FESTIVAL KEINEN SPASS!

Dazu die Hashtags:

#Spiderfish, #spinnensinddoof und #keinerhatmichlieb.

Ich muss kichern.

Lena dreht mir den Kopf zu und zieht die Augenbrauen zusammen. „Hey, hast du mir überhaupt zugehört?“

„Klar“, lüge ich.

„Was hab ich denn gerade gesagt?“

„Dass Spinnen voll doof sind?“ Ich klimpere mit den Wimpern.

Lena haut mich mit einem Kissen.

„Falsch. Ich habe gesagt, dass wir uns unbedingt *Thousand Pieces Broken* anhören sollten, aber dass wir bis dahin noch jede Menge Zeit haben, die wir irgendwie totschlagen müssen. Anna hat vorgeschlagen, dass wir uns vielleicht mal das Büfett angucken könnten.“

Bei dem Wort ‚totschlagen‘ muss ich natürlich an die arme Itsy-Bitsy-Spinne denken und fange gleich wieder an zu kichern. Aber dann reiße ich mich zusammen. „Klingt gut, ich bin dabei. Seit dem Schokoriegel vorhin im Taxi hab ich nichts mehr gegessen.“

„Same here“, meint Anna.

Ich höre ihren Magen knurren. Oder war das meiner?

„Es gibt hier übrigens auch einen Mittelaltermarkt und ein Steampunk-Areal.“ Nikoline hat sich zu uns gehockt und zeigt auf die Karte.

„Steampunk?“, frage ich.

„Ein Mix aus viktorianischer Mode, alten Maschinen und mechanischem Retro-Look. Total abgedreht. Schwer zu beschreiben. Am besten schauen wir's uns an.“

Ich bin sofort einverstanden. „Klar, wir haben ja Zeit genug."

„Vielleicht spielen auf den Nebenbühnen auch schon ein paar Bands, die wir uns anhören können." Lena faltet die Karte zusammen. Wir stehen auf.

Cynthia-Cayenne hockt im Schneidersitz auf ihrem Bett und tippt etwas ins Smartphone. Hat sie etwa noch nicht alle ihre Social-Media-Netzwerke upgedatet? Oder ist sie vielleicht schon damit beschäftigt, die mitfühlenden Kommentare ihrer Follower zu beantworten?

Ja, vermutlich ist es das. Ihre Miene wirkt konzentriert und gleichzeitig irgendwie auch sehr zufrieden. Auf die Spinne, die nach wie vor am Zeltdach klebt und sich nicht vom Fleck gerührt hat, achtet sie überhaupt nicht mehr. Der Besen steht unbenutzt in der Ecke.

„Sollen wir sie mal fragen, ob sie mitkommen will?" Anna stupst mich an.

„Von mir aus, kein Problem." Ich zucke mit den Schultern.

Cynthia-Cayenne entwirrt soeben das Kopfhörerkabel ihres Handys und stopft sich die Stöpsel in beide Ohren. Dann schließt sie die Augen. Es sieht aus, als wolle sie sich komplett abschotten und die große, böse Welt aussperren. Wobei die böse Welt in diesem Fall wahrscheinlich aus uns und der Spinne besteht.

„Sie ist ganz allein hier", sage ich zu den anderen. „Wir sollten uns wirklich ein bisschen um sie kümmern, findet ihr nicht? Sonst verbringt sie das ganze Wochenende im Zelt und vereinsamt völlig."

„Sie ist volljährig. Sie kann tun und lassen, was sie will", meint

Nikoline. Es klingt ziemlich hartherzig, aber ich nehme an, dass sie einfach keine Lust hat, außer auf uns jetzt auch noch auf Cynthia aufzupassen. Wofür ich durchaus Verständnis habe. Trotzdem …

„Wir sollten sie wenigstens fragen", schlage ich vor.

„Dann fragt sie halt." Nikoline versprüht das genaue Gegenteil von Begeisterung.

Ich beschließe, nicht weiter auf sie zu achten, und klopfe Cynthia ganz leicht auf die Schulter. Die reißt die Augen auf und starrt mich erschrocken an.

„Nimm mal die Dinger raus." Ich zupfe an dem Kabel ihrer Ohrhörer und trete einen Schritt zurück.

„Was!", blafft Cynthia mich an.

„Hey, komm mal runter", sagt Lena. „Wir wollen uns gleich mal ein bisschen umgucken und vielleicht einen Happen futtern."

„Willst du mitkommen?", frage ich.

„Wer? Ich?"

„Nein, nicht du. Itsy-Bitsy natürlich, wer sonst." Lena rollt mit den Augen.

Anna und ich lachen. Nikoline seufzt.

Cynthia-Cayenne nickt. Sie lächelt sogar ansatzweise.

Geht doch, denke ich zufrieden.

KAPITEL 8

Wie man ohne Kamel eine Wüste durchquert und dabei einen Rockstar findet

Cynthia wirkt immer noch ein bisschen eingeschnappt, trotz des unverbindlichen Lächelns, das sie aufgesetzt hat. Aber anscheinend ist unsere Gesellschaft erträglicher als die Vorstellung, mit einer bösartigen Spinne mutterseelenallein im Zelt zurückzubleiben. Sie schnallt sich eine Gürteltasche um, packt ihr Handy ein und schüttelt die Haare nach hinten. Zwei Minuten später stehen wir draußen.

Die Luft ist dermaßen warm und stickig, dass es uns kurz den Atem verschlägt. Was für ein Kontrast zu unserem vollklimatisierten, angenehm kühlen und schattigen Luxuszelt!

Der Himmel sieht grau und dunstig aus, obwohl die Sonne scheint. Über dem Festivalgelände flirrt die Hitze. Eine Wolke aus feinem Staub umhüllt uns. Kein Wunder, der Boden ringsherum ist knochentrocken. Das Gras wirkt total verdorrt. War das vorhin auch schon so? Ich habe nicht darauf geachtet.

Es herrscht eine seltsam träge Atmosphäre. Jungs mit freien Oberkörpern schlurfen vorbei. Zwei Mädchen tragen Bikinioberteile zu knappen Shorts. Die meisten laufen barfuß, was ich mich niemals trauen würde, weil ich zu große Angst hätte, in eine Scherbe oder auf einen spitzen Stein zu treten. Die Flipflops bleiben schön an, beschließe ich.

Nikoline trägt eine altmodische Sonnenbrille und dazu einen riesigen Strohhut, der ihr Gesicht fast komplett beschattet. Wir anderen beschränken uns auf unsere Sonnenbrillen. Obwohl wir alles Mögliche und noch viel mehr Unmögliches eingepackt haben, hat keine von uns an eine anständige Kopfbedeckung gedacht. Dafür haben wir uns dick mit Sonnencreme eingeschmiert. Eigentlich vorbildlich, aber hier möglicherweise ein fetter Fehler. Im Nu sinkt der Staub auf unsere unbedeckten Körperteile und bildet dort in Kombination mit dem Sonnenschutz eine eklige, schmierige Schicht.

„Örks“, macht Anna unglücklich.

„Jo“, sagt Lena vergnügt. „Dieser Dreck, wo immer der herkommt, hat garantiert Lichtschutzfaktor hundert. Ob wir das jemals wieder abkriegen?“

„Klar geht das wieder ab. Wir haben doch eine Dusche. Und zu einem echten Festival gehört auch eine ordentliche Portion Dreck, oder nicht?“ Ich klinge euphorischer, als ich bin.

Cynthia-Cayenne schaut an sich herunter und betrachtet zweifelnd ihre Beine. Die Leggins, in denen sie stecken, werden garantiert nicht mehr lange so hübsch zahnpastaweiß strahlen.

„Dieser Staub ist irgendwie ganz schön abartig“, stellt sie fest.

„Vielleicht ist er aus der Sahara“, sage ich fröhlich. „Wenn der Wind aus einer bestimmten Richtung weht, wird manchmal Wüstenstaub bis zu uns geweht.“

Die anderen gucken mich an, als hätte ich sie nicht mehr alle.

„Es ist windstill", bemerkt Lena trocken. Zum Beweis hält sie einen Finger hoch.

„Und woher kommt dann der ganze Staub?", frage ich.

„Keine Ahnung. Ist mir auch egal." Mit einem Grinsen zieht sie ein geblümtes Halstuch aus der Hosentasche und bindet es sich vor Mund und Nase. Sie sieht aus, als wolle sie die nächste Bank ausrauben – wobei ein babyblaues Baumwolltuch mit zarten Blümchen natürlich nicht besonders bedrohlich wirkt.

„Auf gehts! Zuerst zum Futterzelt!" Lena scheint sich den Weg gut eingeprägt zu haben und stapft zielstrebig drauflos. Wir anderen folgen ihr einfach nur. Die ganze Zeit umgibt uns Musik. Sie scheint von überall zu kommen, sogar von unten. Der Boden vibriert unter meinen Sohlen.

Als wir auf den freien Platz vor den Bühnen kommen, sehen wir, woher der viele Staub kommt. Der komplette Bereich gleicht einer kaukasischen Steppenlandschaft. Es wächst buchstäblich kein Grashalm mehr, was allerdings auch kein Wunder ist. Hunderte, vielleicht sogar Tausende Leute trampeln kreuz und quer darüber hinweg. Manche tanzen, andere balgen sich miteinander oder sitzen einfach nur da und chillen, während um sie herum das Leben tobt. Die schweren Geräte und Maschinen, die für den Aufbau der Bühnen gebraucht wurden, haben bestimmt auch ihren Teil zur Bodenzerstörung beigetragen. Bei jedem Schritt, den wir machen, wird lose Erde aufgewirbelt. Das Resultat ist diese riesige, staubige Wolke, die die Sonne dunstig und verschwommen aussehen lässt. Der feine Staub legt sich mittlerweile nicht mehr nur auf unsere Haut, sondern auch auf die

Atemwege und Schleimhäute. Schon bald brennen meine Augen trotz der Sonnenbrille.

Ich versuche möglichst wenig und möglichst flach zu atmen. Meine Arme und Beine jucken wie verrückt, mein Hals kratzt innen wie außen. Ich muss husten und finde Lenas Idee mit dem Mundschutz plötzlich ziemlich genial. Wieso habe ich kein Halstuch mitgenommen?

Ich ziehe mein T-Shirt ein Stück über die Nase, was bestimmt bescheuert aussieht, aber wenigstens hilft es etwas. Außerdem bin ich längst nicht die Einzige, die so herumläuft, stelle ich fest.

Je näher wir den Bühnen kommen, desto lauter dröhnen die Beats aus den Lautsprechern. Ich kann nicht sehen, ob tatsächlich schon jemand auf der Bühne steht oder ob die Musik von einem Band kommt. Auf jeden Fall spüre ich das harte Wummern bis in meine Eingeweide und in jedem einzelnen Knochen.

Lena tanzt unbeirrt durch das immer dichter werdende Gedränge. Wir müssen ihr nur weiter folgen, was allerdings nicht so einfach ist, weil es inzwischen wirklich sehr voll ist. Immer wieder verliere ich die anderen aus den Augen.

„Hey, die Musik ist live! Da spielt schon eine Band!"

Lena bleibt stehen und hüpft hoch, um besser sehen zu können.

Ich balanciere auf den Zehenspitzen. Zumindest versuche ich es. In Flipflops ist das etwas schwierig. Aber immerhin schaffe ich es für den Bruchteil einer Millisekunde, das Bild eines glatzköpfigen Sängers am Bühnenrand zu erhaschen. Er brüllt gerade etwas in das Mikrofon, das er mit beiden Händen so fest umklammert, als wäre es sein letzter Halt.

„Wahnsinn! Ist das laut! Bleibt das die ganze Zeit so?“, schreit Anna mir zu. Sie hält sich die Ohren zu.

„Ja, ich glaub schon!“, brülle ich zurück.

Sie rollt mit den Augen.

Neben ihr wippt Nikolines Schlapphut im Rhythmus des hämmernden Schlagzeugs. Wo Cynthia-Cayenne steckt, weiß ich nicht. Gerade eben war sie noch da.

„Wollten wir nicht zuerst was essen?“, quietscht sie in dieser Sekunde von hinten. Ihre Stimme ist mindestens so schrill wie die E-Gitarre, die gerade auf der Bühne und in sämtlichen Lautsprechern um mich herum aufjault. In meinem Gehörgang pfeift es. Hilfe, werde ich jetzt taub?

„Das Futterzelt ist dahinten!“ Lena hört auf zu tanzen und gibt uns ein Zeichen. Kurz darauf schiebt sie sich mehr oder weniger elegant durch die grölenden Horden, die uns eng umzingeln.

Nicht nur mein Gehör ist überfordert, der ganze Rest von mir ist es auch. Mein Gehirn sendet permanent Fluchtreflexe an meinen Körper aus. Aber wohin soll ich fliehen? Überall ist Lärm und Staub. Rings um mich sind Menschen, die sich amüsieren, indem sie etwas zelebrieren, das man laut Lena ‚moshpit‘ nennt. Es ist eine Art Massenrangelei, bei der es anscheinend darauf ankommt, sich gegenseitig möglichst grob anzurempeln.

Reiß dich zusammen, Klawitter, befiehlt mir mein tapferes Kleinhirn. Du wolltest ein Abenteuer? Jetzt hast du eins. Also, entspann dich und hab einfach ein bisschen Spaß!

Ich soll Spaß haben?, blaffe ich in Gedanken zurück. Wie soll das bitte gehen, wenn ich Angst haben muss, hier nie wieder lebend rauszukommen?

Mein Kleinhirn schweigt beleidigt. Ich auch. Trotzdem schaffen wir es irgendwie, gemeinsam der Gefahr zu entrinnen. Es kommt mir zwar vor wie eine Ewigkeit, aber in Wirklichkeit brauchen wir nur knappe zehn Minuten, um den äußeren Rand des Feldes zu erreichen. Die rempelnde Feiermenge lichtet sich. Ich kann schon fast wieder frei atmen. Es ist ein schönes Gefühl.

„Woo-hoo!“ Lena nimmt ihren Mundschutz herunter und lacht. „War das nicht klasse?“

„Nein, überhaupt nicht.“ Ich werfe ihr einen fassungslosen Blick zu und schüttele mit letzter Kraft den Kopf.

„Also, ich fand's voll cool“, quiekt Cynthia-Cayenne zu meiner Überraschung. Sie scheint voll in ihrem Element zu sein. Wirklich erstaunlich. Aber ob ihr schon mal jemand gesagt hat, dass sie eine ziemlich unangenehme Stimmlage hat? Ihr Quieken und Quietschen erinnert mich an rostige Scharniere, an lange Fingernägel auf einer Tafel, an Zahnarztbohrer, an alles Mögliche, das fiese Schmerzen verursacht. Aber für seine Stimme kann ja niemand was.

„Hat zufällig jemand was zu trinken mitgenommen?“, unterbricht Nikoline meinen Gedankenfluss.

„Leider nicht“, krächze ich. Ich muss mich räuspern, weil meine Kehle komplett ausgedörrt ist und ich kaum noch Spucke im Mund habe.

„Worüber redet ihr?“, fragt Anna.

„Nimm die Hände von den Ohren, dann hörst du's.“ Ich mache eine entsprechende Geste.

„Ups!“ Sie nimmt die Pfoten herunter, kichert und wird ein bisschen rot, was unter der gleichmäßigen Schmutzschicht, die uns inzwischen alle bedeckt, gar nicht weiter auffällt.

„In unserem Zelt lagen solche Turnbeutel“, meint Cynthia-Cayenne. „Ich hab vorhin mal reingeschaut. Da waren Ohrstöpsel drin, gegen den Lärm.“

„Ohrstöpsel? Da kriegt man doch gar nix mehr mit!“, wirft Lena empört ein.

„Leider hab ich meinen Turnbeutel vergessen, Frau Lehrerin“, sagt Anna schnippisch zu Cynthia-Cayenne.

Die scheint den Spott zu überhören. Oder sie hat keine Antenne für feine Untertöne. Vielleicht steht sie auch einfach über den Dingen. Keine Ahnung. Jedenfalls zuckt sie nur mit den Schultern. Dann angelt sie einen Taschenspiegel und einen winzigen Lippenstift aus dem Gürteltäschchen und unterzieht ihr Make-up einem Check-up.

Ich möchte lieber gar nicht so genau wissen, wie ich gerade aussehe. Mein Gesicht ist garantiert knallrot. Ich bin total verschwitzt und meine Haare fühlen sich wie trockenes Stroh an. Das spüre ich, als ich mit den Fingern darüberstreiche, um meine Haarspange neu zu befestigen. Ich lasse die Hand schnell wieder sinken und versuche den Gedanken an eine sanft prasselnde Regenwalddusche zu verdrängen, unter der ich mir die eklige Schmutzpampe mit einem nach exotischen Blumen duftenden Duschgel abwaschen könnte. Die Betonung liegt auf *könnte*. Denn in dieser Sekunde bekomme ich eine weitere Ladung feinsten Festival-Staubs ab, weil urplötzlich eine Windböe über den Festplatz fegt und noch mehr Dreck aufwirbelt.

Ich bezweifele sehr, dass menschliche Lungen und Bronchien in der Lage sind, so viel belastendes Zeug zu filtern. Anna und ich fangen gleichzeitig an zu husten.

„Oh, nee …“ Nikoline hält ihren Schlapphut fest. „Wir hätten im Zelt bleiben sollen.“

„Ich seh nichts mehr.“ Anna nimmt die Sonnenbrille ab und blinzelt mit den Augen.

Meine arme Freundin! Zuerst fast taub, jetzt fast blind …

Ich greife nach ihrer Hand und drücke sie, damit sie weiß, dass ich bei ihr bin.

„Ich hab Durst“, jammert sie.

„Darüber haben wir gerade gesprochen“, antworte ich.

„Ich glaube, der VIP-Bereich ist gleich da drüben.“ Lena zeigt irgendwohin.

Ich erkenne mehrere staubgraue Spitzdachzelte. Sie sehen aus, als hätte eine Karawane ihr Lager aufgeschlagen, um den großen Sandsturm auszusitzen.

„Wo sind die Kamele?“, murmele ich vor mich hin.

„Hä?“, fragt Lena.

„Vergiss es“, erwidere ich matt. „Es geht auch ohne.“

Cynthia-Cayenne kichert. Anna blinzelt wie ein Maulwurf.

Es könnte eigentlich alles ganz witzig sein, wenn es nur nicht so absurd wäre und ich nicht solchen Durst hätte.

„Dann lasst uns da mal hinwandern“, schlage ich vor. „Alles ist besser, als noch länger hier herumzustehen.“

Nikoline nickt so heftig, dass die Hutkrempe wippt.

„Genau! Lasst uns mal gucken, was es da gibt. Wir können was essen und trinken. Danach schauen wir dann, wie’s weitergeht. Ob wir in unser Zelt zurückgehen oder uns zur Hauptbühne durchschlagen, können wir immer noch entscheiden. Einverstanden?"

Niemand widerspricht ihr. Nikoline nickt noch einmal und übernimmt die Führung. Wir stapfen hinter ihr her. Lena geht neben mir.

„Ich will auch so was." Ich deute auf das Tuch, das sie sich wieder über Mund und Nase gezogen hat.

„Laut Lageplan gibt es im *Spiderfish*-Dorf alle möglichen Verkaufsstände. Vielleicht haben die da auch Halstücher", meint sie.

„Oh, das wär schön! Vielleicht gibts ja sogar eine Auswahl an Atemschutzmasken und kleinen, handlichen Sauerstoffflaschen für unterwegs." Meiner blühenden Fantasie sind keine Grenzen gesetzt. *Oxygen to go* – das wärs doch!

„Ein *Spiderfish*-Dorf?" Anna hat einen Zipfel meines T-Shirts gepackt und hält sich daran fest.

„Ja, das ist so eine Art Hüttendorf, wo es alles Mögliche gibt", erklärt Lena. „Essen, Trinken, Klamotten, Souvenirs und lauter so 'n Zeug."

„Klingt cool", meldet sich Cynthia-Cayenne von hinten. Sie hält sich das Handy vors Gesicht und knipst alles, was ihr vor die Kameralinse kommt.

„Hauptsache, wir kriegen jetzt erst mal was zu trinken. Ich bin schon ganz ausgedörrt." Meine Kehle fühlt sich noch rauer und kratziger an. Ich schlucke trocken. Langsam komme ich mir vor wie auf einer misslungenen Wüstenexpedition. Dabei wollte ich doch nur ganz entspannt mit meinen Freundinnen abhängen und ein Wochenende lang Musik hören. Und jetzt? Ich keuche mit letzter Kraft vor mich hin. War ich vielleicht zu naiv? Eindeutig ja!

Vor dem Eingang zum VIP-Bereich gibt es eine lange Schlange. Anscheinend sind wir nicht die Einzigen mit Promi-Tickets. Wir stellen uns brav hinten an und warten, bis wir an der Reihe sind.

Am Einlass stehen einheitlich schwarz gekleidete männliche und weibliche Bodybuilder. Sie scannen unsere Tickets, bevor sie uns in den abgesperrten Bereich lassen. Ich sehe, dass sie bei manchen Besuchern die Taschen kontrollieren oder sogar Leibesvisitationen vornehmen. Dieser Check ist ganz schön streng. Aber okay, er dient unserer Sicherheit. Da kommt es auf ein paar Minuten Wartezeit nicht an. Es meckert auch niemand. Alle sind locker und gut drauf. Vielleicht liegt es an der Musik, die hier nicht ganz so heftig und hart ist wie draußen auf dem Gelände?

Lauschige Lounge-Musik und Ethnopop wechseln sich ab. Es fühlt sich an, als würden wir von dem weichen Klangteppich sanft vorwärtsgeschoben. Das Gefühl gefällt mir. Auch der Staub hat sich hinter den Zelten noch nicht so ausgebreitet wie auf dem Hauptplatz. Ich fange an, mich zu entspannen und im Takt der Musik zu wippen.

Nikoline und Lena steuern auf ein Pavillonzelt zu, aus dem das Klappern von Geschirr dringt. Wir folgen dem Geräusch.

Vor dem Zelt werden wir erneut kontrolliert, wobei allerdings nur unsere VIP-Tickets gescannt werden. Für unsere Feierzettel interessiert sich niemand. Aber es ist ja auch noch früh. Die

Erlaubnisscheine müssen wir wahrscheinlich erst am Abend beziehungsweise nachts vorzeigen – falls wir dann überhaupt noch unterwegs sind. Im Moment könnte ich mir vorstellen, dass wir bis dahin längst in unseren Betten liegen. Okay, bis auf Lena vielleicht. Die hat die endlose Power eines batteriebetriebenen Spielzeughasen. Fehlen nur noch die Puschelohren und das rosa Fell.

Sie schiebt sich lächelnd an den Ordnern vorbei und verschwindet im Zeltinnern. Wir anderen kommen gar nicht so schnell hinterher.

Eine Klimaanlage brummt. Lautes Gelächter, Rufe und Stimmengewirr in verschiedenen Sprachen dringen in meine Ohren. Ich schaue mich um. Es gibt Stehtische und auch ein paar Sitzecken. Die meisten sind besetzt. An einer Längsseite ist ein kaltes und warmes Büfett aufgebaut.

Lena steht davor und macht große Augen. Aber nicht etwa wegen der dargebotenen Köstlichkeiten, wie ich zuerst annehme.

„Da ist Cooper!", wispert sie mir aufgeregt zu, als ich bei ihr bin. „Ich dreh gleich durch. Er ist es wirklich! Dahinten, ganz am Ende. Zwischen den Pfannkuchen, der Tomatensoße und den grünen Bandnudeln. Guck bitte nicht hin! Das ist zu peinlich."

Natürlich gucke ich hin. Wieso auch nicht? Ich hab noch nie einen echten Rockstar gesehen.

Auf Höhe der Pfannkuchen, der Tomatensoße und der grünen Bandnudeln stehen ein paar Jungs und unterhalten sich auf Englisch. Für Mitglieder einer harten Rockband wirken sie auf den ersten Blick ziemlich harmlos.

„Los, komm“, raune ich Lena zu. „Wir rücken mal ein bisschen näher ran.“

„Spinnst du? Bleib hier! Wir sind doch keine Stalker!“, faucht sie.

„Wieso bist du mit einem Mal so schüchtern? Welcher von ihnen ist Cooper? Für mich sehen die irgendwie alle gleich aus. Ist es der mit der verspiegelten Sonnenbrille und dem Totenkopf-Tattoo? Oder der mit der engen Lederhose? Oh Mann, wie kann man bei dieser Hitze in Lederklamotten rumlaufen. Der muss doch echt schwitzen.“ Ich betrachte die Jungs mitleidig.

Anna schiebt sich neugierig zwischen uns.

„Was ist los? Wollt ihr nichts essen? Die Teller stehen da drüben.“

„Später“, zischt Lena.

„Hä?“, macht Anna.

„Wir bewundern gerade einen echten Rockstar. Ich weiß nur noch nicht, welchen“, versuche ich Anna die Situation zu erklären.

Sie versteht mich nicht, das kann ich an ihrer gekräuselten Nasenspitze ablesen.

„Cooper ist der mit den schulterlangen Locken und dem weißen T-Shirt“, flüstert Lena. „Ist er nicht wunderschön? Fühl mal bitte meinen Puls. Ich glaub, ich werde gleich ohnmächtig.“

„Quatsch!“, widerspreche ich. „Du musst nur was essen, dann gehts dir sofort besser. Das Büfett ist der Hammer.“

„Und trink ausreichend Wasser“, sagt Anna. „Deine Augen sehen ein bisschen glasig aus.“

„Das kommt daher, weil ich von seiner Schönheit geblendet bin." Lena grinst. „Da können einem schon mal die Tränen kommen."

Anna und ich wechseln einen Blick.

„Wollt ihr gar nichts essen?", quietscht Cynthia-Cayenne plötzlich hinter uns. „Nikoline hält einen Tisch für uns frei."

Anna und ich drehen uns um. Lena nicht. Die hat weiterhin nur Augen für Cooper. Der lacht gerade über etwas und sieht dabei tatsächlich ziemlich gut aus. Er ist zwar überhaupt nicht mein Typ, aber er hat Locken. Genau wie Phillip, an den ich plötzlich denken muss. Natürlich ist mein Freund viel hübscher als Cooper. Der ist bestimmt schon Mitte oder Ende zwanzig. Aber Lena steht ja auf ältere Männer. Sie bleibt ihrem Beuteschema also treu.

Apropos Beute … Beim Anblick des Büfetts werde ich langsam schwach.

„Wo stehen die Teller, hast du gesagt?", frage ich Cynthia.

„Gleich da drüben." Sie zeigt auf einen Tisch mit Tellern, Schüsseln, Schalen, Tassen, Gläsern und Besteck.

„Komm", sage ich zu Anna. „Lass uns endlich was futtern."

„Und was ist mit Lena?"

„Die kommt mit." Ich ziehe an Lenas ausgefranstem T-Shirt-Saum. Sie wendet sich zu mir um. Anna hat recht: Ihre Augen sind wirklich glasig.

„Ich möchte genau das essen, was Cooper isst", sagt sie zu mir.

„Natürlich möchtest du das." Ich spreche mit ihr wie mit einem kleinen Kind. Aber wenigstens folgt sie uns. Sie guckt zwar die ganze Zeit über die Schulter in Coopers Richtung und stolpert dabei über ihre eigenen Füße, aber irgendwie schaffen

Anna und ich es, ihr einen Teller in die eine und Besteck in die andere Hand zu drücken. Dann schieben wir sie sanft zum Büfett. Cynthia-Cayenne kichert.

„Ihr seid echt witzig“, meint sie.

„Oh ja, das sind wir“, bestätige ich grinsend.

KAPITEL 9

Zurück in die Vergangenheit mit Steampunk und Kirscheis

„Ich geh zu ihm und sage ihm einfach, wie toll ich ihn finde." Lena spießt zwei krosse Bratkartoffelscheiben auf und fuchtelt mit der Gabel vor unseren Nasen herum. „Die Gelegenheit ist einmalig. Wer weiß, wie lange er noch in Deutschland ist?"

„Wer?", fragt Nikoline.

„Cooper Summerfield", antworten Anna und ich im Chor.

Wir klatschen uns ab. Cynthia-Cayenne kichert. Sind wir wirklich so witzig? Anscheinend ja.

„Wo ist er?" Nikoline schaut sich um.

„Er steht dahinten, zusammen mit seiner Band." Lena kaut und schluckt. Ihre Wangen glühen, als hätte sie Fieber.

Ich schiebe ihr schnell die Wasserflasche rüber.

„Trink", sage ich freundlich. „Denk an dein Gehirn. Du musst es feucht halten, sonst vertrocknen die grauen Zellen, die für klares Denken zuständig sind."

Anna nickt.

„Ach …", meint Nikoline. „Der sieht ja wirklich süß aus."

Süß? Hilfe! Liegt die Schwärmerei für lockige Musiker etwa in der Familie?

„Wie ist denn jetzt der Plan?", wechselt Anna das Thema und lenkt unser Gespräch damit auf einen, wie ich finde, extrem wichtigen Punkt. Es ist später Nachmittag. Bis zum Auftritt von Coopers Band haben wir noch viel Zeit.

„Auf der kleinen Bühne spielen verschiedene deutsche Nachwuchsbands", sagt Nikoline. „Die könnten wir uns ja mal angucken. Oder wir besuchen den Mittelaltermarkt und die Steampunker."

„Klingt beides gut", finde ich und schiebe mir einen Berg Bandnudeln mit Soße in den Mund.

„Von mir aus", meint Anna.

„Klar, warum nicht." Cynthia-Cayenne nickt uns zu und hält dann schnell wieder ihr Handy in die Höhe, um ein paar Schnappschüsse zu machen. Dass überall unübersehbare FOTOGRAFIEREN UND FILMEN VERBOTEN-Schilder hängen, um die Privatsphäre der Stars zu schützen, ignoriert sie. Ich finde das nicht gut. Schließlich möchte ich auch nicht ständig geknipst werden. Schon gar nicht beim Essen oder wenn ich einfach nur mit meinen Freunden zusammensitze. Ich werfe Cynthia-C. einen finsteren Blick zu und deute auf eines der Schilder. Sie achtet überhaupt nicht auf mich. Ich bin nur Millimeter davon entfernt, ihr das Smartphone wegzunehmen und es in ihrem Wasserglas zu versenken. Es ist allein meiner guten Erziehung zu verdanken, dass ich's nicht tue.

„Ich bleib hier. Ich muss in seiner Nähe bleiben. Ich spüre gerade eine unheimlich starke Verbindung zwischen uns. Vielleicht fühlt er es auch und weiß nur nicht, dass ich es bin." Lena guckt ganz verträumt, während sie die Bratkartoffeln auf ihrem Teller in einem See aus blutrotem Tomatenketchup ertränkt, den sie aus einer Plastikflasche quetscht.

Ich schaue eine Weile zu, bevor ich ihr die Flasche behutsam aus der Hand winde und sie zurück auf den Tisch stelle. Sie war eindeutig zu lange in der Sonne. Lena, nicht die Ketchupflasche.

Eine Windböe fährt durch den Zelteingang und bläht sekundenlang das leichte Dach und die Zeltwände auf. Die Papiertischdecken flattern. Das Teelicht auf unserem Tisch erlischt, als hätte ein unsichtbarer Geist es ausgepustet. Am Nachbartisch fällt ein Glas um. Irgendwo klirrt Besteck. Der Wind macht ein seufzendes Geräusch. Dann ist es still. Es dauert nicht mal einen Wimpernschlag und der Spuk ist vorbei. Sehr seltsam. Mein Rücken kribbelt.

„Was war denn?", fragt Anna überrascht.

„Ich weiß es nicht", antworte ich und schaue mich um.

Die meisten Gäste essen und unterhalten sich einfach weiter, als wäre nichts geschehen. Vielleicht haben sie es gar nicht bemerkt, gut möglich. Cynthia-Cayenne macht immer noch Selfies und sendet sie an das unendliche Universum ihrer treuen Fans, Freunde und Follower.

Neben mir angelt Nikoline ihr Smartphone aus der Tasche und wischt darauf herum. Sie zieht die Stirn kraus, während sie die neuen Nachrichten liest.

„Meine Unwetter-App meldet, dass sich ein Tiefausläufer nähert. Es kann in manchen Gegenden örtlich zu Sturmböen, Gewitter und starken Regenfällen kommen", murmelt sie.

„Aber doch nicht hier bei uns, oder?"

Jetzt bin ich es, die überrascht guckt.

„Nein, es sieht nicht so aus. Außerdem glaube ich, dass die Festivalleitung die Wettervorhersage im Auge behält. Die sind bestimmt immer auf dem neuesten Stand. Solange es keine Durchsage gibt, müssen wir uns keine Sorgen machen." Sie schiebt das Telefon zurück und lächelt. „Hey, draußen scheint die Sonne! Da ist gar kein Platz für ein böses Tief."

„Na gut, wenn du das sagst …" Ich hab trotzdem irgendwie ein mulmiges Gefühl im Bauch. Vielleicht liegt es auch nur daran, dass ich zu viele Bandnudeln gefuttert habe. Auf den Nachtisch werde ich lieber verzichten. Obwohl die Auswahl an Kuchen, Törtchen, Obst und Pudding wirklich verlockend aussieht. Aber bestimmt kommen wir später noch mal her. Hat Anastasia nicht gesagt, dass das Büfettzelt rund um die Uhr geöffnet hat?

Lenas Seufzen lenkt mich von meinem Bauchgrummeln ab. Ihr Blick ist auf einen unsichtbaren Punkt gerichtet. Ob sie vielleicht gerade Coopers Schwingungen spürt?

Anna und ich gucken uns an und grinsen.

Ein paar Minuten später stehen wir draußen vor dem Zelt. Der Himmel sieht nach wie vor diesig und grau aus. Die Luft ist heiß und knochentrocken. Sie kommt mir sogar noch heißer und drückender vor als vorhin. Um uns herum flirrt und flimmert es. Ich wische mir den Schweiß von der Stirn. Mein Shirt klebt am Rücken. Ich sehne mich immer mehr nach einer kalten Dusche. Noch lieber würde ich mit Anlauf in einen Pool springen. In den in Phillips Garten zum Beispiel. Bestimmt hängen die Jungs da gerade ab, grillen und chillen und genießen ihr Männerwochenende.

Bei dem Gedanken an Phillip spüre ich ein leises Ziehen in der Herzgegend. Ob er auch gerade an mich denkt?

Von der nahen Bühne weht Gesang herüber. Ich spitze die Ohren und schnappe Fetzen des Refrains auf.

„Schlechte Menschen haben keine Musik, schlechte Zeiten brauchen keinen Beat …"

Ich kenne den Song, habe ihn sofort im Ohr und summe mit. Als wir endlich losgehen, bleibt Lena zurück. Sie hat darauf bestanden. Na gut, sie muss es selber wissen. Schließlich ist sie alt genug. Außerdem hat sie versprochen, spätestens in einer halben Stunde nachzukommen. Als Treffpunkt haben wir einen weit sichtbaren Aussichtsturm auf dem Steampunk-Areal verabredet. Ob sie es bis dahin schafft, sich ein Autogramm von Cooper zu besorgen und ihn von ihrer beider Seelenverwandtschaft zu überzeugen? Sie hat es sich jedenfalls vorgenommen. Und was Lena sich vornimmt, das erreicht sie normalerweise auch.

„Was ist, wenn sie mit der Band durchbrennt?", sagt Anna zu mir. „Die sind doch morgen bestimmt schon wieder unterwegs."

„Du meinst, dass Lena mit denen abhauen will? Echt jetzt? Das ist ja krass!" Cynthia-Cayenne hat Annas Bemerkung aufgeschnappt.

„Blödsinn!" Ich winke sofort ab. „Lena ist zwar manchmal ein bisschen chaotisch", sage ich, „aber so verrückt ist sie dann doch nicht."

„Na, hoffentlich", mischt Nikoline sich ein. „Wenn sie nicht in einer halben Stunde bei uns ist, hat sie ein Problem. Und zwar mit mir."

Wir stapfen schweigend weiter. Bis zum Mittelaltermarkt ist

es ein ganzes Stück. Der Markt ist wie ein altes Dorf gebaut, mit einem hohen Zaun aus Holzlatten drum herum. Als wir dort ankommen und durch das breite Tor treten, tauchen wir sofort in eine andere Welt ein. Die Zeit scheint stehen geblieben zu sein. Oder ist sie rückwärtsgesprungen, geradewegs in die Vergangenheit?

Ich sehe einen Feuerschlucker, der mit brennenden Fackeln jongliert. Ein Schmied drischt mit einem Hammer auf ein glühendes Stück Eisen ein. Marketenderinnen bieten dunkles Bier und Süßigkeiten an. Männer mit Vollbärten und rustikalen Lederwesten schlendern herum. Ein Magier schwenkt Fläschchen mit seltsamen Tinkturen.

Lena würde gut hierherpassen. Als Kräuterhexe oder Wahrsagerin. Was sie wohl gerade macht? Liest sie Cooper in dieser Sekunde aus der Hand und prophezeit ihm eine gemeinsame Zukunft? Ich muss lachen, als ich mir die beiden zusammen vorstelle. Meine chaotische Freundin und der Rockstar …

Wir wandern umher und gucken uns alles an. Die Atmosphäre ist friedlich und fröhlich, obwohl das Mittelalter doch eigentlich eine düstere Zeit gewesen ist, wenn man den Geschichtsbüchern Glauben schenken darf.

Wir gehen immer weiter und landen irgendwann in einer Art Fort, einer Festung, ebenfalls von hohen Holzwänden umgeben und mit dem besagten Turm in der Mitte. Hier herrscht eine völlig andere Stimmung. Es ist lauter, bunter und verrückter. Die Steampunk-Fans tragen fantasievolle Kostüme, in denen sie wie Zeitreisende aussehen. Einige Männer haben hohe Zylinderhüte auf und tragen dazu Motorradbrillen. Die Frauen stecken in Miedern, Schnürstiefeln und langen, wallenden Röcken aus Samt. Wie halten die das bei dieser Hitze aus?

Überall stehen seltsame Kunstwerke herum, die auf den ersten Blick aus allem möglichen Schrott zu bestehen scheinen: riesige Zahnräder, Ketten, Kolben, irgendwelche Maschinenteile, die grob zusammengeschweißt worden sind. Manche von den Dingern bewegen sich tatsächlich und drehen sich leise quietschend im Wind.

Da fällt mir auf, dass es tatsächlich weht. Zwar nicht so stark wie die heftige Böe, die vorhin fast das Zelt angehoben hat, sondern eher dezent. Immer wieder wirbelt feiner Staub vom Boden auf. Die Wimpel an den Verkaufsbuden knattern. Als wir einen freien Platz erreichen, rollt sogar ein kugeliger Strauch an uns vorbei. Ich komme mir vor wie in einem Western.

„Bisschen seltsam hier, oder?", wendet sich Anna an mich.

Ich zucke mit den Schultern. „Wenn man auf Mittelalter oder Steampunk steht, ist es bestimmt cool. Mein Geschmack ist es aber irgendwie nicht."

Es stimmt. Ich fühle mich in meinem jetzigen Leben sehr wohl. Wenn ich in der Zeit reisen könnte, würde ich höchstens mal einen Blick in die Zukunft werfen. Um zu sehen, wie es mit Phillip und mir weitergeht, zum Beispiel.

Cynthia-Cayenne bleibt stehen. Sie macht Fotos mit ihrem Handy, betrachtet sie auf dem Display und zieht eine gelangweilte Schnute.

„Wie lange wollen wir hier denn noch rumlatschen?", fragt sie.

„Hey, du musst nicht die ganze Zeit mit uns gehen. Du kannst dich vollkommen frei bewegen. Mach dir einen schönen Abend. Wir sehen uns später im Zelt.“ Nikoline ist ebenfalls stehen geblieben und nimmt den Schlapphut ab, um sich damit Luft zuzufächeln. Sie wirkt leicht gereizt.

„Och, nö …“, meint Cynthia. „Alleine rumlaufen ist auch doof.“

„Mach einfach, was du willst.“ Nikoline setzt den Hut wieder auf. „Hauptsache, du meckerst nicht. Ich hab wahnsinnige Kopfschmerzen. Diese Luft bringt mich noch um.“

Cynthia-Cayenne schmollt, aber sie sagt nichts mehr. Vermutlich ist es besser so. Nikoline sieht aus, als wäre mit ihr momentan nicht so gut Kirschen essen.

Moment mal, Kirschen?

Oh ja, bitte! Als Frucht, als Saft, als Eis. Ganz egal.

Ich lecke mir über die Lippen und schmecke salzigen Schweiß, während mein Blick auf eine Reihe Verkaufsbuden fällt, die am anderen Ende des Geländes stehen. An einer Bretterbude weht eine Eisfahne. Vor einer anderen flattern bunte Stofftücher im Wind.

„Hey, da drüben gibt es Eis und Halstücher!“ Ich stupse Anna an. Die lässt die Zunge aus dem Mund hängen und fängt an zu hecheln.

„Wir gehen mal rüber zu den Buden“, sage ich zu Nikoline. „Wollt ihr auch ein Eis? Sollen wir euch was mitbringen?“

„Für mich nichts, danke. Ich suche mir lieber einen Platz im Schatten.“ Nikoline guckt sich um und entdeckt einen Brettervorsprung, der ein wenig Schutz vor der Sonne spendet.

„Und du?“, frage ich Cynthia.

Sie schüttelt den Kopf. „Ich mach mir nichts aus Eis. Außerdem muss ich gleich noch ein paar Bilder wegschicken."

Bilder wegschicken? An ihre besten Freundinnen vielleicht, die zu Hause hocken und nach Fotos vom Festival lechzen? Oder an ihren Freund? Ich will sie gerade fragen, aber Anna zieht ungeduldig an meinem T-Shirt. Wir gehen los.

„Die beiden sind ganz schöne Spaßbremsen, oder?", fragt Anna mich, als wir außer Hörweite sind.

„Ja. Mit Billi und Dina wärs garantiert lustiger. Und mit den Jungs sowieso."

„Was die wohl gerade machen? Ich würde zu gerne Mäuschen spielen." Anna bleibt vor den Buden stehen.

„Die haben jede Menge Spaß. Darauf kannst du Gift nehmen." Ich seufze, während Anna schon das Halstuch-Sortiment durchstöbert.

„Cool, hier ist eins in deinen Lieblingsfarben!" Sie hält ein Nickituch hoch. „Es ist zwar eher gepunktet als gestreift, aber eindeutig rot und weiß."

„Und es kostet nur drei Euro? Das nehm ich!" Ich zähle die Münzen ab. Der Verkäufer schiebt mir ein Eurostück zurück.

„Heute ausnahmsweise nur zwei", meint er grinsend. „Die Tücher sind ziemlich staubig."

„Macht nichts. Danke." Ich nehme das Tuch und den Euro.

„Willst du keins?", frage ich Anna. Die schüttelt den Kopf.

„Nö. Ich hab zu Hause eine ganze Schublade voller Nickitücher."

Der Händler winkt uns hinterher. Während wir ein paar Schritte weitergehen, knote ich mir das Tuch locker um den

Hals. Am Eisstand bleiben wir stehen und entscheiden uns für zwei Waffelhörnchen mit Kirschentopping. Zufrieden schlendern wir zurück zu Nikoline und Cynthia-Cayenne.

„Wie kann man eigentlich kein Eis mögen?“, schmatzt Anna.

„Frag mich nicht.“ Ich schlecke und seufze gleichzeitig.

„Wollen wir nicht ein Foto machen und es ihnen schicken?“, fragt Anna plötzlich.

„Was? Wem?“

„Den Jungs.“

„Klar! Warum nicht?“

Wir knipsen uns mit den staubigen Eistüten und senden das Bild an Lukas und Phillip. Es dauert eine Weile, bis wir eine Reaktion erhalten. Anna bekommt zuerst etwas, und zwar ein Selfie von Lukas, der bis zum Hals im kristallklaren Wasser des Swimmingpools steht und von einem Ohr zum anderen grinst.

„Jetzt bin ich neidisch“, sagt Anna.

„Oh, ja. Ich auch.“ In dieser Sekunde düdelt mein Handy. Phillip schickt mir kein Foto, sondern eine Textnachricht, die aus genau drei Worten besteht:

ICH VERMISSE DICH!

Darunter klebt das traurigste Emoji der Welt mit einer Träne im Augenwinkel. Ich schmeiße den Rest meiner Eiswaffel in den nächsten Mülleimer, wische die klebrigen Finger an meinem T-Shirt ab und schreibe zurück:

ICH DICH AUCH! UND WIE!!

Ich hänge ein Herz-Icon an, klicke auf Senden und muss schlucken. In diesem Augenblick vermisse ich Phillip so sehr, dass mir das Herz wehtut. Zumindest bilde ich es mir ein. Aber zum Glück bringt Anna meinen Herzschlag schnell wieder in den Takt.

„Hey, da ist Lena!", ruft sie und zeigt auf den hölzernen Aussichtsturm.

„Ist die halbe Stunde schon rum?" Ich schaue zu dem Turm. Tatsächlich, da steht Lena. Das heißt, sie steht nicht einfach nur da, sondern zappelt vielmehr vor Nikoline und Cynthia-Cayenne herum wie ein kleiner Wirbelwind, der sich nicht entscheiden kann, wohin er zuerst wirbeln soll. Sie fuchtelt mit den Händen, geht in die Knie, springt hoch, dreht sich um die eigene Achse …

Ich sags ja: Wirbelwind mit Power-Akku.

„Wieso ist die so aufgedreht?", wundere ich mich.

Anna antwortet mit einem Schulterzucken. „Bestimmt erzählt sie's uns gleich."

Ja, das tut sie allerdings. Kaum sind wir bei ihr, stürzt sie sich auf uns.

„Ich hab mit ihm gesprochen! Er ist so cool! Einfach megaunwiderstehlich", sprudelt es aus ihr heraus. „Er hat mich eingeladen, ihn nach dem Auftritt backstage zu besuchen! Ist das nicht irre?"

Lenas Augen sprühen fast Funken. Ich muss gar nicht fragen, wen sie mit ‚er' und ‚ihn' meint. Es kann sich dabei nur um den einen handeln, the one and only: Cooper, den Rockstar.

„Du gehst da ja wohl hoffentlich nicht hin!", sagt Anna sofort.

Lena legt den Kopf schräg und guckt sie verwundert an.

„Aber sicher geh ich da hin. Warum auch nicht? Immerhin hat er mich eingeladen. Wir haben ein Date."

„Aber du kennst den Typen doch gar nicht", wende ich vorsichtig ein.

„Na und?" Lena lacht.

„Spinnst du?", blafft Nikoline und wirft ihr einen warnenden Blick zu. „Du bist doch kein Groupie. Vergiss das mal ganz schnell!"

„Ein Groupie? Cool!", kiekst Cynthia-Cayenne.

„Das internationale Codewort für: Hysterischer-weiblicher-Fan-der-seinem-Idol-nachläuft", murmelt Anna und fügt hinzu: „Manche Stars sammeln Groupies und protzen öffentlich damit, wie viele sie schon in die Koje gekriegt haben."

Wie gesagt: Anna ist Expertin in solchen Dingen.

Lena schnappt nach Luft. Dann lacht sie. „Sagt mal, habt ihr sie noch alle? Wir reden über Cooper Summerfield! Der sammelt keine Groupies. Und selbst wenn. Nur weil wir uns treffen wollen, heißt das noch lange nicht, dass wir gleich zusammen in die Kiste hüpfen!"

„Oh, gut", sage ich. „Das wird Krischan bestimmt freuen."

Eigentlich hatte ich es gar nicht laut aussprechen wollen. Es ist mir einfach so rausgerutscht.

„Was hat Krischan denn damit zu tun?" Lena blinzelt mich verwirrt an.

„Ähm, keine Ahnung." Ich schiebe meine Hände in die Hosentaschen. „Ich meine nur, dass er sich bestimmt freut, wenn er erfährt, dass du nicht so ein überdrehter weiblicher Fan bist, der es nur darauf anlegt, mit einem Star ins Bett zu hüpfen."

Lena blinzelt noch einmal. Dann schüttelt sie den Kopf, als hätte sie Wasser in den Ohren.

„Ihr kapiert es echt nicht, oder?“, fragt sie seufzend. „Das mit Cooper und mir spielt sich auf einer vollkommen anderen Ebene ab! Zwischen uns gibt es eine besondere Verbindung. Wir sind so etwas wie –“

„Vergiss diesen Typen!“, unterbricht Nikoline den Erklärungsversuch. Ihre Stimme ist ärgerlich und sie sieht langsam richtig sauer aus. „Es kommt überhaupt nicht infrage, dass du dich mit diesem Kerl hinter der Bühne oder sonst wo triffst. Schon gar nicht allein. Haben wir uns verstanden?“

„Nein, das haben wir nicht“, entgegnet Lena ganz ruhig. „Cooper und ich sind Seelenverwandte. Wir treffen uns, wann und wo wir wollen, und ob du es willst oder nicht.“

Sie strafft die Schultern, wirft lächelnd ihre hennarote Lockenmähne nach hinten und dreht sich betont langsam um. Ihr Kopf ist hoch erhoben. Sie hat die stolze Haltung einer Kriegerin. Dann stapft sie davon. Bei jedem Schritt wirbeln die derben Bikerboots Staubwolken auf, hinter denen sie schließlich verschwindet.

Anna und ich starren ihr sprachlos hinterher.

Nikoline fasst sich an die Stirn.

„Wow …“, murmelt Cynthia-Cayenne beeindruckt.

KAPITEL 10

Für immer auf der Haut und im Herzen

Wir treffen Lena wenig später in unserem Zelt wieder, wo sie gerade mit viel Elan ihren Seesack durchwühlt. Bunte Klamotten fliegen durch die Luft und landen überall verstreut. An einem Arm des Deckenventilators hängt eine einzelne Socke und fährt über unseren Köpfen Karussell. Es sieht witzig aus.

Lena pustet sich eine widerspenstige Locke aus dem Gesicht und hält mitten in der Bewegung inne, als sie uns bemerkt. „Hi!"

„Na?", antworte ich. „Gehts dir gut?"

„Mir gings nie besser", versichert sie strahlend. „Was wollt ihr hier? Wo ist Nikoline? Habt ihr sie unterwegs verloren?"

„Nein, haben wir nicht. Sie hat Anastasia getroffen und sich von ihr eine Kopfschmerztablette geben lassen. Jetzt trinken die beiden irgendwo einen Kaffee." Ich hocke mich auf die Bettkante. „Wir wollten nur mal gucken, was du so machst, und uns ein bisschen vom Rumlaufen und der Mörderhitze erholen."

„Okay …" Lena wühlt weiter.

Anna chattet mit Lukas, während Cynthia-Cayenne unschlüssig herumsteht. Vielleicht hält sie nach der Spinne Ausschau. An der Decke sitzt die nämlich nicht mehr.

„Suchst du irgendwas Bestimmtes?“, frage ich Lena schließlich. Sie guckt mich an.

„Nö, eigentlich nicht. Oder doch? Keine Ahnung. Ich kann mich nicht entscheiden, was ich nachher anziehen soll.“

„Für dein Date mit Cooper?“

„Eher für sein Konzert.“ Sie lässt sich neben mich plumpsen. Die Matratze gibt nach. „Was zieht ihr denn so an?“

„Müssen wir uns dafür extra umziehen?“, frage ich zurück.

„Logisch müssen wir uns umziehen! Oder denkst du etwa, ich gehe in diesen dreckigen Klamotten los?“, mischt Cynthia-Cayenne sich ein. Sie starrt mich fassungslos an. Okay, offensichtlich hat sie uns belauscht. Ich verzeihe ihr. In einem Gemeinschaftszelt wie diesem gibt es nun mal keine Privatsphäre.

„Wir werden doch gleich wieder staubig, sobald wir rausgehen“, entgegne ich, während ich kritisch an mir runtergucke. Okay, frisch ist was anderes. Aber es lohnt sich doch wirklich nicht, jetzt noch zu duschen und extra andere Sachen anzuziehen, oder?

Andererseits haben wir mehr als genug eingepackt. Wenn wir wollen, können wir uns noch mindestens ein Dutzend Mal umziehen. Sonst hätten wir unsere Kleiderschränke zu Hause ja ganz umsonst geplündert.

„Na gut“, sage ich zu Lena. „Ein sauberes T-Shirt wäre vielleicht gar nicht so verkehrt.“

Sie nickt zufrieden.

Anna hat ihren Chat beendet. „Worüber habt ihr gesprochen?“

„Darüber, dass wir uns ein bisschen von der schlimmsten Staubkruste befreien und andere Klamotten anziehen wollen, bevor wir nachher zu Coopers Konzert gehen“, fasse ich zusammen.

„Darf ich als Erste unter die Dusche? Meine Haare fühlen sich voll eklig an.“

„Geh ruhig“, sage ich und werfe ihr die große Shampooflasche zu, die wir uns für die Dauer des Festivals schwesterlich teilen.

Sie schnappt sich zwei Handtücher von einem Stapel, klemmt sich anschließend noch den Beutel mit ihrem Waschzeug unter den Arm und verschwindet im Vorzelt. Schon bald hören wir Wasser plätschern und Anna singen.

Kurz darauf taucht Nikoline auf.

„Hier steckt ihr alle!“, sagt sie zur Begrüßung.

„Wo sollen wir denn sonst sein?“, erwidert Lena patzig.

„Also, bei dir würde mir spontan mindestens eine Alternative einfallen.“ Nikoline wirft ihr einen langen Blick zu.

„Ja, stimmt. Mir auch.“ Lena grinst. Sie hält ein Top in der einen Hand und einen Mini-Minirock aus Jeansstoff in der anderen. „Ich glaub, ich hab mein Outfit für heute Abend gefunden.“

„Ist das ein Rock oder ein Gürtel?“, fragt Nikoline ironisch.

„Ein Rock. Wärs dir lieber, wenn ich in Unterwäsche gehe?“ Lena funkelt ihre Cousine an. Die funkelt unbeeindruckt zurück.

Ich sitze zwischen den beiden und fühle mich gar nicht wohl. Müssen die jetzt wirklich streiten?

„Da würde sich dein Cooper bestimmt freuen!“ Cynthia-Cayenne kichert wie eine Aufziehmaus in einem Zeichentrickfilm. Ich beiße mir auf die Unterlippe, um nicht loszuprusten.

„Mit Sicherheit würde er das“, erwidert Lena lächelnd. Sie wendet sich wieder Nikoline zu. „Ich hab vorhin übrigens mit

Hannah und Sünje telefoniert. Du kannst dich entspannen. Sie haben nichts dagegen, dass Cooper und ich uns nach dem Konzert treffen."

Oha, jetzt wirds kompliziert!

Hannah und Sünje sind Lenas Mütter. Allerdings ist jetzt Nikoline für alles zuständig, was an diesem Wochenende passiert, beziehungsweise *nicht* passiert. Sie trägt die Verantwortung. Hat sie dann nicht auch die letzte Entscheidung, was das Treffen mit dem Rockstar angeht? Ich bin ein bisschen überfordert.

„Lena, mach nicht so einen Aufstand. Wir bleiben zusammen. Das hab ich euren Eltern versprochen", antwortet Nikoline, während sie sich stöhnend die Schläfen massiert. „Wenn du damit nicht einverstanden bist, bleibst du entweder im Zelt oder du fährst nach Hause. Such dir aus, was dir lieber ist."

„Wenn ich gewusst hätte, wie autoritär du bist, wär ich gar nicht erst mitgefahren! Du benimmst dich wie eine blöde Diktatorin. Aber ich lass mich von dir nicht einsperren. Das kannst du knicken!", motzt Lena. Sie stampft sogar mit dem Fuß auf, was ich ein kleines bisschen albern finde.

„Die Diktatorin nimmst du sofort zurück!", faucht Nikoline.

„Nö, auf keinen Fall!" Lena verschränkt die Arme vor der Brust.

Cynthia schaut ratlos von einer zur anderen.

Ich würde mir gerne die Ohren zuhalten, wenn das nicht so kindisch wäre. Mich unsichtbar zu machen, wäre auch eine Möglichkeit. Am allerliebsten würde ich mich allerdings von hier wegbeamen lassen. Und zwar geradewegs in Phillips Arme, wenns geht.

In diesem Moment platzt Anna wieder ins Zelt. Sie hat sich in ein Badetuch gehüllt, die nassen Haare unter einem Frotteeturban versteckt und duftet nach Frühlingsblumen. Sie mustert uns und rückt dabei ihre Brille zurecht. Die Gläser sind beschlagen, weshalb sie einen Augenblick braucht, um sich zu orientieren.

„Ey, Leute ...", sagt sie dann vorsichtig. „Habt ihr euch mal den Himmel angeguckt? Der kommt mir irgendwie komisch vor."

„Der sah doch den ganzen Tag schon nicht besonders gut aus", erwidere ich.

„Aber jetzt ist es wirklich gruselig da draußen." Anna steht da, tropfnass und halb nackt, und macht ein ratloses Gesicht.

„Wie jetzt, gruselig?", quietscht Cynthia-Cayenne.

„Na, gruselig gruselig." Anna nimmt die Brille ab und poliert die Gläser mit einem Handtuchzipfel. „Am besten schaut ihr's euch selbst an. Dann wisst ihr, was ich meine."

Nikoline wirft einen kurzen Blick auf ihr Handydisplay, um die Uhrzeit zu checken. Sie seufzt. „Wahrscheinlich ist es nur die Abenddämmerung."

„Nein", beharrt Anna und schiebt sich die Brille wieder auf die Nase. „Ganz bestimmt nicht!"

„Dann gucken wir uns das mal an." Lena springt auf. Sie nimmt meine Hand und zieht mich hoch. Bevor ich widersprechen kann, hat sie mich schon aus dem Zelt geschleppt. Die anderen folgen uns.

Draußen bleiben wir stehen und werden um ein Haar von einer Horde Jungs überrollt, die dicht an uns vorbeitorkeln. Einer trinkt Bier, Met oder sonst was aus einem Kuhhorn und prostet uns damit zu. Die anderen schwenken grölend ihre T-Shirts über den Kopfen.

Wir treten einen großen Schritt zurück und lassen sie vorbei.

„Was immer in diesem Horn ist: Sie haben auf jeden Fall zu viel davon getrunken“, stelle ich fest.

„Das hast du sehr schön ausgedrückt“, grinst Lena. Sie hebt ihre Hand, um die Augen abzuschirmen, obwohl die Sonne eigentlich gar nicht blendet. Dabei sehe ich etwas auf ihrem Unterarm aufblitzen. Zuerst denke ich, dass es vielleicht Schmutz ist oder ein Kratzer.

Aber nein, es ist kein Kratzer und auch kein Dreck, sondern eine Kritzelei. Ein verschnörkelter Namenszug, wenn auch kaum lesbar. Darunter prangen eine stilisierte E-Gitarre und ein krakeliger Notenschlüssel.

„Was guckst du so?“, fragt Lena mich irritiert.

„Was ist das?“, kontere ich.

Sie lässt den Arm sinken. „Ein Autogramm von Cooper. Die Gitarre hat er selbst gezeichnet. Mit wasserfestem Filzstift. Krass, was?“

„Äh, ja.“ Ich nicke vage und wenig begeistert. Zum Glück hat sie sich das Gekritzel nicht gleich tätowieren lassen. Vorhin hab ich im Vorbeigehen einen Tätowierstand gesehen. Lena anscheinend nicht. Sonst wären die schwarzen Linien auf ihrem Unterarm jetzt möglicherweise blutunterlaufen und mit Klarsichtfolie abgeklebt.

Was nicht ist, kann ja noch werden, denke ich im Stillen.

Lena stößt mich an.

„Vielleicht lass ich mir das Autogramm demnächst als Tattoo stechen. Dann hab ich Cooper immer bei mir", meint sie.

Ich wusste es!

„Trag ihn lieber in deinem Herzen als auf der Haut", schlage ich vor.

„Das geht nicht. In meinem Herzen wohnt doch schon jemand anderes."

„Krischan?"

„Ja, klar. Wer sonst?"

„Du könntest dir ja vielleicht erst mal nur eine kleine Gitarre tätowieren lassen."

„Hey, das ist eine super Idee!"

Wir grinsen uns an. Vom Festivalplatz weht rockige Musik herüber. Zuerst höre ich nur röhrenden Gesang, dann kommt ein Schlagzeug dazu. Zusammen klingt es wie Steine, die auf ein rostiges Blechdach prasseln. Es ist immer noch brüllend heiß. Ich wische mir mit dem Handrücken über die Stirn. Endlich wenden wir unsere Gesichter dem Himmel über der Bühne zu.

„What the f…!", stößt Lena hervor.

„Au Backe!", quiekt Cynthia-Cayenne.

Au Backe? Niemand – nicht mal mein kleiner Bruder Jakob oder unsere altmodische Nachbarin – sagt heutzutage noch au Backe. Das dachte ich jedenfalls bis gerade eben.

„Holla!", rufe ich, weil mir so spontan nichts Originelleres einfällt. „Das sieht aber wirklich nicht gut aus!"

„Sag ich doch", ertönt Annas Stimme hinter uns.

Nikoline schiebt sich an ihr vorbei. „Ookay …", sagt sie gedehnt.

Der Himmel über der Bühne und hinter den Zeltdächern ist von einem dunklen Asphaltgrau. Man könnte auch sagen, dass er so gut wie schwarz ist.

Anna hat absolut recht: Es sieht wirklich gruselig aus. Auf jeden Fall unheimlich. Und auch ein bisschen bedrohlich. Ich mochte schon dieses merkwürdig diesige, staubige Nachmittagslicht nicht besonders. Aber das hier gefällt mir ganz und gar nicht. Es sieht aus wie in einem dieser Katastrophenfilme, kurz bevor der Vulkan ausbricht oder eine Monsterwelle das Land überflutet oder der riesige Meteorit auf der Erde einschlägt.

„Was war das vorhin mit dem näher kommenden Tiefausläufer?“, frage ich Nikoline. „Bist du ganz sicher, dass der uns nicht vielleicht doch noch streift?“

Sie hält ihr Smartphone in der Hand und klickt die Wetter-App an. „Mist“, brummt sie. „Kein Netz mehr.“

„Eben hatte ich noch eins“, meint Anna.

Im Nu ziehen wir alle unsere Handys hervor und checken die Verbindungen.

„Ich hab einen Balken, aber keine Wetter-App“, sage ich. Wozu auch? Ich muss normalerweise nur aus dem Fenster schauen oder vor die Haustür treten, wenn ich wissen will, ob es draußen regnet oder schneit oder die Sonne scheint.

In dieser Sekunde ist der winzige Balken verschwunden. Stattdessen leuchtet mir die Meldung KEIN NETZ entgegen.

„Jetzt ist der Empfang weg.“

„Bei mir auch“, sagen Anna und Cynthia-Cayenne gleichzeitig. Cynthia fächelt sich mit der Hand Luft unters Kinn, als stünde sie kurz vor einer Ohnmacht.

„Tja …“, meint Lena achselzuckend. „Willkommen in der Steinzeit, als man noch wetterkundig war und die Zeichen des Himmels zu deuten wusste, ohne diese seltsamen kleinen elektronischen Plastikkisten zurate zu ziehen.“

„Was will uns der Himmel deiner Meinung nach denn mitteilen, du obercoole Steinzeitbraut?“, fragt Nikoline. „Raus in die Wildnis oder doch lieber zurück in die heimische Höhle?“

„Wenn du mich so fragst, natürlich raus in die Wildnis“, antwortet Lena sofort. „Ich liebe Naturgewalten!“

„Ja, sicher. Besonders, wenn sie einem um die Nase fliegen.“ Nikolines Miene verfinstert sich.

Plötzlich pustet uns ein Windstoß die Haare ins Gesicht. Das Dach unseres Vorzelts wird kurz angehoben. Staub wirbelt auf. Ich bekomme etwas ins Auge. Wahrscheinlich ist es nur ein winziges Sandkorn, trotzdem tut es höllisch weh.

„Args!“ Ich presse mir die Hand auf das Augenlid.

„Was ist?“, fragt Nikoline sofort.

„Nichts. Ich hab nur ein bisschen Sand abbekommen“, ächze ich.

„Spül es am besten gleich aus.“ Nikoline schiebt mich zum Waschbecken und dreht den Hahn auf. In der gleichen Sekunde faucht erneut eine Böe um unser Zelt und lässt die Wände flattern. Ich wünschte, wir hätten kein Luxuszelt, sondern eine Luxushütte. Irgendetwas mit vier massiven Wänden und einem festen Dach. Ein Bunker, ein Blockhaus oder so. Ja, das wäre schön. Aber man kann nicht alles haben. Schon gar nicht, wenn man's braucht.

Ich beuge mich über das Waschbecken und halte mein Gesicht unter den plätschernden Strahl. Das kalte Wasser fühlt sich gut an und hilft auch schnell. Das Stechen lässt nach. Es brennt nur noch etwas. Vorsichtig tupfe ich das Auge mit einem Papiertuch trocken, blinzele ein paarmal und stelle erleichtert fest, dass ich klare Sicht habe.

„Alles halb so wild", sage ich zu den anderen, die mich die ganze Zeit besorgt beobachtet haben.

„Wirklich?", fragt Anna.

„Ja, alles gut." Ich nicke. „Was wollen wir jetzt machen? Sollen wir lieber erst mal abwarten, bis die dunklen Wolken sich verzogen haben?"

„Nee, das geht nicht. *Thousand Pieces Broken* fangen in einer Stunde an zu spielen. Wir sollten uns schleunigst umziehen. Wenn wir nicht rechtzeitig da sind, sind die besten Plätze garantiert weg", meint Lena.

„Welches sind denn die besten Plätze?", erkundigt sich Anna.

„Die in der ersten Reihe natürlich. Am besten direkt vor der Bühne. Da ist man mittendrin. Genau da, wo die Action ist und die Musik am lautesten." Lena dreht sich um und verschwindet im Zelt.

Wir anderen bleiben zurück und gucken uns an.

„Ich bin mir gar nicht sicher, ob ich wirklich in der ersten Reihe vor der Bühne stehen möchte", sage ich zögernd.

„Nein, ich auch nicht. Herrscht da nicht ein furchtbares Gedränge?" Anna runzelt die Stirn.

„Doch, klar. Da werden hin und wieder sogar Leute fast zerquetscht. Auf jeden Fall kann man ziemlich schnell ohnmächtig werden." Cynthias Antwort trägt nicht unbedingt zu unserer

Beruhigung bei. „Falls was passiert, wird man von den Ordnern aber gleich rausgezogen und ins Sanitätszelt gebracht", fügt sie schnell hinzu, als sie unsere entsetzten Gesichter bemerkt.

„Wow, das klingt super." Ich schlucke trocken. „Genau so was wollte ich immer schon mal erleben."

„Wirklich?" Anna starrt mich an.

„Natürlich nicht!", fauche ich.

Die Vorstellung, halb oder komplett ohnmächtig über einer Absperrung zu hängen, von muskelbepackten Ordnern huckepack genommen zu werden und in einem Erste-Hilfe-Zelt wieder aufzuwachen, ist absolut grauenvoll.

Nein, danke. Das brauch ich wirklich nicht.

Ich werfe einen letzten Blick auf die unheilvollen Wolken, dann drehe ich mich um und gehe ebenfalls ins Zelt. Vielleicht haben wir ja Glück und das Tief lässt uns in Ruhe.

In der ersten Reihe möchte ich aber trotzdem nicht so gerne stehen.

Nachdem wir geduscht und uns umgezogen haben, sind wir abmarschbereit. Nikoline schaut noch einmal auf ihr Handy, nur um festzustellen, dass sie immer noch kein Netz hat.

„Was soll's." Sie versenkt es in ihrer Hosentasche, schiebt die Zeltplane beiseite, um uns durchzulassen, und zwinkert uns zu. „Wir werden es schon merken, wenn die Welt untergeht."

„Wenn diese fiese Wolkenfront wirklich das Ende der Welt ankündigt, würde ich vorher ganz gerne noch mal mit meinem Freund telefonieren, um mich von ihm zu verabschieden", murmelt Anna.

„Und ich wäre gerne mit meinem Freund zusammen, wenn es passiert", sage ich grimmig.

„Nix da, Weltuntergang! Jetzt gucken wir uns erst mal *Thousand Pieces Broken* an und winken Cooper zu. – Los, kommt!", ruft Lena.

Draußen vor dem Zelt bleiben wir stehen.

„Bilde ich es mir nur ein oder sind die Wolken nicht schon ein kleines bisschen heller geworden?", fragt Anna.

„Doch, das kommt mir auch so vor", bestätige ich nickend.

„Auf jeden Fall schreit diese Luft nach einem erlösenden Gewitter", ächzt Nikoline.

„Aber bitte erst nach dem Konzert!" Lena übernimmt die Führung.

Cynthia-Cayenne geht auffallend schweigsam neben mir her. Sie trägt rosafarbene Leggins und eine schulterfreie Carmenbluse, die ihr gut steht. An den Füßen hat sie immer noch die zarten Riemchensandalen, in denen sie schon den ganzen Tag herumgelaufen ist.

Ich habe meine Flipflops vorsichtshalber gegen Chucks ausgetauscht, falls mir in diesem Gedränge jemand auf die Zehen tritt. Denn natürlich sind wir nicht die Einzigen, die es in diesen Minuten zu Coopers Konzert zieht. *Thousand Pieces Broken* sind die Hauptband des Abends. Der *main act*, wie Anastasia es genannt hat. Entsprechend groß ist der Andrang.

Wir reihen uns in die endlose Karawane ein, die sich zwischen den Zelten hindurchschiebt, um zur Hauptbühne zu gelangen. Selbst wenn wir woanders hinwollten, hätten wir jetzt keine Chance mehr, die Richtung zu ändern. Wir werden einfach mit der Menge mitgezogen und vorwärtsgeschoben. Innerhalb kürzester Zeit bin ich schon wieder in Schweiß gebadet. Dabei habe ich doch gerade erst geduscht!

„Immer schön zusammenbleiben, Leute!", ruft Nikoline uns zu.

„Alles klar bei dir?" Ich stupse Cynthia mit dem Ellbogen an.

„Ja, alles super!", versichert sie.

Aus dem Augenwinkel sehe ich, wie sie immer wieder beunruhigte Blicke in den Himmel wirft. Dabei wirkt der momentan gar nicht mehr so schlimm. Oder fällt es in der Abenddämmerung nur nicht mehr so krass auf?

Vielleicht ist Cynthia ja auch nur besorgt, dass ihre Bluse nass werden könnte, falls es tatsächlich anfängt zu regnen, überlege ich.

Im Gegensatz zu ihr habe ich im Moment viel größere Sorgen, eine Alkoholdusche abzubekommen. Direkt hinter uns sind nämlich die Jungs von vorhin, und irgendwie verschütten die gerade deutlich mehr Bier, als in ihren Kehlen landet, was der guten Laune aber keinen Abbruch tut. Sie grölen, johlen und singen sehr laut und leider auch sehr falsch. Ich entferne mich vorsichtshalber ein großes Stück von ihnen.

Als wir endlich unser Ziel, den Vorplatz vor der Hauptbühne, erreichen, dröhnen jaulende Orgelklänge über uns hinweg. Die Bühne ist hinter einem riesigen schwarzen Vorhang verborgen, auf den mit Scheinwerfern das Logo der Band projiziert wird, ein in tausend Stücke zerbrochener Spiegel. Links und rechts davon sind wolkenkratzerhohe Lautsprechertürme aufgebaut, aus denen die Orgelmusik kommt – falls man dabei überhaupt von Musik sprechen kann. Für mich hört es sich eher nach Flugzeugturbinen an.

„Yeah, Wahnsinn! Das ist so megacool!“ Lena wirft jubelnd die Arme hoch. An ihren Handgelenken klimpern unzählige silberne Armreifen und bunte Bänder.

„Wollen wir nicht gleich hier stehen bleiben?“, schlägt Anna vor. Ich bin sofort einverstanden.

„Einen besseren Platz kriegen wir garantiert nicht“, sage ich.

Wir befinden uns auf einer Anhöhe, können das ganze Areal gut überblicken, haben freien Blick auf die Bühne vor uns und laufen weder Gefahr, zerquetscht, noch, mit Bier überschüttet zu werden. Gleich hinter uns befinden sich Getränke- und Futterbuden und die nächsten Toiletten sind auch nicht weit weg. Mir gefällt unser Standort ausgesprochen gut.

„Und was ist mit der ersten Reihe? Hey, wir sind VIPs!“ Lena lässt die Arme sinken und starrt uns entgeistert an.

„Hast du Angst, dass Cooper nicht mitbekommt, wie du ihn anschmachtest, wenn du hier hinten stehst?“, zieht Nikoline sie auf.

„Ich schmachte ihn nicht an“, widerspricht Lena. „Ich finde es nur total langweilig, so weit weg von der Bühne zu sein. Da hätte ich ja auch gleich zu Hause auf der Couch bleiben können!“

„Da hättest du aber nicht dieses Gefühl, live dabei zu sein. Also, entspann dich, Süße, und genieß die Show.“

Für mich klingt es, als hätte Nikoline damit das letzte Wort gesprochen. Sie dreht sich um.

„Möchtet ihr auch was trinken? Ich hol mir eine Cola.“

Lena schmollt. Vielleicht hat sie's aber auch nicht gehört.

Wir anderen nicken.

Ich gehe mit Nikoline zu einem Getränkestand in der Nähe, um ihr beim Tragen zu helfen. Die Schlange ist nicht besonders lang und dank unserer VIP-Ausweise, die an unseren Halsbändern baumeln, bekommen wir alles, was wir wollen, umsonst! Sogar die schicken Mehrwegbecher mit dem Festivallogo dürfen wir gratis mitnehmen und müssen sie auch nicht wieder zurückbringen, obwohl die eigentlich fünf Euro Pfand kosten. Was für ein cooles Andenken! Ich kann's kaum fassen.

„Wie toll!", quietscht Cynthia-Cayenne, als ich ihr die gewünschte Zitronenlimo überreiche. Sie macht ein Selfie von sich mit dem Sammlerbecher, vermutlich um es später in ihren Netzwerken und Freundeslisten zu posten. Ich finde das irgendwie seltsam, aber gleichzeitig komme ich nicht umhin, sie für ihren unermüdlichen Einsatz zu bewundern. Mir wäre es wirklich zu anstrengend, ständig alles zu knipsen, zu kommentieren, zu versenden und irgendwo zu veröffentlichen. Außerdem passiert doch ringsherum mehr als genug wirkliches, echtes Leben. Möglicherweise bekommt man davon gar nichts mit und verpasst das Wesentliche, wenn man immer nur das Handy vor der Nase hat. Ziemlich blöd eigentlich. Mal ganz abgesehen davon: Wer sollte sich schon großartig dafür interessieren, wo ich bin, was ich mache und welche Sorte Brause ich gerade trinke?

Richtig: niemand. Außer meinen Eltern vielleicht …

Anna süffelt ihre Cola. Lena nippt an einem Becher Wasser, den ich ihr mitgebracht habe. Dabei behält sie die ganze Zeit den Bühnenvorhang fest im Blick, damit ihr ja nichts entgeht.

„Wie lange müssen wir noch warten, bis es losgeht? Sollte die Band nicht schon längst spielen?", frage ich.

Sie antwortet mit einem Schulterzucken und der Aussage, dass es manchmal eben etwas länger dauert, bis auf der Bühne alles aufgebaut und vorbereitet ist.

„Außerdem lassen sich Stars gerne Zeit", meint sie. „Das erhöht die Spannung. Der Überraschungseffekt ist umso größer, wenn es plötzlich losgeht."

In dieser Sekunde bricht das Orgelgejaule ab. An einem Querträger hoch über der Bühne entzündet sich ein gigantisches Feuerwerk aus Flammen, Funken und grellen Blitzen. Das Lichtspektakel wird von einem knallharten Trommelwirbel begleitet.

Ich halte erschrocken den Atem an.

„Yeah, Leute ... Schnallt euch an und haltet euch fest! Jetzt geht die Luzie ab!", jubelt Lena euphorisch und reckt die geballte Faust in den explodierenden Abendhimmel.

KAPITEL 11

Die Welt geht unter, lasst uns tanzen

Der Bühnenvorhang hebt sich. Ohrenbetäubender Jubel brandet auf. Pfiffe, Rufe, Gebrüll, Applaus von allen Seiten. Vor Schreck lasse ich fast meinen Becher fallen.

„Please welcome the one and only Cooper Summerfield and his band: The Thousand Pieces Brooooken!", brüllt ein schmächtiger Typ vorne auf der Bühne ins Mikrofon. *„Let's get loud!"*

Er verbeugt sich und verschwindet im Hintergrund. Alle Scheinwerfer richten sich nun gebündelt auf einen Punkt. Der Schlagzeuger sitzt hinter seinen Trommeln und drischt auf sie ein, als hinge sein Schicksal davon ab.

Der Jubel schwillt immer weiter an.

Und plötzlich, wie aus dem Nichts, ist er da. In einer hautengen schwarzen Lederhose, einem blendend weißen T-Shirt und mit einer Gitarre vor dem Bauch: Cooper Summerfield, der Star des Abends.

„Hey, Cooper!", schreit Lena.

Anna und ich wechseln einen besorgten Blick.

Dann bricht das Inferno los.

Ich übertreibe nicht, wenn ich behaupte, dass ich noch nie zuvor in meinem ganzen Leben so einen Krach gehört habe. Es ist der pure Wahnsinn. Bisher dachte ich immer, dass der altersschwache Rasenmäher meines Vaters ziemlich laut ist. Laubbläser, Martinshörner, Flugzeuge. Sogar manche Lehrer in der Schule.

Vergesst es. Das hier toppt alles!

Unter meinen Füßen bebt die Erde. Mein Körper bebt mit. Die Luft um mich herum vibriert von den Schallwellen, die gleichzeitig aus allen Richtungen und aus sämtlichen Boxen kommen. Wie sollen meine armen Trommelfelle das aushalten? Am liebsten würde ich einfach meine Ohrmuscheln zuklappen, nur leider hat die Natur nicht an eine solche Möglichkeit gedacht. Was für ein fataler Fehler in der Evolution des Menschen! Dabei würde ein simpler Mechanismus doch schon genügen. Es ist dir zu laut? Kein Problem – klack! – und die Schotten sind dicht.

Weil die biologische Weiterentwicklung des menschlichen Körpers das nicht vorgesehen hat, bleibt mir nichts anderes übrig, als den Lärmangriff zu ertragen. Schließlich muss ich ja meinen Becher festhalten, und nur ein einzelnes Ohr mit der Hand zuzudrücken, während das andere die volle Dröhnung abbekommt, bringt auch nicht so viel.

Anna ist eindeutig schlauer als ich. Sie hält ihren Trinkbecher einfach mit den Zähnen fest und hat auf diese Weise beide Hände frei, um sie sich links und rechts gegen den Kopf zu pressen. Ich mache es ihr sofort nach und erinnere mich dabei an die eingeschweißten Ohrstöpsel, von denen Cynthia-Cayenne vorhin gesprochen hat. Sie liegen in unserem Zelt. Wieso haben wir sie nicht mitgenommen? Dummer Fehler. Wenn ich jetzt zurücklaufen würde, um die Stöpsel zu holen, finde ich die anderen niemals wieder. Also lass ich's lieber und versuche, mich an die wummernden Bässe zu gewöhnen. Es ist cool, aufregend und dramatisch zugleich. Und es fühlt sich irgendwie gut an.

Auf dem Bühnenvorplatz bewegt sich die Menge inzwischen wie einziger riesiger Organismus zur Musik. Cooper singt sich die Seele aus dem Leib, das bekomme ich trotz zugehaltener Ohren mit. Die meisten Leute um mich herum scheinen Fans von ihm und seiner Band zu sein. Jedenfalls sind sie absolut textsicher und grölen die Refrains ekstatisch mit.

Natürlich singt Lena auch mit. Sie singt nicht nur, sondern hüpft und tanzt und schwenkt dazu die Arme über dem Kopf. Den Trinkbecher hat sie längst irgendwo abgestellt oder einfach fallen gelassen. Ihre Lockenmähne bewegt sich im Takt. Sie ist voll in ihrem Element.

Mittlerweile ist es fast dunkel, aber immer noch sehr warm. Bei einem langsameren Stück nehme ich die Hände herunter und den Becher aus dem Mund. Mein Kiefer, den ich die ganze Zeit fest zusammengepresst hatte, entspannt sich. Der Rest des Körpers folgt Stück für Stück.

Der Song gefällt mir. Coopers Stimme klingt klar und kräftig. Sein Gesang wird nur von einer einzelnen Gitarre begleitet. Unplugged. Rein akustisch, ohne Verstärker.

Cooper singt von der großen Liebe und einem Mädchen, das ihn verlassen hat. Jetzt sucht er es auf der ganzen Welt. Er kann nicht mehr schlafen, nicht mehr essen, nur noch an sie denken.

Im Publikum leuchten nach und nach Tausende kleine Lichter

auf. Handys, Taschenlampen, Feuerzeuge werden hochgehalten und geschwenkt. Es sieht wunderschön aus. Wie eine riesige Armee aus Leuchtkäfern und funkelnden Sternen. Was für ein tolles Bild! Anna und ich lachen uns glücklich an.

Ich bin so in die träumerische Ballade und den Anblick der Lichter versunken, dass ich gar nicht merke, dass Wind aufgekommen ist. Zuerst ist es nur ein Luftzug. Ein Hauch, den ich dankbar an meinem Rücken spüre. Dann fegt wie aus dem Nichts ein kräftiger Windstoß über uns hinweg.

Der Hintergrund des Bühnenbildes, eine Leinwand, über die während des gesamten Konzerts Videoschnipsel flimmern, wird angehoben und bläht sich wie ein Segel. Am Horizont züngelt ein greller Blitz. Die meisten im Publikum scheinen zu denken, dass er zur Lightshow gehört, und brechen in Jubel aus. Doch als kurz darauf ein zweiter, noch viel grellerer Blitz im Zickzack hinter dem Bühnenaufbau aufleuchtet und uns blendet, entsteht Unruhe in der Menge.

Neben mir schreit Cynthia-Cayenne auf. Anna greift nach meinem Arm. Nikoline rückt ein paar Schritte näher heran.

Nur Lena bekommt nichts von alldem mit. Sie steht vor uns, hält ihr leuchtendes Handy in die Höhe und singt. So lange jedenfalls, bis Cooper den Song unterbricht und über die Schulter zu seinem Partner blickt. Der Gitarrist hebt nur die Schultern und zupft weiter. Cooper setzt das Lied zögernd fort.

Lena dreht sich zu uns um. Ihre Augen funkeln. Auf ihrem Gesicht liegt ein seliges Strahlen, das kann ich sehen, als es zum dritten Mal heftig blitzt.

Ich zucke zusammen. Wow, das war wirklich krass. Und auch

ganz schön unheimlich. Ich meine, seit wann besteht ein Gewitter aus lautlosen Blitzen und Windböen? Müsste es denn nicht auch mal donnern und regnen?

Als hätte ich es beschworen, kracht es in dieser Sekunde. Der Donner kommt so plötzlich, dass ich mir fast in die Hose mache. Ungelogen.

Lena lässt ihr Handy fallen. Als sie sich bückt, um es schnell wieder aufzuheben, prasselt der Regen los. Nein, prasseln ist untertrieben. Es schüttet, als würde da oben jemand sämtliche Kübel, Eimer, Badewannen, Swimmingpools und Wassertanks des gesamten Universums über uns auskippen. Im Nu sind wir bis auf die Haut – ach was! – bis auf die Knochen durchnässt.

„Hilfe!“, schreit Cynthia-Cayenne.

„Fuck!“, flucht Lena.

Sie haben ja so recht.

Cooper hört auf zu singen. Er spricht etwas in sein Mikrofon, nur leider kann niemand verstehen, was er sagt, weil Regen und Sturm mittlerweile so stark angeschwollen sind, dass man in all dem Tosen, Fauchen, Donnern und Rauschen sein eigenes Wort nicht mehr hören kann.

„Was für ein Mist!“, rufe ich den anderen zu. „Was machen wir jetzt?“

„Keine Ahnung!“, ruft Anna zurück. Ihre Brille ist von Regentropfen bedeckt. Links und rechts hängen die Zöpfe wie schlappe Nudeln herunter.

Ich werfe einen Blick nach vorne und sehe, dass die Zuschauermenge vor der Bühne in Bewegung geraten ist. Offenbar versuchen die Ersten, den Platz zu verlassen, um irgendwo

Schutz zu suchen. Andere bleiben einfach stehen und warten ab. Wieder andere fangen an, ausgelassen im Regen zu tanzen. Es ist absolut verrückt.

Ein erneuter Donnerschlag sorgt dafür, dass mein Herz kurz stehen bleibt. Kommt es mir nur so vor oder schwanken die Bühnenaufbauten? Und was ist mit den Lautsprechertürmen? Den riesigen Scheinwerfermasten? Können die so einem Unwetter überhaupt standhalten?

Ich bekomme Angst.

Ich will sofort weg von hier. Am besten nach Hause. Da kann ich mich in meinem Bett verkriechen und mir die Decke über den Kopf ziehen. Nein! Lieber zu Phillip! Der nimmt mich in die Arme und passt auf, dass mir nichts passiert.

„Wow, das hat gesessen! Der Blitz hat garantiert irgendwo in der Nähe eingeschlagen", schreit Nikoline über das Tosen hinweg. „Wir sollten schleunigst von hier verschwinden."

„Wohin denn?", frage ich bibbernd. Meine Zähne schlagen aufeinander, ich kann nichts dagegen tun. Ich bibbere, weil der Regen so hart und eiskalt ist. Dabei habe ich gerade noch wegen der Hitze gestöhnt. Vielleicht ist es ja auch die Furcht vor dem Unwetter, die in mir hochkriecht und mich frieren lässt. Egal …

Worauf wartest du noch? Nix wie weg!, ruft mir meine innere Stimme zu.

„Wollen wir erst mal zu unserem Zelt laufen? Da haben wir wenigstens so etwas wie ein Dach über dem Kopf." Ich gucke die anderen fragend an. Sämtliche Muskeln in meinem Körper sind angespannt. Ich bin zur Flucht bereit.

Cynthia-Cayenne nickt heftig. Ihre Wimperntusche ist verwischt. Sie ähnelt einem kleinen, verängstigten Panda.

„Ja, los!“ Anna krallt sich an meinem Arm fest. Sie zittert.

Auch Nikoline ist einverstanden.

Nur Lena reagiert nicht auf meinen Vorschlag. Sie sieht weggetreten aus, als würde sie über etwas nachdenken.

„Lena, kommst du?“, spreche ich sie an.

„Ja, ja.“ Sie nickt abwesend.

Ich bin mir nicht sicher, ob sie mich tatsächlich verstanden hat, und zögere kurz, um mich zu orientieren. Dann sprinte ich los. Ich will endlich raus aus diesem Mistwetter und verlasse mich einfach darauf, dass die anderen dicht hinter mir sind und mir folgen.

Wir sind gerade ein paar läppische Meter vorangekommen, als eine Durchsage aus den Lautsprechern kommt. Sie klingt abgehackt, ist aber trotzdem einigermaßen gut zu verstehen.

„Leider müssen wir das Konzert aus Sicherheitsgründen abbrechen“, verkündet eine Frauenstimme. „Bitte bleibt ruhig und verlasst das Gelände vor der Bühne möglichst geordnet. Stellt euch unter oder geht in eure Zelte, bis der Regen aufhört und der Sturm nachlässt. Es besteht absolut kein Grund zur Panik. Ich wiederhole: Es gibt keinen Grund zur Panik. Sobald das Wetter es zulässt, machen wir weiter. Peace and Love, Leute. Wir sehen uns!“

Es rauscht. Die Ansage verstummt.

Cooper hat längst aufgehört zu singen. Er und sein Gitarrist haben die Bühne verlassen. Die beiden hocken jetzt vermutlich in ihren trockenen, beheizbaren, perfekt ausgestatteten Luxuswohnwagen.

Wir kämpfen uns weiter voran. Der Regen drischt mit unverminderter Stärke auf uns ein. Der Sturm ist sogar noch heftiger geworden. Blitze und Donner kommen inzwischen fast gleichzeitig, aber ich achte kaum noch darauf.

Wieso hab ich keinen Regenschirm mitgenommen?, frage ich mich kurz.

Eine saublöde Frage, ich weiß.

Weil der bei diesen Windstärken garantiert nicht lange durchgehalten hätte und schon längst weggeflogen wäre, antworte ich mir selbst.

Ich ziehe den Kopf ein und konzentriere mich voll und ganz aufs Laufen. Und darauf, dass ich in dem Gedränge und Geschiebe nicht hinfalle. Der Untergrund ist nämlich rutschig wie Schmierseife. Die Steppe ist keine Steppe mehr, sondern eine Schlammwüste. Dass trotz allem alles relativ ruhig abläuft und niemand in Panik gerät, beruhigt mich sehr.

Eigentlich fühlt es sich sogar ganz witzig an, bis zu den Knöcheln im Matsch zu versinken. Ein bisschen wie auf einer Wattwanderung, stelle ich fest.

Auf jeden Fall ist es ein Abenteuer. Das wollte ich doch, oder? Und der Rest ist einfach nur das, was es ist: Matsch, Modder, Regen, nasse Erde und jede Menge Pfützen. Als ich klein war, habe ich es geliebt, in Pfützen zu springen. Je tiefer sie waren und je höher das Wasser gespritzt hat, desto besser. Allerdings hatte ich damals Gummistiefel an, wenn ich mich recht entsinne, und keine triefenden, quietschenden Chucks.

Aber hey, man kann nicht alles haben, Leute.

Wer nimmt zu einem Musikfestival schon Gummistiefel mit? Oder einen Regenschirm? Oder die schicken Regencapes, die jemand für uns in weiser Voraussicht ins Zelt gelegt hat?

Mittlerweile haben wir buchstäblich keinen trockenen Faden mehr am Leib. Aber das ist mir vollkommen schnuppe. In unserem Luxuszelt warten stapelweise Frotteehandtücher und kuschelige Klamotten auf uns. Im Nachhinein war es vielleicht doch ganz schön schlau von uns, dass wir so viel Zeug mitgeschleppt haben.

Als wir das Zelt erreichen, atme ich erleichtert auf. Meine Finger sind klamm und vollkommen gefühllos. Trotzdem schaffe ich es irgendwie, den langen Reißverschluss aufzuziehen. Wir stürzen alle gleichzeitig hinein und bleiben schnaufend im Vorzelt stehen.

Nikoline beugt ihren Oberkörper vor und stützt die Hände auf die Oberschenkel. Cynthia-Cayenne keucht wie nach einem Marathon. Anna ist kurz davor, in Tränen auszubrechen. Ich bemerke, dass ihre Unterlippe zittert.

„Hey“, sage ich zu ihr. „Alles klar?“

Sie nickt stumm.

Ich lächele sie aufmunternd an, obwohl mir eigentlich gar nicht nach Lächeln zumute ist. Mir ist so kalt! Hoffentlich haben wir genug heißes Wasser, um zu duschen und uns aufzuwärmen. Ein Becher Tee wäre auch schön. Und endlich trockene Klamotten!

„Wo steckt eigentlich Lena?“, fragt Cynthia-Cayenne plötzlich.

Ich denke gerade sehr intensiv an das Gefühl von warmer Kleidung auf meiner Haut.

„Wie, wo ist Lena?“, frage ich verständnislos zurück. „Sie war doch eben noch da.“

„Ja, aber jetzt ist sie weg.“ Cynthia guckt mich mit großen Panda-Augen an.

Ich schiebe den Kopf aus dem Zelt, um nachzusehen, ob Lena vielleicht draußen im Regen tanzt. Zuzutrauen wärs ihr. Sie liebt die Natur in allen Aggregatzuständen und mit all ihren Gewalten. Aber draußen ist sie nicht. Da sind nur sehr viel Regen, riesige Pfützen und jede Menge Matsch.

Ich ziehe meinen Kopf schnell wieder zurück.

„Die kann was erleben!“ Nikoline drängelt sich an mir vorbei. „Leenaaa!“, brüllt sie. „Verdammt!“

Anna zittert still vor sich hin. Obwohl – ganz still ist sie nicht. Ich kann ihre Zähne klappern hören. Wobei das Geräusch allerdings auch von den Zeltstangen kommen könnte, die sich dem Sturm tapfer entgegenstemmen und dabei leicht vibrieren. Absolut sicher bin ich mir nicht.

„Sie kann doch nicht weg sein“, sage ich, während ich einen Arm um Anna lege, um sie zu beruhigen. Gerne würde ich sie auch ein bisschen aufwärmen, aber da meine gefühlte Kerntemperatur unter der einer Tiefkühlpizza liegt, ist es mir leider unmöglich, Wärme zu spenden. Die paar Grad, über die mein Körper noch verfügt, brauch ich selber. Dafür schlage ich ihr vor, unter die Dusche zu gehen.

„Wieso das denn? Da werde ich ja noch nasser, als ich ohnehin schon bin!“ Sie starrt mich schniefend an.

„Aber unter der Dusche ist es viel schöner als draußen", widerspreche ich sanft. „Besonders wenn du warmes Wasser benutzt. Hinterher ziehst du dir was Trockenes an, einen Jogginganzug oder so, und krabbelst in deinen gemütlichen Schlafsack. Ich bring dir auch einen Tee ans Bett."

Ich erinnere mich daran, dass ich vorhin in der Küche einen Wasserkocher und daneben einen Korb mit Teebeuteln, Zuckertütchen und Instantkaffee gesehen habe.

„Okay", sagt sie leise. „Das klingt gut."

„Sag ich doch." Ich gebe ihr einen Stups. „Wenn du mit Duschen fertig bist, ist Lena bestimmt längst wiederaufgetaucht."

Anna nickt tapfer und verschwindet, um ihr Duschzeug und ein Handtuch zu holen.

Nikoline brüllt immer noch Lenas Namen in den Regen.

Cynthia-Cayenne betrachtet ihr Smartphone.

„Kein Empfang. Null Netz, nur Notrufe", jammert sie.

„Besser als gar nichts", erwidere ich sarkastisch.

Nikoline dreht sich zu uns um. In ihrem Gesicht arbeitet es.

„Hey, Leute … Ich glaub, bei uns regnet es rein." Anna ist wieder da und drückt uns ein paar Handtücher in die Arme, mit denen wir uns notdürftig abtrocknen.

„Was?" Nikoline fasst sich an die Stirn.

„Ja, da ist 'ne Pfütze neben Lenas Bett." Anna deutet mit dem Daumen hinter sich. „Egal. Ich geh jetzt duschen."

„Mach das." Ich nicke ihr zu.

Als Anna die Tür der Duschkabine hinter sich zuzieht, donnert es. Die Lampe über dem Zelteingang flackert kurz, aber sie geht nicht aus.

Bitte kein Stromausfall, flehe ich in Richtung Universum. Keine Kurzschlüsse oder ähnliche Katastrophen!

Ich ziehe mein Handy aus der Hosentasche. Es fühlt sich kalt und feucht an. Hoffentlich funktioniert es trotzdem noch.

Vielleicht hat Lena mir ja eine Nachricht geschickt?

Ich schalte das Gerät ein und habe natürlich auch kein Netz.

„Mist!“ Ich muss mich sehr beherrschen, damit ich das Telefon nicht an die nächste Wand klatsche. Aber das würde auch nichts ändern. Lena würde dadurch ganz sicher nicht zurückkommen.

„Sie kann doch nicht einfach so verschwunden sein!“, sage ich laut.

Klar kann sie das, korrigiere ich mich selbst. Sie ist genau das: verschwunden.

Mensch, Lena …

„Sie war aber die ganze Zeit hinter uns, oder nicht?“, sage ich einigermaßen hilflos zu den anderen. „Ich kann mir nicht vorstellen, dass sie sich verlaufen hat. Sie weiß schließlich, wo unser Zelt ist.“

„Sie ist eine Chaotin“, erwidert Nikoline. „Vielleicht ist sie gerade dabei, ein paar arme Regenwürmer vor dem Ertrinken zu retten.“

Bei der Vorstellung, wie Lena draußen herumhüpft und Würmer einsammelt, um sie an einen höher gelegenen Ort zu bringen, lache ich auf. Gleichzeitig frage ich mich, wie Nikoline so ruhig bleiben kann. Sie ist Lenas Cousine. Sie hat die Verantwortung. Ich mache mir jedenfalls Sorgen um meine Freundin.

Jede Minute, die vergeht, macht mich noch unruhiger. Vielleicht ist ihr etwas zugestoßen? Vor meinem inneren Auge tauchen schreckliche Bilder auf. Lena, die ausgerutscht, gestürzt, mit dem Hinterkopf auf einen Stein geknallt ist. Jetzt liegt sie irgendwo bewusstlos in einer Pfütze und braucht unsere Hilfe. Oder wurde sie von den besoffenen Jungs entführt? In meiner Fantasie ist einfach alles möglich.

„Sobald ich ein Handynetz habe, ruf ich meine Großeltern an und lass mich abholen“, piepst Cynthia-Cayenne plötzlich neben mir. Sie niest. „Ich will nicht mehr hier sein. Ich will nach Hause!“

„Glaub mir“, entgegne ich, „im Augenblick würden wir bestimmt alle lieber woanders sein als hier.“

Sie schnieft unglücklich, als würde sie das überhaupt kein bisschen trösten, und niest noch einmal.

Ich betrachte sie etwas genauer. Ihre Augen wirken glasig, die Nase ist knallrot. Kann man sich so schnell erkälten?

Ja, vermutlich schon. Wenn man nur mit einem Hauch von Bluse bekleidet ist, Riemchensandalen an den Füßen hat, die lediglich aus ein paar dünnen Lederstreifen bestehen, und damit in eine Art Sintflut gerät, ist das sicher machbar.

„Du solltest dir lieber schnell was Trockenes anziehen“, empfehle ich ihr.

„Ich will nach Hause!“, wiederholt sie wimmernd.

„Klar, das versteh ich. Aber es geht im Moment nun mal leider nicht. Rubbel dir wenigstens die Haare ab und zieh vielleicht mal andere Schuhe an.“

„Ich mag diese aber! Und jetzt kann ich sie wegschmeißen.“

Sie schlägt die Hände vors Gesicht und fängt an zu heulen.

Ich bekomme auf der Stelle Mitleid.

„Nicht weinen", flehe ich sie an. „Es ist doch schon nass genug. Und außerdem wirds davon auch nicht besser."

„Ich will aber jetzt heulen!" Cynthia-Cayenne schraubt die Tonlage höher.

Zum Glück kommt Anna gerade aus der Dusche. Sie hat einen Jogginganzug an, einen Handtuchturban auf dem Kopf und erfasst die Situation mit einem einzigen Blick.

„Es ist noch genug heißes Wasser da. Hüpf schnell unter die Dusche und wasch dir den Dreck ab", sagt sie. „Das hilft."

„Echt wahr?" Cynthia hört auf zu heulen.

Anna nickt ihr zu.

„Ich setz schon mal Teewasser auf", sage ich und flüchte in die Küche.

Nikoline gesellt sich zu mir. „Hat sich Lena bei dir gemeldet?", fragt sie.

„Nein. Wie denn auch?", frage ich genervt zurück. Ich bin genervt, weil ihre Frage so blöd war. Und weil Lena weg ist. „Regnet es wirklich ins Zelt?"

„Halb so schlimm", meint sie. „Anscheinend ist es nur eine kleine Naht, die nicht ganz dicht ist. Ich hab ein Handtuch daruntergelegt. Der Rest ist trocken."

Ich fülle den Wasserkocher und schalte ihn ein.

„Wir haben schwarzen Tee, Kamille, Pfefferminze, Hagebutte und Zitronenmelisse im Sortiment. Möchtest du auch einen? Oder lieber einen Kaffee?"

Sie entscheidet sich für Kaffee.

Ich stelle ein paar Becher bereit und hänge verschiedene Teebeutel hinein. In einen schütte ich das Kaffeepulver. Auch für

Lena hole ich einen Becher aus dem Regal und schiebe ihn zu den anderen. Bestimmt freut sie sich über ein heißes Getränk, wenn sie kommt.

Während das Wasser im Kocher langsam zu brodeln beginnt, lauschen Nikoline und ich schweigend auf das nicht nachlassende Prasseln des Regens und das Rauschen des Sturms. Hin und wieder donnert und grummelt es unheilvoll. Grelle Blitze erhellen sekundenlang das Zelt. Mir ist immer noch kalt.

Nikoline zückt ihr Handy.

„Immer noch kein Netz", seufzt sie.

„Mist." Ich gieße das heiße Wasser in die Becher. In alle, bis auf einen. „Was ist, wenn Lena irgendwas passiert ist? Ein Unfall oder so?" Ich reiche Nikoline den Kaffee. „Willst du sie nicht als vermisst melden? Sie ausrufen lassen oder so was?"

„Sie ausrufen lassen? Meinst du, das bringt was in diesem Chaos?" Sie guckt mich an und schüttelt den Kopf.

„Aber wir müssen doch irgendetwas tun! Wir können doch nicht nur hier herumstehen und darauf warten, dass sie von allein wiederauftaucht!", blaffe ich sie an.

„Was anderes bleibt uns wohl nicht übrig", meint sie. „Oder willst du sie etwa suchen?"

„Ja, allerdings!", schnaube ich.

Nikolines abwartende Haltung finde ich echt unmöglich. Meine Freundin ist verschwunden! Es ist doch wohl klar, dass ich mir Sorgen mache, oder?

Bevor ich platze, drehe ich mich um, schnappe mir zwei Teebecher und trage sie ins Hauptzelt.

Cynthia-Cayenne hat fertig geduscht. Ihr Gesicht sieht rosig aus. Es scheint ihr schon besser zu gehen. Sie spielt ein Game auf ihrem Handy und schaut nur kurz auf. Sie und Anna haben sich in ihre Schlafsäcke gekuschelt. Ich stelle die Becher auf den Beistelltisch zwischen ihren Feldbetten.

„Du siehst wütend aus", stellt Anna fest.

„Ich BIN wütend", erwidere ich und erzähle ihr von Nikoline.

Anna findet es genauso unmöglich wie ich, dass sie offenbar vorhat, Lena sich selbst zu überlassen.

„Was willst du jetzt machen?", fragt sie.

„Ich geh sie suchen. Was sonst?"

Cynthia hebt den Kopf. „Du willst freiwillig wieder da raus? Echt jetzt?" Sie starrt mich an, als hätte ich soeben verkündet, in einer Badewanne über den Atlantik paddeln zu wollen.

„Im Gegensatz zu euch hab ich noch nicht geduscht. Meine Klamotten sind eh klatschnass. Es ist also halb so schlimm, wenn ich ein paar Regentropfen abkriege." Ich zucke mit den Schultern.

„Na, dann ... Viel Spaß!" Cynthia widmet sich wieder ihrem Handy.

Anna rappelt sich hoch und pustet in ihren Tee, bevor sie einen Schluck trinkt. „Warte! Ich komm mit."

„Nee, du bleibst schön hier im Trocknen", widerspreche ich. „Ich will nur mal kurz um die Ecke gucken, ob Lena irgendwo hockt. Vielleicht hat sie sich ja bei den Buden untergestellt. Weit weg kann sie nicht sein." Ich klinge zuversichtlicher, als ich bin.

Anna guckt mich an, dann nickt sie. „Wenn du in einer halben Stunde nicht wieder da bist, laufe ich los und schau nach, in welcher Pfütze du hockst."

„Abgemacht.“ Ich grinse schief.

Sie nimmt mich in den Arm. Ihr Haar duftet nach Vanilleshampoo.

„Bis gleich“, sage ich.

„Zieh dir was über! Hast du keine Jacke mit? Einen Pulli oder so was?“, fragt sie.

„Mein Anorak liegt zu Hause, aber meine Sweatshirtjacke hab ich dabei.“ Ich wühle in meinen Sachen, angele das gute Stück hervor, schlüpfe hinein und ziehe den Reißverschluss bis unters Kinn. An die dünnen Regencapes, die wir zusammen mit den anderen Merchandise-Sachen geschenkt bekommen haben, denke ich blöderweise nicht.

„Okay.“ Anna nickt. „Du hast eine halbe Stunde. Nicht länger. Sonst geh ich los und such dich.“

Ich winke ihr zu und drehe mich um.

Nikoline steht immer noch in der Kochecke. Ich bücke mich, um die klatschnassen Schnürsenkel meiner Chucks neu zu binden. Mit dem Nickituch, das eigentlich als Staubschutz gedacht war, binde ich mir die Haare zurück, damit sie nicht länger wie glitschige Algen vor meinen Augen hängen.

„Wo willst du denn hin?“, fragt Nikoline misstrauisch.

„Lena suchen.“ Ich schlürfe meinen Tee. „Und du könntest dich vielleicht dazu aufraffen, eine Durchsage machen zu lassen. Anastasia hat doch bestimmt die Möglichkeit, Lena über die Lautsprecher ausrufen zu lassen.“

„Ja, du hast recht“, erwidert Nikoline zögernd. „Ich laufe gleich rüber zur Festivalleitung und spreche mit Anastasia.“

Geht doch, denke ich.

„Wir sehen uns!“ Ich trinke noch einen Schluck, stelle den Becher ab und hebe meinen Daumen.

„Sicher, dass du alleine zurechtkommst?“, fragt sie noch.

„Klar.“ Ich grinse.

„Pass auf dich auf.“ Sie nickt mir zu.

„Mach ich“, verspreche ich.

Ich bin froh, dass sie mir nicht lang und breit erklärt, was für eine Schnapsidee es ist, zwischen Tausenden von Leuten eine einzelne Person zu suchen. Total irrational und ohne Aussicht auf Erfolg.

Ich erwidere das Nicken.

Dann bin ich weg.

KAPITEL 12

Tough mudder für Fortgeschrittene

Als ich die Zeltplane öffne, klatscht mir eiskalter Regen ins Gesicht. Ganz kurz bereue ich meinen mutigen und ziemlich blöden Entschluss und erwäge, vielleicht doch lieber bei den anderen im Zelt zu bleiben und in meinen warmen Schlafsack zu kriechen. Doch dann senke ich den Kopf und stapfe los. Ich kann nicht einfach dasitzen und abwarten. Ich muss etwas tun. Dafür sind Freunde doch schließlich da, oder nicht?

Ich beschließe, zuerst in die Richtung zu gehen, aus der wir vorhin gekommen sind. Das Festivalgelände ist zum Glück gut beleuchtet. Im Schein der vielen Laternen und Scheinwerfer kann ich sehen, dass die Regenschauer fast waagerecht über den Platz hinwegfegen. Trotz des Unwetters und der nicht besonders angenehmen Umstände bin ich nicht alleine unterwegs. Immer wieder treffe ich auf Gestalten, die wie ich mit hochgezogenen Schultern durch den Matsch laufen. Hin und wieder sind es auch ganze Trupps von Festivalbesuchern, die wer weiß wohin unterwegs sind. Wir winken uns beiläufig zu, als wären wir Verbündete.

Aus der Ferne erkenne ich, dass der Platz vor der Bühne inzwischen mit rot-weiß gestreiftem Flatterband abgesperrt wurde. Den Weg dorthin kann ich mir also getrost sparen. Wenn jemand den Platz abgesperrt und das Band dort aufgespannt hat, wird er wohl darauf geachtet haben, dass niemand zurückgeblieben ist.

Ein Blitz zuckt. Wenig später donnert es. Es kommt mir vor, als wäre der Abstand größer als vorhin. Da kamen Donner und Blitze noch fast gleichzeitig. Wenn es jetzt länger dauert, bedeutet das doch, dass das Unwetter langsam weiterzieht, oder? Ich hoffe es sehr.

Der Campingplatz mit den vielen kleinen Ein- und Zweimannzelten, den Wohnwagen und Fahrzeugen der Besucher liegt noch ein ganzes Stück von den Bühnen entfernt. Zwischen den Zelten rotieren Blaulichter. Feuerwehrleute und Männer vom Technischen Hilfswerk mühen sich mit schweren Pumpen und Schläuchen ab. Es sieht aus, als würde der Zeltplatz in weiten Bereichen fast komplett unter Wasser stehen. Die Helfer haben behelfsmäßige Stege verlegt und versuchen, die Überschwemmung einzudämmen, indem sie das Wasser abpumpen. Aber solange es weiterhin so stark regnet, strömt natürlich ständig neues nach.

Man müsste irgendwo einen Stöpsel ziehen können, wie in einer Badewanne. Dann könnte alles ablaufen. Tja, schön wärs …

Ich bin echt froh, dass unser Zelt ein ganzes Stück höher steht und nur eine undichte Naht hat. Die Leute, die hier unten zelten, sind wirklich schlimm dran. Ich kann mir beim besten Willen nicht vorstellen, dass es hier noch trockene Flecken gibt, da kann das Technische Hilfswerk noch so viel pumpen. Den Rest erledigt ohnehin der Sturm.

Einige Zelte sind schon kollabiert. Die Planen und Schnüre flattern im Wind. Daneben stehen Leute, die versuchen, sich mit Müllsäcken vor dem strömenden Regen zu schützen. Solche Bilder kannte ich bisher nur aus dem Fernsehen oder dem Internet.

Ich eile weiter, so schnell es der tiefe Untergrund zulässt. Immer wieder bleibe ich in dem Modder stecken und muss mich mühsam wieder befreien. Meine Beine sind mittlerweile bis zu den Knien mit Lehm bedeckt. Meine Chucks kann ich wegschmeißen, wenn ich erst mal wieder zu Hause bin. Ich glaub nicht, dass ich die jemals wieder sauber bekomme. Dabei sind – beziehungsweise waren – es meine Lieblingsschuhe.

Ich schniefe verdrossen vor mich hin und muss dabei an einen Song von Eule denken. *„Steh auf, Mädchen, steh auf!“*, feuere ich mich verbissen an.

Es ist mühsam, anstrengend und kraftraubend. Wo ich nicht mit den Füßen einsinke, rutsche ich aus und schlittere mehr, als dass ich laufe. Außerdem ist mir kalt.

Ich gerate nicht nur aus der Puste, sondern langsam auch an die Grenzen meiner Kondition. Hätte mir jemand vorher gesagt, dass ich an diesem Wochenende unfreiwillig an meinem ganz persönlichen *Tough Mudder Run* teilnehmen würde, hätte ich ihn ausgelacht. Bei einem klassischen *Tough Mudder*-Hindernislauf geht es über 16 bis 18 Kilometer durch Schlamm, um die mentale und körperliche Stärke, den Teamgeist und die Ausdauer zu testen.

Teamgeist? Ausdauer? Lustig, haha. Ich lache später, wenn ich wieder atmen kann. Das heißt, falls ich das hier überlebe. Und falls ich Lena wirklich finde. Schließlich tu ich mir das alles nur wegen ihr an und nicht, weil ich sportliche Herausforderungen mag.

Möglicherweise liegt es an meiner Erschöpfung, dass mir die Wege viel länger vorkommen als noch vor ein paar Stunden. Ist uns heute Nachmittag wirklich trockener Saharastaub um die Ohren geweht? Haben wir tatsächlich rumgemeckert, weil es so heiß war? Kaum zu glauben … Ich bleibe an einem Strommast stehen, um mein Handy zu checken, als über mir eine Durchsage aus dem Lautsprecher kommt.

„Achtung, Achtung! Dies ist eine wichtige Durchsage“, schnarrt eine Männerstimme. „Der Campingplatz, die Parkplätze und alle größeren Freiflächen wurden von der Polizei gesperrt. Wer nicht zum Sicherheitspersonal gehört, hat dort keinen Zutritt. In der Mehrzweckhalle neben dem Haupteingang hat die Feuerwehr eine Notunterkunft errichtet. Wer sein Zelt nicht mehr erreichen kann, sollte dort Schutz suchen oder sich ins Erste-Hilfe-Zelt begeben. Alle anderen bitten wir, die abgesperrten Bereiche weitläufig zu umgehen und die Arbeit der Hilfskräfte nicht unnötig zu behindern. Zufahrten und Wege dürfen nur von Rettungskräften befahren werden. Bitte schließt euch zu Gruppen zusammen, achtet aufeinander und verhaltet euch ruhig und besonnen. Sobald sich die Lage entspannt hat und wir mehr wissen, melden wir uns mit weiteren Durchsagen. Das Handynetz ist vorübergehend zusammengebrochen, wie ihr vielleicht schon festgestellt habt. Wir arbeiten fieberhaft an einer Lösung des Problems. Danke für euer Verständnis.“

Aus dem Lautsprecher kommt ein schriller Pfeifton. Als er verstummt ist, höre ich wieder nur das Rauschen von Wind und Regen. Allerdings hat beides spürbar nachgelassen. Aus den waagerechten Schauern ist ein stetiges Pieseln geworden. Die Böen haben sich auch gelegt. Es ist zwar immer noch windig, aber nicht mehr so stürmisch. Das Unwetter scheint weitergezogen zu sein. Hin und wieder zuckt noch ein Blitz am Firmament, aber das Donnergrollen und -grummeln klingt immer weiter entfernt.

Ich höre auf mit den Zähnen zu klappern, ziehe die Nase hoch und spüre zum ersten Mal, seit ich aufgebrochen bin, so etwas wie Optimismus.

Ich muss an Phillip denken, schließe die Augen und wünsche mir, dass er bei mir ist. Genau in dieser Sekunde. Hier und jetzt.

Ob er zwischendurch auch an mich denkt? Hm, wohl eher nicht. Ich vermute, dass er und die Jungs gemütlich im warmen Partyraum sitzen, eimerweise Chips futtern und an der Spielekonsole zocken. Ich gönne es ihnen. Trotzdem hätte ich ihn gerne bei mir. Wenn er hier wäre, würde er mir einfach „Alles wird gut!“ ins Ohr brüllen und das Ganze wäre nur noch halb so schlimm.

Seufzend schiebe ich mein Handy zurück und wandere weiter. Ohne mich bewusst dafür entschieden zu haben, schlage ich den Weg zu dem VIP-Zelt ein, wo wir vorhin gegessen haben. Während ich mich dem Hauptzelt nähere, in dem das Büfett steht, kommt mir plötzlich der Gedanke, dass Lena vielleicht in der Mehrzweckhalle untergeschlüpft sein könnte. Vielleicht hat sie jemanden getroffen und ihn dorthin begleitet? Möglich wärs …

Falls es so wäre, hätte sie jetzt wenigstens ein Dach über dem Kopf, während ich wegen ihr durch diesen ekligen, eiskalten Modder stapfe und vermutlich demnächst an Unterkühlung und körperlicher Erschöpfung sterben werde.

Das Restaurantzelt ist hell erleuchtet. Ich kann gedämpfte Musik und Stimmen hören und erinnere mich wieder daran, dass Anastasia erzählt hat, die Küche wäre rund um die Uhr in Betrieb. Anscheinend gelten die Öffnungszeiten auch dann noch, wenn ringsherum die Welt in Matsch und Chaos versinkt. Ich finde das irgendwie beruhigend und gleichzeitig erstaunlich.

Während ich noch darüber nachdenke, trete ich schon ein. Dieses Mal ganz ohne Sicherheitskontrolle. Vielleicht haben die Ordner Feierabend oder sie werden gerade woanders dringender benötigt?

Die Luft im Zelt ist zum Schneiden dick. Ich bleibe stehen, schaue mich um und brauche eine Weile, um mich zu orientieren. Eigentlich weiß ich gar nicht so genau, was ich hier will. Doch, klar. Nach Lena gucken natürlich. Aber warum sollte ich sie ausgerechnet hier finden?

Ich mache mir nur wenig Hoffnung. Ganz kurz habe ich die Eingebung, dass sie vielleicht längst bei den anderen ist. Sie hat schön heiß geduscht und schlürft in dieser Sekunde Pfefferminztee aus dem Becher, den ich ihr hingestellt habe.

Bei dem Gedanken daran, etwas Heißes zu trinken oder zu essen, meldet sich mein Magen mit einem vorwurfsvollen Grummeln. Das Büfett sieht reichlich zerpflückt aus. Im Vorbeigehen schnappe ich mir ein vertrocknetes Käsebrötchen mit einem Büschel welker Petersilie. Der Konditionsmarsch hat mich hungrig gemacht.

Im Zelt ist nicht viel los, stelle ich fest. Nur um einen der Stehtische hat sich eine größere Gruppe versammelt. Alle haben lange Haare und tragen überwiegend schwarze Klamotten. Wahrscheinlich sind es Mitglieder einer Band oder Bühnenarbeiter. Auf jeden Fall scheinen sie Spaß zu haben. Sie stoßen miteinander an. Ihre Gläser klirren. Gelächter erklingt.

Weil ich in einer wichtigen Mission unterwegs bin und außerdem nicht sicher, wie man mit bierseligen Rockern umspringt, bemühe ich mich, den Tisch möglichst unauffällig und mit einigem Abstand zu umrunden. Dann höre ich plötzlich meinen Namen.

Ich verschlucke mich fast an der Petersilie, die ich mir zusammen mit dem letzten Bissen des Brötchens in den Mund geschoben habe.

„Conni!", ruft jemand laut. „Bist du das? Ey, cool!"

In der nächsten Sekunde fällt mir jemand um den Hals.

Ich weiche röchelnd zurück und würge die Petersilie mühsam herunter.

„Hallo, ich bin's!" Finger wedeln vor meiner Nase herum.

„Lena?!" Ich drücke sie an mich.

Sie schnappt nach Luft.

„Wo kommst du denn her? Was machst du hier?", japst sie.

„Das wollte ich dich auch gerade fragen!" Mein Herz hüpft.

Ich habe sie gefunden! Es geht ihr gut!

Wir setzen gleichzeitig zu einer Erklärung an. Eine Lautsprecherdurchsage unterbricht uns. Wir heben die Köpfe und lauschen. Die Jungs am Stehtisch unterbrechen ihr Gespräch.

„Hallo, ihr Spiderfishies“, sagt eine rauchige Frauenstimme, von der ich mir ziemlich sicher bin, dass sie Anastasia gehört. „Ich bitte kurz um Aufmerksamkeit. Die liebe Lena wird von ihren Leuten vermisst. Hey, Lena Kowalski, falls du das hier hörst, melde dich bitte schnell bei mir im Orga-Zelt oder bei deiner Family. Wer Lena kennt und sie gesehen hat, möge sie zu mir schicken. Besten Dank!“ Es folgt eine kurze, eher vage Personenbeschreibung, dann ein Knacken und Rauschen und die Durchsage ist vorbei.

„Hat die gerade meinen Namen gesagt?“ Lena starrt mich verwirrt an.

„Ja, hat sie. Ich hab Nikoline gebeten, dich ausrufen zu lassen.“ Ich schiebe meine Augenbrauen zusammen, bevor ich weiterrede. „Mann, Lena! Wir haben uns tierische Sorgen gemacht! Du bist einfach verschwunden, ohne uns eine Nachricht zu hinterlassen. Das kannst du doch nicht bringen!“

Ich klinge so vorwurfsvoll wie meine Mutter, wenn ich irgendwas Blödes verbockt habe, das ist mir klar. Aber ich kann nicht anders. Ich muss es einfach rauslassen. Die Erleichterung, Lena gefunden zu haben, ist zu groß und droht mich zu überwältigen. Die Anspannung bröckelt nur langsam Stück für Stück von mir ab. Ich zittere. Am liebsten würde ich sogar losheulen.

„Wie jetzt?“, fragt sie. „Ich hab euch vorhin doch eine Message geschickt, dass ich kurz zu Cooper gehe und dann nachkomme.“

„Was für eine Message? Bei uns ist nie was angekommen! Weder bei mir noch bei Nikoline. Das Handynetz ist seit Stunden zusammengebrochen. Hast du das etwa noch nicht mitgekriegt?“ Ich raufe mir die Haare.

„Nö. Ich hab einfach auf Senden gedrückt – und tschüss.“

Sie guckt mich treuherzig an.

Ich glaube ihr und muss lachen.

„Du bist so eine Chaotin!“ Ich gebe ihr einen liebevollen Stoß.

„Ja, doch. Das hab ich schon öfter gehört“, gibt sie zu. „Ich hab euch aber wirklich eine Nachricht geschickt. Ich kann doch nichts dafür, wenn die einfach ins Nirwana segelt, oder?“

Ich suche nach einer passenden Erwiderung, als ein Typ auf uns zukommt. Schulterlange Locken, schwarze Lederjeans, weißes T-Shirt, nettes Lächeln … Ich rastere ihn blitzschnell ab. Dann klappt mir der Unterkiefer runter. Es ist der Kerl von Lenas T-Shirt. Der Rocksänger! Der Gitarrengott!

„Hi!“ Er strahlt Lena an.

Die strahlt zurück.

„Darf ich dir Cooper Summerfield vorstellen?“, sagt sie zu mir. „Cooper, das ist meine Freundin Conni. – Conni, das ist Cooper.“

„Nice to meet you“, begrüßt Cooper mich.

„Nice to meet you, too“, krächze ich höflich zurück. Wieso krächze ich eigentlich?

Er scheint es nicht zu bemerken und schüttelt mir die Hand. Vielleicht denkt er, dass ich immer so spreche? Hilfe!

Ich werde rot. Ich triefe und tropfe vor mich hin und fühle mich gnadenlos überfordert.

Lena nicht. Die grinst wie ein dickes Walross und kostet die seltsame Situation voll aus. Das ist nicht zu übersehen.

„Möchtest du etwas mit uns trinken? Lena, die boys und ich haben gerade ein bisschen gefeiert." Cooper guckt mich freundlich und offen an. Er spricht wirklich gut Deutsch. Fast ohne hörbaren Akzent. Ich bin beeindruckt.

„Was feiert ihr denn?", frage ich neugierig zurück.

„Das Leben, the rain, the music. Such dir was aus." Cooper lacht. „Es gibt immer eine Grund."

Ja, das stimmt, denke ich. Zum Beispiel, dass ich Lena wiedergefunden habe. Ich blinzele ihr zu. Sie zwinkert zurück.

„Mir ist total kalt", gebe ich zu. „Ich würde wirklich gerne was Heißes trinken, einen Kakao oder so. Aber das lässt sich wohl schlecht einrichten."

„Hot chocolate? No problem! Let's go!" Cooper geht voraus.

Lena und ich folgen ihm mit etwas Abstand.

„Du kennst einen echten Star! Wie hast du das gemacht? Das ist der Wahnsinn!", raune ich ihr zu.

„Ich bin einfach zu ihm gegangen, nachdem er und sein Gitarrist hinter der Bühne verschwunden sind. Die standen da so rum, um sich aufzuwärmen. Ich hab ihnen gesagt, dass ich ihre Musik mag und wie schade ich es finde, dass sie den Auftritt abbrechen mussten. Wir haben uns über alles Mögliche unterhalten, als würden wir uns schon ewig kennen. Wir haben uns sogar gegenseitig Fotos von unseren Familien gezeigt." Lena zuckt grinsend mit den Schultern.

„Er hat dir Familienfotos gezeigt?" Ich pruste leise.

„Ja, auf dem Handy. Cooper ist seit zwei Jahren verheiratet und hat eine süße kleine Tochter. Einen Hund haben sie auch. So einen riesigen, wuscheligen mit Schlappohren."

„Und ich dachte, du wärst die ganze Zeit hinter mir gewesen. Wir haben erst gemerkt, dass du nicht mehr da bist, als wir in unserem Zelt waren." Ich stolpere neben ihr her und weiß nicht, was ich noch sagen soll, um ihr begreiflich zu machen, wie besorgt wir waren.

„Das war ein krasses Durcheinander vorhin, was? Als würde die Welt untergehen." Sie guckt mich an. Ich nicke.

„Ja, allerdings."

„Du hast übrigens ziemlich viel Matsch im Gesicht", erwähnt sie beiläufig.

„Und das sagst du mir jetzt erst?" Ich fasse mir an die Nase und ertaste überall angetrocknete Krusten. Hoffentlich sehe ich nicht so schlimm aus, wie es sich anfühlt.

„Steht dir gut", meint Lena kichernd. „Komm mit, du kleines Erdferkel!"

Cooper hat sich hinter das Büfett geschoben und spricht mit einem Kellner. Der Typ hat einen riesigen Hipster-Vollbart, ist bis zum Hals tätowiert und trägt eine bodenlange Schürze über kniekurzen Shorts und Boots.

Lena und ich bleiben stehen. Ich reibe heimlich über die Lehmkrusten in meinem Gesicht.

„Dahinten gehts zum Waschraum", flüstert Lena mir zu.

„Danke." Ich will mich schon umdrehen, als um uns herum die seltsamsten Geräusche erklingen. Leise und laute Tonfolgen, Melodien, Schnarren, Klopfen, Hupen, Vogelgezwitscher, Gitarrenriffs und Hundegebell erfüllen den Raum und bilden einen Klangteppich, der sanft an- und abschwillt und sich dabei wellenförmig im ganzen Zelt ausbreitet.

Am Stehtisch wird gejubelt. In meiner Tasche vibriert etwas.

Alle ziehen ihre Handys hervor. Ich auch. Das Display leuchtet mir blau entgegen und zeigt den Eingang mehrerer Textnachrichten an. Eine davon stammt von Lena.

„Juhu, das Handynetz funktioniert wieder! Deine Nachricht ist gerade angekommen“, sage ich.

„Besser spät als nie“, erwidert sie trocken. „Aber jetzt geh dich erst mal waschen. Du siehst echt aus wie ein Wildschwein.“

Ich schiebe das Handy weg und verschwinde.

Als ich fünf Minuten später zurückkehre, stehen Lena und Cooper bei den übrigen Bandmitgliedern. Mitten auf dem Tisch wartet ein dampfender Becher auf mich.

„Hot chocolate …“ Ich seufze andächtig. „Hier gibts wirklich alles!“

Alle lachen. Wie peinlich.

Lena schiebt mir den Becher hin.

Ich umfasse ihn mit beiden Händen und trinke vorsichtig. Es schmeckt himmlisch. Süß, warm, weich und schokoladig. Ich schließe die Augen und genieße.

Lena reißt mich aus meinem Andachtsmoment.

„Ich hab eben Nikoline und Anastasia angerufen und ihnen Bescheid gesagt, dass ich okay bin und sie die Suchaktion abblasen können“, erzählt sie.

„Gut gemacht. Waren sie sehr sauer?“ Ich lecke mir den Kakaobart von der Oberlippe.

„Nö. Keine Ahnung. Ist mir ziemlich schnurz, falls ja.“ Für Lena scheint das Thema erledigt zu sein. Für mich auch.

Sie ist wieder da, es geht ihr gut. Warum soll ich ihr jetzt noch

Vorwürfe machen? Wäre das Handynetz nicht zusammengebrochen, hätten wir ihre Nachricht schließlich bekommen und alles wäre gut gewesen.

Apropos Nachricht …

Als ich im Waschraum war und mich von den Lehmspritzern befreit habe, hab ich kurz meinen überquellenden Nachrichteneingang gecheckt. Phillip hat mehrfach versucht, mich zu erreichen. Ich sollte ihn schnellstens zurückrufen, sonst macht er sich noch Gedanken.

Aber zuerst rufe ich Anna an. Ich gehe zwei Schritte beiseite und wähle ihre Nummer. Es dauert ein Weilchen, bis sie rangeht. Ihre Stimme klingt verschlafen.

„Hallo?"

„Hi, Anna! Sorry, ich wollte deinen Schönheitsschlaf nicht stören", sage ich schnell. „Ich wollte dir nur sagen, dass ich Lena gefunden hab. Ihr gehts gut. Mir auch. Wir kommen demnächst zurück."

„Ja, hab ich schon gehört. Nikoline hats gerade erzählt", nuschelt sie. „Danke, dass du anrufst. Wo seid ihr denn jetzt?"

„Im VIP-Zelt." Ich senke meine Stimme. „Ich trinke Kakao mit Cooper Summerfield, seiner Band und noch ein paar Leuten, die ich nicht kenne."

„WAS??"

„Krieg dich wieder ein." Ich kichere.

„Kannst du mir ein Autogramm mitbringen?" Annas Stimme schnappt fast über.

„Hm, ich weiß nicht …", sage ich zögernd. Ich werfe einen Blick rüber zu dem Tisch, an dem Lena mit den Musikern steht.

Ich kann da doch jetzt nicht einfach hingehen und nach einem Autogramm fragen, oder? Wäre das nicht ein bisschen peinlich?

„Mal sehen, was sich machen lässt“, sage ich schließlich.

„Ist gut“, meint Anna. „Wir sehen uns.“

„Bis gleich“, antworte ich.

Ich bleibe stehen und tippe Phillips Kurzwahlnummer ein.

Im Gegensatz zu Anna ist er sofort dran und klingt auch nicht verschlafen. Im Gegenteil, er wirkt hellwach. Dabei ist es inzwischen schon ganz schön spät.

„Hi, Phillip“, sage ich fröhlich. „Es tut mir leid, dass ich mich jetzt erst melde. Wir hatten hier kein Netz und –“

„Conni! Endlich! Gehts dir gut?“, unterbricht er mich aufgeregt. Seine Stimme klingt besorgt.

„Ja, klar gehts mir gut. Okay, abgesehen vielleicht davon, dass wir vorhin fast weggeschwommen wären. Das Konzert, zu dem wir eigentlich wollten, musste wegen eines Unwetters abgebrochen werden. Die haben hier sogar Notunterkünfte eingerichtet. Aber zum Glück haben wir ein stabiles Zelt. Bis auf eine Pfütze ist alles trocken geblieben. – Und bei dir so?“

„Und bei mir so?“, wiederholt er schrill wie ein Papagei. „Ich hab mir Sorgen gemacht! Wir haben durch Zufall mitbekommen, was bei euch los war. Im Internet kursieren heftige Videos von dem Gewitter. Es hieß, dass ihr evakuiert werden musstet, dass Zelte weggeflogen sind und dass der Platz komplett unter Wasser steht. Ich versuche schon seit Stunden, dich zu erreichen!“

„Oh, nein! Echt? Ich wusste nicht, was ich machen sollte. Zuerst kam das Gewitter, dann war Lena plötzlich weg, wir hatten kein Netz …“ Ich breche ab. In meiner Kehle steckt plötzlich ein fetter Kloß.

Armer Phillip. Wie lieb, dass er sich die ganze Zeit Sorgen um mich gemacht hat, weil er nicht wusste, wie es mir geht und ob ich in Sicherheit bin. Ich versuche mir vorzustellen, wie ich an seiner Stelle reagiert hätte. Wahrscheinlich wäre ich aus lauter Angst um ihn glatt durchgedreht. Vielleicht wäre ich sogar losgelaufen, um ihn zu retten.

„Es tut mir wirklich leid“, flüstere ich. „Hattet ihr denn wenigstens ein bisschen Spaß bisher?“

„Spaß? Na ja, schon“, brummelt er. „Bei uns war das Wetter auf jeden Fall besser als bei euch. Wir waren im Pool, haben Fußball gespielt und gegrillt. Dass bei euch die Welt untergegangen ist, haben wir erst erfahren, als die ersten Meldungen und Videos aufgetaucht sind. Danach wars dann irgendwie nicht mehr so lustig.“

„Uns gehts wirklich gut“, sage ich ehrlich. „Macht euch keine Sorgen. Ihr könnt euch ab sofort entspannen und den Rest des Wochenendes genießen.“

„Ja, schön wärs“, knurrt er.

„Wieso knurrst du?“

„Weil wir hier vor dem blöden Tor stehen und nicht reinkommen. Die Ordner wollen uns nicht durchlassen.“

„Wo durch? Welches Tor? Welche Ordner? Wovon redest du überhaupt?“, frage ich verwirrt.

„Davon, dass Paul, Lukas und ich uns auf die Socken gemacht haben, als wir euch nicht erreichen konnten. Wir haben unser Geld zusammengekratzt und sind mit einem Taxi fast bis zum

Haupteingang gekommen. Dann war die Straße gesperrt und wir mussten zu Fuß weitergehen."

Ich halte die Luft an und zähle im Stillen langsam bis zehn, bevor ich antworte.

„Phillip", sage ich vorsichtig. „Ich versteh gerade nur Bahnhof. Wo bist du?"

„Na, hier", erwidert er lachend. „Auf dem *Spiderfish*-Festival. Wir stehen vor einer Schranke und kommen nicht rein. Das sag ich doch die ganze Zeit!"

Ich versuche zu atmen und bekomme Schluckauf.

Was hat er eben gesagt? Ich glaub, ich hab mich verhört. Vielleicht ist etwas von dem feuchten Lehm in meine Ohren eingedrungen und verstopft sie. Ja, so wird es sein.

KAPITEL 13

Mein Ritter, mein Retter, mein Held, mein Freund

Ich schüttele vorsichtig den Kopf, um meine Gehörgänge frei zu bekommen. Dabei lasse ich um ein Haar das Handy fallen. Ich umfasse es ein bisschen fester und presse es mir ans Ohr.

„Sag das bitte noch mal! Ihr seid hier? Ihr steht vor der Schranke und kommt nicht rein?“, frage ich. „Hey, hör auf! Du willst mich verscheißern!“

Phillip kichert leise. Ich runzele die Stirn. Er will mich veräppeln, ganz klar. Er und die Jungs sitzen gemütlich im Partykeller vor der Konsole, die Füße auf dem Tisch, und denken sich drollige Telefonstreiche aus. Bestimmt lachen sich die anderen im Hintergrund scheckig. Besonders Paul. Ich tippe darauf, dass es seine Idee war, uns hochzunehmen. Paul ist in solchen Dingen unfassbar kreativ.

„Wir sind wirklich hier, Conni. Und vielleicht kannst du uns irgendwie helfen, endlich durch diese blöde Absperrung zu kommen!“

„Ihr seid wirklich hier“, wiederhole ich matt.

Wieso wiederhole ich eigentlich ständig, was Phillip sagt? Vielleicht, weil es so absolut unglaublich ist?

„Ja“, sagt mein Freund geduldig.

„Das ist … wow!“

Phillip ist gekommen, um mich zu retten! Mein Ritter, mein Retter, mein Held! Ich weiß gar nicht, was ich sagen soll. Ich bin total gerührt, geflasht, sprachlos. Alles auf einmal.

Lena schaut zufällig zu mir rüber. Als sie mein Gesicht sieht, hebt sie fragend die Augenbrauen.

Ich gebe ihr hektische Zeichen. Sie kommt sofort zu mir.

„Was ist los?“

„Die Jungs sind da! Sie stehen am Eingang.“

„Ach …“, sagt sie gedehnt. „Das ist ja mal 'ne Überraschung.“

Wie kann sie so cool sein? Hat sie mich nicht richtig verstanden? Doch, hat sie.

„Hat Phillip es vor lauter Sehnsucht nicht mehr ausgehalten?“, fragt sie augenzwinkernd.

„Nein, er hat sich Sorgen gemacht. Und jetzt stehen sie am Eingang und werden nicht auf das Gelände gelassen, weil sie keine Eintrittskarten haben“, präzisiere ich meine Aussage.

„Oh, shit … Das ist ja blöd!“, meint sie. „Und nun?“

„Das wollte ich dich gerade fragen.“ Ich halte mir das Handy wieder ans Ohr. „Phillip? Bist du noch da? Lena und ich lassen uns was einfallen. Ich melde mich gleich bei dir.“

„Ist gut“, schnauft Phillip. „Aber beeilt euch, bitte!“

„Machen wir“, verspreche ich, ohne zu wissen, ob ich es einhalten kann. „Wir sehen uns gleich.“

„Ciao.“ Phillip legt auf. Ich starre Lena an.

Sie schiebt ihre Zungenspitze zwischen die Lippen und scheint intensiv nachzudenken.

„Wieso lassen sie die Jungs nicht einfach rein?“, überlegt sie. „In diesem Chaos kommt es doch auf zwei, drei Leute mehr oder weniger überhaupt nicht an. Mal ganz abgesehen davon, dass inzwischen bestimmt ein ganzer Haufen Besucher fluchtartig abgereist ist oder in der Notunterkunft hockt.“

„Phillip, Paul und Lukas haben keine Tickets“, erinnere ich sie. „Wahrscheinlich dürfen die Ordner sie deshalb nicht durchlassen.“

„Ja, schon klar. Trotzdem könnten die ruhig mal eine Ausnahme machen, finde ich. Äh, was mir allerdings nicht ganz klar ist …“ Sie tippt sich an die Nase. „Was wollen die überhaupt hier, bei diesem Schietwetter?“

„Sie haben im Internet Videos entdeckt und gesehen, was passiert ist. Sie sind gekommen, um uns zu retten“, antworte ich.

„Echt wahr?“ Lena prustet, was ich ein bisschen gemein finde. Die Aktion der Jungs kommt mir ausgesprochen romantisch und sehr heldenhaft vor.

„Ja, echt wahr“, entgegne ich spitz. „Und jetzt lass uns bitte schleunigst einen Plan machen, wie wir sie reinschmuggeln können. Gibt es nicht einen Zaun, über den sie klettern können? Irgendein Schlupfloch? Du hast doch selbst gesagt, dass überall Chaos herrscht. Es muss also möglich sein.“

„Ja, nee. Über einen Zaun klettern würde ich an ihrer Stelle eher nicht. Vergiss nicht, dass überall Polizisten und Feuerwehrleute rumstehen und aufpassen. Wir wollen doch nicht, dass dein Schatz noch im Knast landet, bei dem Versuch, dich zu retten.“ Sie prustet schon wieder.

„Ich finde das nicht witzig!“, fauche ich.

„Is there a problem?“ Cooper kommt auf uns zu. Er guckt zuerst Lena, dann mich an.

„Well …“, sagt Lena.

„Yes, there is a big problem!“, unterbreche ich sie, bevor sie weitersprechen kann. Ich versuche ihm – halb auf Deutsch, halb auf Englisch – zu erklären, was los ist. Obwohl ich vor Aufregung viel zu schnell spreche und mich ein paarmal verhaspele, hört er mir aufmerksam zu. Dann wendet er sich an Lena.

„Is she trying to tell me, that she needs help getting her boyfriend in here?“, fragt er mit gerunzelter Stirn. „Ihre boyfriend ist da draußen und kommt nicht herein?“

„Exactly“, bestätigt Lena.

„Ja, genau!“ Ich nicke heftig und füge hinzu, obwohl es niemanden interessiert: „His name is Phillip.“

„Well, dann lasst uns mal schauen, wie wir deine Phillip hier hereinbekommen.“ Cooper zwinkert mir zu.

Ein Rockstar hat mir zugezwinkert, denke ich. Wie krass ist das denn bitte!

Cooper ruft einem Typen am Tisch etwas zu.

„Hey, Roger! Come over here, buddy!“

Ein muskelbepackter Mensch, groß und bärtig wie Hagrid in den Harry-Potter-Filmen, dreht sich zu uns um. Er hebt seine buschigen Augenbrauen und nähert sich uns bedächtig.

Cooper stellt ihn uns als seinen besten Freund und persönlichen Assistenten vor.

Roger nickt freundlich, während Cooper ihm erklärt, worum es geht. Leider verstehe ich nur die Hälfte, wenn überhaupt, aber immerhin schnappe ich auf, dass Roger sich mit einer Art Sesam-öffne-dich-Ticket zum Haupteingang begeben soll, um meinen Freund und seine Kumpel aus den Fängen der bösen Ordner zu befreien.

„Consider it done", brummt Roger, was wohl heißen soll, dass es schon so gut wie erledigt ist. Er stapft davon.

„Soll ich nicht mitgehen?", frage ich hektisch. „Er weiß doch gar nicht, wie sie aussehen. Ich hätte sie ihm beschreiben sollen. Ich –"

Ich breche ab. Zum einen, weil mir einfällt, dass um diese späte Uhrzeit vermutlich nicht mehr allzu viele Leute da draußen an der Schranke stehen und verlangen, auf das Gelände gelassen zu werden – die meisten wollen wahrscheinlich eher raus –, und zum anderen, weil Cooper mir in dieser Sekunde eine Hand auf die Schulter legt und mich beruhigend anlächelt.

„Calm down. Bleib hier und trink deinen Kakao. Roger wird deinen Freund direkt in deine Arme tragen."

„Okay, gut. Danke", sage ich. „Auch für den Kakao."

Cooper nimmt die Hand weg und lacht.

Lena stupst mich an. „Ganz schön praktisch, wenn man einen Rockstar kennt, nicht?"

Ich kann ihr nicht widersprechen.

Es dauert eine ganze Weile, bis Roger zurückkommt. Lena und ich haben uns auf eine Bank gesetzt und warten. Cooper hat sich verabschiedet und sich in seinen Wohnwagen zurückgezogen. Er wollte sich hinlegen, hat er gesagt, und dass er sich freuen würde, uns am nächsten Tag wiederzusehen. Entweder morgens beim

Frühstück oder abends bei dem Konzert, das auf jeden Fall nachgeholt werden soll.

„Ich kann kaum fassen, dass ein berühmter Typ wie er so vollkommen normal und nett ist", sage ich jetzt. „Ich dachte immer, alle berühmten Menschen wären arrogant und abgehoben."

„Manche sicher, aber nicht alle. Die meisten sind einfach nur ganz gewöhnliche Leute wie du und ich", meint Lena. „Um erfolgreich und bekannt zu werden, braucht man Talent, eine Riesenmenge Glück und man muss extrem hart arbeiten. Schließlich wird niemand als Promi geboren – außer den Kindern von Kim Kardashian und Kanye West natürlich."

„Natürlich", bestätige ich.

Wir stoßen mit unseren Bechern an – ich bin inzwischen bei der zweiten Portion – und kichern.

„Hey, guck doch mal, wer da kommt!" Lena bohrt mir plötzlich ihren Ellbogen in die Seite.

Ich schaue auf. Mein Herz bleibt sekundenlang stehen, bevor es mit einem Freudensprung reagiert. Genau wie ich, was im Sitzen ziemlich unpraktisch ist, weshalb ich prompt etwas von meinem Kakao verschütte.

Ich drücke Lena schnell meinen Becher in die Hand und laufe Phillip entgegen, der mit Roger, Paul und Lukas am Zelteingang steht und sich ratlos umschaut.

Erst als ich schon fast bei ihm bin, sieht er mich endlich. Er strahlt über das ganze Gesicht und breitet die Arme aus.

Ich zögere keine Sekunde, stürze mich auf ihn, werfe ihn dabei fast um und baumele schließlich wie ein Klammeräffchen an seinem Hals. Ich spiegele mich in den schönsten braunen Augen der Welt und stelle fest, dass ich ziemlich glücklich aussehe. Gleichzeitig auch ein bisschen durchgeknallt. Aber das ist mir vollkommen egal.

„Hey!“, ruft er lachend.

„Selber hey!“, rufe ich zurück.

„Hab ich dir so gefehlt?“, fragt er belustigt.

„Und wie!“

„Du mir auch.“ Er lässt mich vorsichtig herunter und gibt mir einen Stups auf die Nasenspitze.

Roger winkt mir zu.

„Thank you very much“, kann ich gerade noch sagen. Er quittiert es mit einem Nicken und geht wieder rüber zu seinen Kollegen, die ihn fröhlich empfangen und ihm ein frisches Bier über den Tisch schieben.

Ich lasse Phillips Hals los, nehme stattdessen seine Hand in meine und begrüße Paul und Lukas, die einfach nur bibbernd dastehen und vor sich hin tropfen, als wären sie versehentlich in eine vollautomatische Autowaschanlage geraten – und zwar ohne Auto. Ihre Klamotten sind klatschnass. Die Jungs sehen total durchgefroren aus.

Auch Phillip trieft und tröpfelt zum Erbarmen. Seine Locken kringeln sich.

Ich kann es nicht fassen, dass er wirklich da ist. Bei mir. Neben mir. Ich drücke seine eiskalte Pfote. Er erwidert den Druck sanft und lächelt mich mit blauen Lippen an. Wunderschön sieht er aus.

„W-wo ist Anna?“, fragt Lukas zähneklappernd.

„Die ist im Zelt geblieben, um sich aufzuwärmen. Nur Lena

und ich sind hier. Ihr könnt euch übrigens gleich bei ihr persönlich bedanken. Sie hat Cooper erzählt, dass es ein Problem mit den Ordnern an der Schranke gibt. Daraufhin hat er seinen Assistenten Roger losgeschickt, um euch zu befreien", erkläre ich. „Ohne ihn und Cooper hätten wir das nie so schnell hingekriegt."

„Ja, stimmt. Dieser Roger war voll in Ordnung. Nachdem der mit den Security-Leuten diskutiert hat, ging es plötzlich vorwärts. Ich glaub, er hat den Typen erzählt, dass wir zur Band gehören. Aber wer ist Cooper?" Phillip runzelt die Stirn.

„Der Leadsänger von *Thousand Pieces Broken*. Ich hab ihn durch Lena kennengelernt. Er ist unglaublich cool. Total nett und hilfsbereit."

„Cooper Summerfield? Wow, Hammer!", meint Paul beeindruckt.

„Kann man so sagen", erwidere ich grinsend.

Wir gehen zu Lena. Erst jetzt bemerke ich, dass die Jungs drei schwere Rucksäcke bei sich haben.

„Hi, ihr Retter! Habt ihr uns was mitgebracht?" Lena deutet auf das Gepäck.

„Gummistiefel, Klamotten, Energydrinks und Knabberzeug", zählt Paul an einer Hand auf.

„Wir konnten euch nicht erreichen und wussten daher nicht, was ihr braucht", meint Phillip.

„Schlafsäcke haben wir auch dabei." Lukas zieht die Schultern hoch. „Und Luftmatratzen."

„Heißt das, dass ihr hier übernachten wollt?" Ich gucke Phillip an. Er lächelt sein spezielles Phillip-Lächeln.

„Wenn ihr nichts dagegen habt“, erwidert er. „Und wenn noch Platz in eurem Zelt ist.“

„Wir haben garantiert nicht den langen Weg gemacht, um gleich wieder abzuhauen“, brummt Paul. Ich registriere, dass er dem Büfett begehrliche Blicke zuwirft. „Außerdem sind wir pleite und könnten uns die Rückfahrt gar nicht leisten.“

„Das Taxi war sauteuer“, bestätigt Lukas. „Dabei hat uns der Fahrer nicht mal bis zum Eingang gebracht, sondern uns mitten im Dorf abgesetzt. Der Blödmann. Den Rest mussten wir laufen.“

„Fünf Kilometer. Mindestens.“ Paul zieht die Nase hoch.

Lukas schnieft bestätigend.

Phillip zieht die Schultern hoch und nickt.

Die drei sehen aus wie bedröppelte Hundewelpen. Wer kann da schon widerstehen? Ich nicht. Ich bekomme auf der Stelle Mitleid und möchte sie am liebsten adoptieren.

„Ihr habt Gummistiefel dabei? Wie genial ist das denn!“ Lena haut Paul kräftig auf die Schulter. Er zuckt leicht zusammen.

„Ja, das ist wirklich klasse“, schließe ich mich an.

„Wir haben einfach welche aus dem Keller mitgenommen. Keine Ahnung, wo die alle herkommen. Von Julius, Katharina, dem Gärtner, der Putzfrau ... Verschiedene Größen, nicht sehr hübsch, aber trocken“, meint Phillip.

„Trocken ist super!“ Ich zeige ihm meine Chucks.

„Oha“, sagt er nur.

„Aber jetzt kriegt ihr erst mal was zu futtern“, schlägt Lena vor. „Das Büfett hat rund um die Uhr geöffnet.“

„Und danach zeigen wir euch unser Zelt und überlegen uns,

wo ihr eure Luftmatratzen aufpusten könnt. Anna wird Augen machen, wenn sie dich sieht!" Ich stoße Lukas mit dem Ellbogen an. Er lächelt verlegen.

Kurz darauf bedienen die drei sich am Büfett und füllen Teller um Teller. Roger hat dem Küchenpersonal die Situation erklärt. „Die Herren sind persönliche Gäste von Mr Summerfield und der Band", hat er gesagt. Damit war der Weg frei.

Wir haben einen Tisch mit zwei Bänken in der Nähe des Büfetts besetzt. Paul kann gar nicht wieder aufhören zu grinsen. Während er, Lukas und Phillip futtern, berichten wir ihnen von Cynthia-Cayenne, Nikoline und Anastasia und was wir in der kurzen Zeit schon alles erlebt haben.

„Erst war das hier eine Wüste und dann plötzlich ein See. Echt heftig", sage ich. „Das ging alles unglaublich schnell!"

„Wahnsinn", meint Phillip. „Bei uns war davon überhaupt nichts zu merken. Abgesehen von ein paar harmlosen Regenwolken, die aber schnell weitergezogen sind."

„Zum Glück! Sonst wären meine Eltern garantiert längst aufgetaucht, um mich abzuholen", sage ich. „Komisch, dass die sich nicht bei mir gemeldet haben. Anscheinend haben sie noch nichts davon mitgekriegt, dass das Festival in Matsch und Chaos versunken ist."

„Vielleicht erfahren sie's erst am Montag aus der Zeitung. Bis dahin bist du längst wieder zu Hause." Phillip tätschelt meine Hand.

„Regnet es eigentlich noch?", mischt Lena sich ein. „Hier im Zelt bekommt man das gar nicht so mit."

„Als wir vorhin angekommen sind, hat es noch ziemlich geschüttet.“ Paul nagt an einem gegrillten Hühnerschenkel und sieht sehr zufrieden aus.

„Deswegen waren ja auch die ganzen Zufahrtswege gesperrt“, ergänzt Lukas.

„Dann hat sich die Lage also noch nicht wirklich entspannt“, sage ich nachdenklich.

„Wenigstens sind wir jetzt zusammen“, raunt Phillip mir zu.

„Ja, das ist total schön“, murmele ich. „Danke, dass du gekommen bist.“

„Ist doch selbstverständlich“, brummt er.

Ich lehne mich gegen ihn und gähne. Ich fühle mich müde und erschöpft. Wie weichgespült und anschließend in dicke Watte gepackt. Ich gähne gleich noch einmal. Meine Augenlider werden schwer. Die Stimmen um mich herum klingen gedämpft und weit weg. Ich sollte dringend schlafen.

Der Meinung ist Phillip offenbar auch. Er schiebt sich den Rest eines Schinkenbrötchens zwischen die Zähne, spült mit Cola hinterher und streckt sich.

„Wollen wir dann mal los? Es ist schon ganz schön spät.“

Die anderen nicken.

Nur Paul protestiert, weil er angeblich noch nicht satt ist. Lena erinnert ihn daran, dass er jederzeit ans Büfett zurückkehren kann.

„Falls du vor Hunger nicht in den Schlaf kommst“, zieht sie ihn auf. „Schließlich hast du ja kaum was gegessen.“ Sie deutet auf die leer gefutterten Teller, die sich an seinem Platz stapeln.

„Danke. Du verstehst mich“, sagt Paul und rülpst leise.

Wir winken den Leuten hinter dem Büfett zu, verabschieden uns von Roger und brechen auf.

Phillip bietet mir an, meine quietschnassen Chucks gegen ein Paar Gummistiefel aus seinem Rucksack einzutauschen, aber ich bin viel zu schlapp, um jetzt noch die Schuhe zu wechseln.

„Morgen ist auch noch ein Tag", murmele ich. „Vielleicht scheint morgen früh sogar die Sonne. Dann brauchen wir keine Gummistiefel mehr."

„So schnell trocknet der ganze Modder da draußen nicht. Selbst wenn die Sonne scheint", meldet Lukas sich zu Wort.

Ich werfe ihm einen erschöpften Blick zu und nehme Phillips Hand.

Es regnet tatsächlich noch, aber nicht mehr so stark. Trotzdem fange ich sofort an, mit den Zähnen zu klappern, als wir das warme Zelt verlassen. „Wollen wir nicht lieber hierbleiben und uns unter einem Tisch zusammenrollen? Ich will nicht schon wieder nass werden. Ich bin doch gerade erst getrocknet!"

„Nix da!" Lena schiebt mich sanft vorwärts.

„Augen zu und durch", meint Paul.

„Ich dachte, ihr seid meine Freunde!", jaule ich.

Sie prusten los.

„Lacht ihr mich an oder aus?", will ich wissen.

Phillip drückt meine Hand und grinst.

„Beides", gibt er zu. „Aber jetzt komm. Je schneller wir laufen, desto eher kannst du dich in deinen Schlafsack einmummeln."

Okay, das ist ein Argument. Ich gebe meinen Widerstand auf und lasse mich von ihm mitziehen.

Lena stapft wie immer voraus.

Die Jungs wanken unter dem Gewicht ihrer Rucksäcke.

Ich rutsche ein paarmal aus, aber Phillip hält mich fest.

In der Zeltgasse brennt noch Licht. Auch unser Zelt ist hell erleuchtet. Bestimmt warten Nikoline, Anna und Cynthia-Cayenne auf uns. Na gut, Cynthia vielleicht nicht direkt, aber die beiden anderen schon, denke ich.

„Da wären wir!“ Lena öffnet die Eingangsplane und lässt uns hinein.

Lukas muss den Kopf einziehen, weil er so groß ist.

„Sollen wir unsere Schuhe ausziehen?“, fragt Paul.

„Ja, macht mal lieber. Da drinnen liegen Teppiche.“ Ich schlüpfe aus den Chucks und werfe sie in eine Ecke. Als ich mich wieder aufrichte, stehen Anna und Nikoline im Vorzelt und blinzeln uns verwirrt an. Anscheinend haben sie doch nicht auf uns gewartet.

Annas Augen sind fast geschlossen. Sie hat ihre Brille nicht auf. Vielleicht erkennt sie Lukas deshalb nicht?

„Hi, Anna. Guck doch mal, was wir dir Hübsches mitgebracht haben“, sagt Lena und zeigt auf Lukas. „Es ist groß und breit und knuffig.“

„Das ist ja ein komischer Traum“, nuschelt Anna.

Ich pruste los.

„Bist du echt?“ Anna streckt die Hand nach Lukas aus.

„Ähm, ja. Ich glaub schon.“ Lukas geht einen Schritt auf sie zu.

Lena und ich gucken uns an und lachen.

Paul verdreht die Augen. Phillip grinst.

„Oooh!“ Endlich realisiert Anna, dass sie weder träumt noch schlafwandelt, und fällt Lukas um den Hals.

Nikoline steht mit gerunzelter Stirn neben den beiden.

„Wer sind diese Jungs und was wollen die in unserem Zelt?“, fragt sie verwundert und fügt an Lena gerichtet hinzu: „Ach … Schön, dass du wieder da bist! Hattest du einen netten Abend?“

Ihre Stimme klingt unterkühlt, als hätte sie ziemlich miese Laune. Lena achtet gar nicht darauf.

„Ja, danke“, antwortet sie strahlend. „Mein Abend war total super. – Das hier sind Lukas, Phillip und Paul. Phillip ist Connis Freund. Lukas gehört zu Anna.“

„Ich bin Paul. Ich gehöre zu mir“, sagt Paul. Er hat ein T-Shirt an, auf dem in Neonbuchstaben steht: VERGISS DIE PRINZESSIN. ICH BEHALTE DAS PFERD.

Phillip presst die Lippen fest zusammen und unterdrückt ein Kichern, das seh ich genau. Ich kann's ihm nicht verübeln. Die Situation ist irgendwie zum Schieflachen.

„Sie sind extra aus Neustadt hergekommen, weil sie sich Sorgen gemacht haben“, versuche ich Nikoline zu erklären. „Jetzt müssen sie hier übernachten, weil sie kein Geld mehr für ein Taxi haben.“

„Wir haben unsere Schlafsäcke und Luftmatratzen dabei“, fügt Phillip hinzu. „Wir brauchen keine Betten. Wir können uns einfach hier vorne im Vorzelt hinlegen. Kein Problem.“

„Blödsinn. Im Wohnzelt ist doch genug Platz.“ Nikoline zeigt mit dem Daumen über die Schulter. „Wir rücken einfach ein bisschen zusammen. Das passt schon.“

Wir starren sie überrascht an.

„Hey, cool", meint Lena.

Plötzlich mischt sich ein seltsames Geräusch unter das gleichmäßige Klopfen der Regentropfen.

„Schnarcht da jemand?", fragt Lukas.

„Ja, das ist Cynthia-Cayenne." Nikoline dreht sich seufzend um. „Ich glaub, sie hat ein Problem mit den Nebenhöhlen."

Die Jungs schnappen sich die Rucksäcke.

Wir folgen Nikoline ins Hauptzelt, wo sie stehen bleibt und uns müde mustert.

„Hört mal", sagt sie. „Ich weiß, dass ihr keine Kinder mehr seid, aber ich trage trotzdem die Verantwortung. Vielleicht sind eure Eltern gar nicht damit einverstanden, wenn ihr euch hier fröhlich das Nachtlager teilt. Deshalb schlage ich vor, dass Paul und Phillip zusammen ein Bett nehmen. Anna und Conni teilen sich das zweite. Lukas ist so breit, dass er vermutlich eine Matratze für sich alleine braucht. Ich denke ebenfalls nicht daran, mein Bett zu teilen, weil ich gerne noch ein, zwei Stunden ungestört schlafen würde. Bleibt also noch ein halbes übrig. Lena, du schiebst Cynthia-Cayenne einfach ein bisschen zur Seite und rollst dich bei ihr auf. Die schläft so tief und fest, dass sie es wahrscheinlich gar nicht merkt. Seid ihr einverstanden?"

„Klar", antworten wir im Chor.

„Kein Problem", füge ich hinzu.

Natürlich würde ich mich lieber an Phillip kuscheln als an Anna, aber ich sehe es sofort ein. Nikoline hat das Sagen. Für mich ist die Hauptsache, dass Phillip in meiner Nähe ist. Wenn er und Paul das Bett neben uns nehmen, können wir uns die ganze Nacht angucken, wenn wir wollen, und miteinander flüstern. Ich schaue Phillip von der Seite an. Ich kann's immer noch nicht ganz fassen, dass er wirklich aufgetaucht ist.

Er bemerkt meinen Blick und lächelt. Mein Herz sprudelt fast über vor Liebe.

„Dann sind wir uns also einig." Nikolines Stimme reißt mich aus der romantischen Stimmung. „Packt eure Sachen aus, sortiert euch in eure Betten und klappt die Augen zu. Ich bin echt müde. Gute Nacht zusammen."

Sie hebt die Hand, wankt zu ihrem Bett, schlüpft in den Schlafsack und dreht sich auf die Seite, ohne noch etwas zu sagen. Kurz darauf ist zweifaches Schnarchen zu hören. Offenbar ist Cynthia nicht die Einzige, die ein Problem mit den Nasennebenhöhlen hat.

Anna, Lena und ich grinsen synchron. Dann schieben wir die Betten näher zusammen und helfen den Jungs beim Auspacken. Anschließend angele ich meinen Schlafanzug und frische Unterwäsche aus meiner Tasche und verschwinde im Bad, um mich umzuziehen.

Es ist ein herrliches Gefühl, endlich aus den nassen Klamotten zu steigen und sie gegen kuschelweiche Wohlfühlwäsche einzutauschen. Ich fange fast an zu singen. Das Duschen spare ich mir. Für heute habe ich genug Wasser abbekommen. Außerdem bin ich hundemüde. Ich rubbele meine Haare notdürftig trocken und werfe einen Blick in den Spiegel über dem Waschbecken. Ich stelle fest, dass ich wie ein zerrupftes Huhn aussehe. Und ich fühle mich auch so. Es ist höchste Zeit, endlich ins Bett zu kriechen. Was für ein Tag!

Ich husche ins Zelt und krabbele in meinen Schlafsack.

Anna rückt ein Stück, um mir Platz zu machen.

„Gute Nacht“, murmele ich.

„Nacht“, nuschelt sie zurück.

Ich will nur noch schlafen. Ein kurzer Blick zu Phillip, ein verliebtes Lächeln und ein Augenzwinkern, dann streckt er die Hand aus und knipst das Licht aus.

Es ist stockdunkel im Zelt und himmlisch ruhig – bis auf die Schnarchgeräusche von Nikoline und Cynthia-Cayenne, die ich aber versuche zu ignorieren.

Phillip tastet im Dunkeln nach mir. Seine Finger finden meine Wange und streichen sanft darüber. Ich seufze wohlig und sinke ansatzlos in einen tiefen, erschöpften Schlaf.

KAPITEL 14

SOS Flipflop in Seenot

Am nächsten Morgen schlage ich verwirrt die Augen auf. Ich liege steif und starr auf dem Rücken und weiß im ersten Moment weder, wie lange ich geschlafen habe, noch, wie ich heiße. Auch wo ich bin und was ich hier mache, will mir nicht auf Anhieb einfallen. Nur eins weiß ich sicher: Ich wurde von einem Geräusch geweckt. Ein leises Gluckern, Schmatzen, Plätschern und Gurgeln hat sich in meinen traumlosen Schlaf gedrängt. Es ist auch jetzt noch zu hören.

Vielleicht ist schon jemand unter der Dusche, überlege ich, während ich mich vorsichtig strecke, um Anna nicht zu wecken. Sie liegt reglos neben mir und atmet tief und gleichmäßig.

Es muss noch sehr früh sein. Fahles Morgenlicht sickert in das Zelt. Und noch etwas sickert herein. Das sehe ich, als ich mich auf die Seite wälze und ein einzelner Flipflop an mir vorbeischwimmt. Ganz friedlich dümpelt der bunte Gummischuh wie ein Floß auf dem Wasser. Er stößt gegen den Bettpfosten, ändert seine Richtung und treibt auf einer Welle davon. Es sieht lustig aus, sehr originell. Wie die Videoinstallation eines Pop-Art-Künstlers.

Ich schaue eine Weile fasziniert zu, bevor mein Gehirn endlich reagiert und mir einige überaus wichtige Fragen stellt:

1. Wieso dümpelt ein Flipflop auf dem Wasser?
2. Woher kommen die Wellen?
3. Können unsere Matratzen schwimmen?
4. Ab welcher Wasserhöhe sollte ich das Bett verlassen und mit Schwimmbewegungen anfangen?
5. Gibt es hier irgendwo Schwimmwesten oder Rettungsboote?
6. Wenn ja: Wo?

Hilfe! Ich richte mich kerzengerade auf und halte mich vorsichtshalber mit einer Hand an der Bettkante fest, weil ich das komische Gefühl habe, als würde das Bett auf den Wellen treiben. Aber das bilde ich mir zum Glück nur ein. Trotzdem wären eine Rettungsweste oder ein Schlauchboot vielleicht gar nicht so schlecht. Denn das schmutzig-trübe Wasser ist kein Traumbild, sondern absolut real.

„Aufwachen, Leute! Unser Zelt schwimmt weg!“, rufe ich.

Ich gebe mir große Mühe, nicht allzu panisch zu klingen. Ich bin auch gar nicht panisch. Eher besorgt und etwas überfordert.

Steigt das Wasser noch?

Wo ist der Flipflop?

Neben mir knurrt Anna unwillig. Nikoline hört für eine Millisekunde auf zu schnarchen, bevor sie weitersägt.

Lukas wirft sich vom Rücken auf den Bauch und pennt einfach weiter. Genau wie Paul und Phillip, Cynthia-Cayenne und Lena.

„Das darf doch nicht wahr sein!“, schimpfe ich. „Hey, wacht auf!“

Ich befreie mich strampelnd aus meinem Schlafsackknäuel und schwinge mich im Sitzen auf die Bettkante. Meine Füße hängen ins Wasser. Es ist eiskalt und reicht mir knapp bis über die Knöchel, womit es eindeutig tiefer ist als eine harmlose Pfütze. Zum Schwimmen ist es allerdings noch zu flach. Ich entspanne mich ein bisschen; aber wirklich nur ein winzig kleines bisschen.

Zum Glück haben wir unsere Reisetaschen und Rucksäcke auf die Klappgestelle gelegt, die dafür gedacht sind. Die Sachen sollten trocken geblieben sein. Unsere Schuhe können wir allerdings vergessen. Die meisten jedenfalls. Meine Flipflops und Cynthia-Cayennes Riemchensandalen schwimmen tapfer obenauf, aber alle anderen – die Sportschuhe der Jungs und die Boots von Lena – haben sich vollgesogen und sind in den Fluten versunken.

Ich seufze, als ich es sehe. Dann hole ich Luft und versuche es noch einmal.

„Aufwachen! Es brennt!“, rufe ich, so laut ich kann.

Das ist zwar glatt gelogen und so ziemlich das genaue Gegenteil von unserem Problem, aber ich hab mal gelesen, dass man in einer Notlage unbedingt „Feuer!“ und „Es brennt!“ rufen soll. Die meisten Menschen reagieren darauf eher, als wenn man um Hilfe ruft oder nur leise überfordert vor sich hin seufzt.

Es funktioniert tatsächlich.

Ich sitze einfach nur da und beobachte die unterschiedlichen Reaktionen.

„Was? Wie? Wo? Oh, nein!“ Anna rappelt sich hoch. Sie klammert sich an mir fest und rastert mit schreckgeweiteten Augen das Zelt ab, um zu sehen, ob irgendwo Flammen züngeln.

Cynthia-Cayenne hüpft noch im Halbschlaf aus ihrem Bett und landet mit beiden Füßen im kalten Wasser, worauf sie erschrocken aufschreit und blitzschnell wieder zurückkrabbelt.

„Fuck!“ Lena steht schwankend auf der Matratze.

Die Jungs gucken sich erst mal um und sondieren die Lage.

„Wo brennts denn?“, brummt Paul.

„Ich riech gar keinen Rauch“, meint Lukas und gähnt.

„Gibts hier irgendwo einen Feuerlöscher?“, fragt Phillip und kratzt sich am Hinterkopf.

„Hat schon jemand gelöscht oder woher kommt das ganze Wasser?“ Nikoline strubbelt sich durch die Haare.

Zu meiner Überraschung flüchtet niemand aus dem Zelt. Alle bleiben, wo sie sind. Alle sind cool. Das finde ich sehr erstaunlich.

„Alles gut. Es brennt gar nicht“, kläre ich sie freundlich auf. „Ich wusste nur nicht, wie ich euch wach bekommen sollte. Wie ihr seht, steht unser Zelt unter Wasser. Vielleicht sollten wir irgendetwas unternehmen? Was meint ihr?“

„Ey, jo“, meint Lukas. Er streckt die Hand aus und stupst meinen Flipflop an.

„Kann das ein Wasserrohrbruch sein?“, quiekt Cynthia-Cayenne aufgeregt. „Wir hatten zu Hause mal einen. Da ist der ganze Keller vollgelaufen. Die Feuerwehr musste kommen und –“

„Wo soll denn hier im Zelt ein Rohr brechen?", unterbricht Lena sie mit gerunzelter Stirn. „Haben wir überhaupt Wasserrohre hier drinnen?"

„Das ist Regenwasser, das von außen reingekommen ist. Vielleicht ist irgendwo eine Naht aufgegangen. Oder es ist über die Schwelle geschwappt und die ganze Zeit reingelaufen, während wir gepennt haben", meint Phillip.

„Die Teppiche sind wohl hinüber", stellt Nikoline fest.

„Ja, und nun?" Ich hocke immer noch auf der Bettkante und plansche mit den Füßen in der trüben Brühe.

„Wir sollten vielleicht versuchen, das Wasser irgendwie rauszubekommen", schlägt Anna vor.

„Ich bin dafür, dass wir die Feuerwehr anrufen. Wer noch? Hände hoch!" Cynthia-Cayenne hebt eine Hand. Niemand folgt ihrer Aufforderung.

„Die Feuerwehr und das Technische Hilfswerk haben bestimmt genug zu tun", wende ich ein. „Die haben keine Zeit, jetzt auch noch unser Zelt leer zu pumpen. Da müssen wir wohl selbst aktiv werden."

„Lasst uns doch mal gucken, ob wir Eimer haben. Vielleicht auch Kehrschaufeln oder so was Ähnliches. Große Schüsseln und Kochtöpfe tun es auch. Egal was. Hauptsache, man kann damit schöpfen." Phillip steigt ins Wasser und schiebt sich langsam zum Zeltausgang. Ich zögere nicht und wate hinter ihm her.

Nikoline, Lena und Paul schließen sich uns an. Lukas und Cynthia bleiben auf der Bettkante hocken. Auch Anna ziert sich.

„Wer weiß, was da alles drin rumschwimmt?" Sie beäugt das Wasser misstrauisch.

„Bis jetzt hab ich nur meine Flipflops und Cynthia-Cayennes Sandalen gesehen. Ich glaube nicht, dass die beißen“, sage ich grinsend.

Nikoline schüttelt die ganze Zeit den Kopf und murmelt vor sich hin. Ich glaube, so etwas wie „Wäre ich doch nur zu Hause geblieben“ zu verstehen.

Ich kann es ihr nicht verübeln. Wir haben uns dieses Wochenende wohl alle ein bisschen anders vorgestellt. Aber jammern bringt uns jetzt auch nicht weiter.

Phillip öffnet die Plane am Zelteingang und schlägt sie hoch. Strahlendes Sonnenlicht blendet uns.

„Hey, die Sonne scheint! Es regnet nicht mehr!“, jubele ich.

„Juchu!“, murmelt Lena und gähnt. „Wollen wir nicht zuerst mal frühstücken? Ich hab Hunger.“

„Das kommt gar nicht in die Tüte! Zuerst wird geschöpft“, ordnet Nikoline an, während sie in einem Küchenschrank nach etwas Brauchbarem wühlt. „Anschließend versuchen wir, die nassen Teppiche aus dem Zelt zu schaffen. Sonst fangen die an zu stinken. Danach können wir dann zum Frühstück gehen.“

„Ich kann aber nicht arbeiten, wenn mein Magen so laut knurrt, dass ich meine eigenen Gedanken nicht hören kann!“, protestiert Lena.

Nikoline drückt ihr wortlos ein Kehrblech in die Hand, das sie unter der Spüle gefunden hat. Wir anderen bewaffnen uns mit Eimern, Kochtöpfen, Bechern, Plastikschüsseln, einem Schrubber und einem Feudel und machen uns an die Arbeit.

Phillip gibt mir einen Kuss.

Während wir anfangen zu schöpfen, frage ich mich, ob Cynthia-Cayennes Vorschlag, die Feuerwehr anzurufen, vielleicht doch nicht so blöd war. Eine Pumpe wäre bestimmt ruckzuck mit den Wassermassen fertig. Aber wahrscheinlich sind die alle woanders im Einsatz. Also tauche ich die pinkfarbene Salatschüssel, die ich mir geschnappt habe, ins Wasser und versuche, möglichst viel davon nach draußen zu schippen.

Wir sind nicht die einzigen Überschwemmungsopfer. Links, rechts und gegenüber wird ebenfalls schon kräftig geschöpft, geschippt und gefeudelt.

„Guten Morgen!", ruft uns ein schwarzhaariges Mädchen zu.

Ich winke mit meiner Salatschüssel.

Nikoline zückt ihr Handy. „Ich ruf Anastasia mal an und sag ihr, was hier los ist. Vielleicht weiß sie es noch gar nicht."

„Super Idee! Sie soll Kaffee und Brötchen mitbringen." Lena pustet sich eine Locke aus der Stirn und streckt den Rücken durch. Das gebückte Arbeiten ist echt anstrengend. Das merke ich auch.

„Und eine Pumpe!", ruft Phillip.

„Besser zwei!", blökt Paul.

Sie klatschen sich ab.

Wir schuften mehr als eine Stunde, bis wir endlich feststellen, dass es etwas bringt. Der Pegel sinkt extrem langsam, wahrscheinlich nur millimeterweise, aber irgendwann sehen wir tatsächlich Grund. Weil ich mit meiner Schüssel nicht mehr viel ausrichten kann, greife ich zu dem Feudel und versuche damit die restlichen Pfützen aufzunehmen.

Anastasia ist nicht zu erreichen. Nicht einmal ihre Mailbox springt an, als Nikoline es versucht. Der Speicher ist vor lauter Notrufen vermutlich schon übergequollen. Vielleicht hat Anastasia aber auch längst die Flucht ergriffen und sich in sonnigere Gefilde abgesetzt? Möglich wärs.

Aber nein, so schätze ich sie nicht ein. Bestimmt hat sie einfach zu viel um die Ohren, um sich um uns zu kümmern. Wir kommen auch ohne sie klar. Mit vereinten Kräften zerren wir die vollgesogenen, schweren Teppiche ins Freie. Dort lassen wir sie erst einmal liegen, weil wir nicht wissen, wohin mit den Dingern.

„Die kannst du vergessen. Die werden in hundert Jahren nicht wieder trocken“, meint Phillip und streckt sich. „Die gammeln und stinken nur vor sich hin.“

Ich stehe neben ihm, die Hände in die Hüfte gestemmt, und schaue mir die Bescherung an. Unsere Schultern berühren sich. Er gibt mir einen kleinen Stoß. Wir lächeln gleichzeitig.

„Das ist zum Glück nicht unser Problem“, erwidert Nikoline achselzuckend. „Ich gehe mal davon aus, dass das Festival gegen solche Schäden versichert ist.“

„Können wir jetzt bitte, bitte endlich frühstücken?“, mault Lena aus dem Hintergrund. „Ich verhungere gleich!“

„Wir wischen noch kurz durch und lüften. Die Plane lassen wir am besten offen, damit der Innenraum trocknen kann“, antwortet Nikoline. „Danach können wir von mir aus zum Büfett gehen. Ich könnte einen Kaffee gebrauchen. Möglichst heiß, stark und schwarz.“

Lukas und Paul klatschen sich müde ab.

Anna wischt sich mit der Hand über die Stirn.

Wir sind alle erschöpft. Erschöpft vom Schöpfen sozusagen, haha.

Zum Durchwischen nehmen wir einfach ein paar Handtücher, die wir anschließend auf dem Dach des Vorzeltes in der Sonne ausbreiten. Auch unsere Schuhe stellen wir raus.

„Vielleicht kommt der Nikolaus vorbei und steckt was rein?"

Paul grinst. Er hat sein WHAT WOULD SUPERMAN DO-T-Shirt an. Ich nehme mal an, dass der Superheld garantiert wüsste, wo im Notfall der Stöpsel wäre. Er hätte ihn lässig gezogen, aber bestimmt hätte er hinterher nicht gefeudelt.

Lukas gibt Paul eine Kopfnuss. Der jault übertrieben auf.

Anna rollt mit den Augen.

„Frühstück! Sofort!", ruft Lena energisch.

„Ja-ha!", sagt Nikoline.

„Fragt sich nur, wie wir zum Büfett kommen wollen. Ihr habt doch gesehen, was los ist", mische ich mich ein. „Es gibt auf dem Gelände keinen trockenen Weg mehr. Nur Schlamm und Pfützen überall."

„Eine Moorpackung soll ja sehr gut für die Haut sein", sagt Cynthia-Cayenne und tippt sich an die Nase.

Ich pruste los.

Sie wirft mir einen skeptischen Blick zu. „Hab ich was Lustiges gesagt?"

„Nö, gar nicht. Von mir aus kannst du dich in dem Zeug wälzen. Da draußen gibts mehr als genug davon." Ich pruste immer noch, während ich darüber nachdenke, ob man den Festival-Schlamm nicht vielleicht in Dosen abfüllen und als Souvenir verkaufen könnte. Wäre doch vielleicht ein schönes Mitbringsel, oder?

„Ich geh aber nicht barfuß!", meldet sich Anna.

„Wozu haben wir die Gummistiefel mitgeschleppt? Ich kann zwar nicht versprechen, dass wir für jeden die passende Größe haben, aber gegen Matsch helfen die auch, wenn sie ein paar Nummern zu groß sind", meint Phillip.

Ich verwerfe meine Geschäftsidee mit dem Festival-Modder. An die Gummistiefel habe ich gar nicht mehr gedacht. Im Gegenteil, ich war schon darauf eingestellt, auf Flipflops zum Frühstück zu surfen. Aber Gummistiefel sind natürlich viel besser.

Die Jungs holen ihre Rucksäcke und kippen sie aus. Die Auswahl ist verblüffend groß. Ich sehe karierte und gestreifte Halbstiefel, die vermutlich Katharina gehören, der Freundin von Phillips Vater. Daneben glänzen schwarze Arbeits- und olivgrüne Anglerstiefel. Für jeden Geschmack ist was dabei.

Wie auf ein geheimes Kommando stürzen Anna, Lena, Cynthia, Nikoline und ich uns auf die Beute. Es fühlt sich an wie bei einer Ladeneröffnung. Wir schubsen und kichern. Es ist ein bisschen peinlich, das gebe ich zu, aber auch total lustig.

Ich ergattere einen rot-weiß gestreiften Stiefel. Er hat zufällig genau meine Größe – und außerdem ist alles, was rot und weiß gestreift ist, automatisch mein Lieblingsteil.

„Wo ist der zweite?", rufe ich.

Die Jungs stehen mit verschränkten Armen und tiefen Stirnfalten um uns herum.

„Wie die Hyänen", höre ich Paul murmeln.

Phillip schüttelt den Kopf.

Lukas tritt vorsichtshalber einen Schritt zurück.

Wahrscheinlich machen sie sich Sorgen um unsere geistige Verfassung. Ich kann es ihnen nicht verdenken. Im Moment benehmen wir uns wirklich seltsam. Sogar Nikoline ist im Gummistiefelrausch. Sie drückt sich die Anglerstiefel an die Brust, obwohl die ihr garantiert vier Nummern zu groß sein dürften. Aber vielleicht hat sie schon immer davon geträumt, in Siebenmeilenstiefeln durch Modder zu waten. Oder das matte Froschgrün ist ihre Lieblingsfarbe, wer weiß.

Auf der Suche nach meinem fehlenden zweiten Stiefel wühle ich mich weiter durch den Berg, bis mir plötzlich jemand das Objekt der Begierde vor die Nase hält. Ich greife blitzschnell zu. Erst dann schaue ich hoch, genau in Phillips Gesicht.

„Hi, Süße … Hast du den gesucht?“, fragt er vorsichtig.

„Ja!“, jubele ich überglücklich.

Er guckt mich an, als hätte ich sie nicht mehr alle.

Als wir endlich alle etwas mehr oder weniger Passendes gefunden haben, machen wir uns gegenseitig Komplimente.

„Ich wusste, dass sie dir gefallen“, raunt Phillip mir zu.

Ich bedanke mich mit einem Kuss.

In diesem Moment knackt es in dem Lautsprecher, der schräg gegenüber von unserem Zelt hängt. Wir schauen auf. Eine erschreckend gut gelaunte Männerstimme hallt über den Platz: „Guten Morgen, Spiderfishies! Nach einer stürmischen Nacht scheint die Sonne – das ist die goldene Festivalregel! Habt ihr alles heil überstanden und seid bereit für den Tag? Wir haben Versorgungszelte aufgebaut, in denen ihr euch mit Getränken, frischen Brötchen und Duschmarken eindecken könnt – und das selbstverständlich kostenlos. Achtet auf die roten Hinweisschilder und Pfeile. Wegen des Abbruchs gestern hinken wir im Zeitplan hinterher, aber wir werden versuchen, heute alle ausgefallenen Gigs nachzuholen. Be ready to jump!"

„Und ob wir sprungbereit sind!" Lena ballt eine Hand zur Faust.

Wir machen uns auf den Weg. Nach der ganzen Schufterei haben wir jetzt wirklich Hunger. Mein Magen fühlt sich an wie ein leerer Luftballon.

Die Jungs verzichten auf Gummistiefel und schlüpfen in ihre nassen Sneakers.

„Wir haben schon auf schlimmeren Plätzen Fußball gespielt", meint Phillip.

„Das bisschen Matsch", sagt Paul und winkt ab.

In dem Lautsprecher knackt es noch einmal. Laute Radiomusik schallt über den Platz, während wir vorsichtig durch den aufgeweichten Boden pflügen.

„Ich will nur, dass du weißt, wie oft ich Briefe an dich schreib …", singen SDP und Adel Tawil.

„… und dass ich dich liebe und so'n Scheiß!", grölen wir den Refrain mit.

Die Sonne scheint. Die Luft fühlt sich warm auf der Haut an. Der Himmel über uns strahlt blau und wolkenlos. Vor uns liegt ein ganz neuer Tag.

Phillip legt seinen Arm um mich und drückt mich an sich. Ich hebe den Kopf, schaue ihn an und bin einfach nur glücklich.

KAPITEL 15

Gummistiefelfrühstück für echte Rockstars

Wir brauchen viel länger für den Weg als gestern, was natürlich daran liegt, dass wir nur langsam vorankommen. Immer wieder bleibt einer von uns im Matsch stecken und die anderen müssen ihn mit vereinten Kräften herausziehen. Es ist mühsam, aber auch ziemlich lustig. Auf jeden Fall ist es ein Erlebnis.

Wir haben das Frühstückszelt fast erreicht, als uns Anastasia entgegenkommt. Sie hat das Handy am Ohr, den Blick in die Ferne gerichtet und bemerkt uns kaum. Ihre Miene ist sorgenvoll. Erst als wir stehen bleiben und sie begrüßen, schaut sie uns an.

„Ach …“, sagt sie, als wäre sie ehrlich überrascht, uns hier zu sehen. „So ein Zufall! Ich war gerade auf dem Weg zu euch. Gehts euch gut? Habt ihr die Nacht heil überstanden?“

„Ja, einigermaßen“, antwortet Nikoline. Sie berichtet von dem Wassereinbruch und der erschöpfenden Schöpfaktion.

„Mensch, das tut mir leid. Wieso habt ihr nicht angerufen? Ich hätte euch Helfer vorbeischicken oder wenigstens eine Pumpe besorgen können.“ Anastasia schiebt sich die Sonnenbrille in die Haare.

„Wir konnten dich nicht erreichen“, erwidert Nikoline. Es klingt kein bisschen vorwurfsvoll. Eher so, als hätte sie großes Verständnis für die Nichterreichbarkeit.

„Letzte Nacht war das reinste Chaos. Tut mir wirklich leid, aber ich bin überhaupt noch nicht dazu gekommen, meine Mailbox abzuhören.“ Anastasia seufzt. Sie sieht müde aus, total übernächtigt. Als hätte sie nicht eine Sekunde geschlafen.

„Wir haben es auch so geschafft“, sage ich schnell. „Kein Problem.“

Sie wirft mir ein flüchtiges Lächeln zu.

„Ich werde gleich mal sehen, was ich für euch tun kann“, meint sie dann. „Manche Leute sind Hals über Kopf abgereist, als das Unwetter losging. Dadurch sind einige Zelte und Campingwagen frei geworden. Vielleicht kann ich euch woanders unterbringen. Euer Zelt wird sicher nicht so schnell wieder trocken. Eure Sachen sind bestimmt auch nass geworden.“

Wir nicken. Sie spricht weiter. Dass wir von drei Jungs begleitet werden, die gestern noch nicht bei uns waren, scheint ihr nicht aufzufallen. Oder falls doch, scheint es sie nicht zu stören.

„Alternativ kann ich euch natürlich auch anbieten, dass ich mich um eure Rückfahrt kümmere. Schadenersatz können wir leider nicht zahlen. Falls ihr abreisen möchtet, rufe ich gleich den Limousinen-Service an und versuche, einen Wagen zu organisieren, der euch im Laufe des Tages nach Hause bringt.“

„Was? Nein! Wir bleiben natürlich hier“, sage ich schnell. Ich spreche einfach für die anderen mit. Keiner von uns will nach

Hause, da bin ich mir sicher. Das Wochenende fängt doch jetzt erst richtig an!

„Gut. Okay. Fein. Dann besorge ich euch schnellstens eine neue Unterkunft. Entweder ein trockenes Zelt oder einen großen Wohnwagen für alle. Wäre das in Ordnung?"

„Absolut!", sagt Nikoline.

„Ja, klar. Das wär spitze", meint Lena.

„Ein Wohnwagen – cool!", quietscht Cynthia-Cayenne. „Wir waren mal mit einem Wohnmobil im Schwarzwald. Das war mega! Wie ein richtiges Haus auf Rädern."

Phillip und Paul grinsen breit.

„Ich melde mich bei euch, so schnell ich kann", verspricht Anastasia. „Seid ihr auf dem Weg zum Frühstück? Nehmt euch ganz viel Zeit und genießt es. Unser Veranstaltungsprogramm ist komplett durcheinander. Das Technische Hilfswerk versucht gerade, den Platz vor der Hauptbühne einigermaßen trockenzulegen, damit nachher wenigstens ein paar Auftritte stattfinden können. Aber das wird sicher noch dauern. Achtet einfach auf die Durchsagen."

„Kein Problem, wir haben heute sowieso nichts anderes vor", sagt Paul.

Anastasia guckt ihn an, als würde sie darüber nachdenken, woher sie ihn kennt. Dann schüttelt sie den Kopf, dreht sich um und winkt. „Ich melde mich! Bis dann, viel Spaß!"

„Ciao – und danke!", ruft Lena ihr nach.

Wir bleiben eine Weile stehen und schauen ihr hinterher. Dann gehen wir auf den Zelteingang zu, aus dem uns eine verlockende Duftmischung entgegenweht.

„Ich wittere Kaffee, Croissants, frische Waffeln und heißen Kakao." Ich hebe schnuppernd die Nase und betrete das Zelt. Phillip folgt mir lächelnd.

An der Eingangskontrolle kommt es zu einem leichten Durcheinander, weil die Jungs keine VIP-Tickets haben. Streng genommen haben sie überhaupt keine Tickets. Sie dürften deshalb gar nicht hier sein, geschweige denn gratis frühstücken.

Wir diskutieren gerade lebhaft mit den Türstehern, als der nette Kellner vom Vorabend auftaucht. Er nickt uns zu und sagt im Vorbeigehen: „Die Jungs sind Freunde von Mr Summerfield. Ich würde sie durchlassen."

Die Ordner gucken zuerst ihn kritisch an, dann uns. Aber schließlich geben sie den Weg frei und lassen uns durch.

„Danke schön!", zwitschert Lukas fröhlich.

Anna zieht ihn schnell am Ärmel weiter.

Im Zelt brummt der Bär. Wir schieben uns durch das dichte Gedränge und ergattern mit sehr viel Glück noch einen freien Tisch in der Nähe des Büfetts. Die Tafel, auf der das Frühstück aufgebaut ist, biegt sich fast unter der Last der Köstlichkeiten: frisches Obst, Brötchen, Säfte, Rührei, Käse, Schinken, kleine Bratwürste, süße Waffeln und noch viel mehr.

„Ich glaub, ich bin im Paradies!" Phillips Augen glänzen.

„Nee, im Paradies gabs nur einen schrumpeligen Apfel. Das hier ist das Schlaraffenland." Ich drücke ihm einen Teller in die Hand und schiebe ihn sanft vorwärts. „Es erinnert mich ein bisschen an das Frühstücksbüfett in unserem Hotel in Deauville."

„Ja, stimmt. Allerdings hatten wir da deutlich mehr Zeit zu zweit. Hier sind irgendwie ständig Leute um uns herum." Während er das sagt, schaufelt er einen Haufen Rührei auf seinen Teller und krönt das Kunstwerk mit zwei Würstchen.

Ich bevorzuge etwas Süßes zum Frühstück. Ein leckeres Marmeladenbrötchen zum Beispiel, dazu ein Stück Melone und zum Nachtisch vielleicht noch eine warme Waffel.

„Du hast recht“, sage ich nachdenklich. „Das ganze Wochenende läuft irgendwie ganz anders als geplant.“

„Aber wenigstens sind wir zusammen. Das war ja eigentlich auch nicht so geplant.“ Er balanciert sein Frühstück auf der linken Hand. Mit der rechten greift er nach einem Becher, stellt ihn unter die Kaffeemaschine und drückt auf einen Knopf. Zuerst schießt heiße Milch in den Becher, dann folgt Espresso. Obendrauf kommt noch eine Haube aus Milchschaum.

Ich nehme mir einen großen Becher Kakao.

Wir bahnen uns einen Weg zurück zu unserem Platz. Die anderen sind noch am Büfett. Nur Nikoline sitzt schon da. Sie nippt an einem schwarzen, sehr stark und bitter aussehenden Kaffee und presst sich das Handy ans Ohr.

„Das klingt super“, höre ich sie sagen. „Wir treffen uns in einer halben Stunde am Wagen. Bis dann, vielen Dank!“

Sie legt das Telefon weg und lächelt. „Das war Anastasia. Sie hat einen Wohnwagen für uns.“

„Wow“, sage ich.

„Für uns alle? Oder nur für euch Mädels?“ Phillip zieht die Stirn kraus.

„So wie ich sie verstanden habe, für uns alle. Sie hat doch gesehen, dass wir Besuch haben und etwas mehr Platz brauchen.“ Nikoline trinkt einen Schluck Kaffee und verzieht das Gesicht.

„Es soll ein ziemlich komfortabler Trailer mit mehreren Schlafplätzen sein. Mit einer Kochnische, einem Bad mit Dusche und WC, einem großen Vorzelt und allen möglichen Extras“, fährt sie fort. „Ich denke mal, dass wir alle dort unterkommen werden. Und falls nicht, habt ihr ja immer noch eure Luftmatratzen.“

„Klar“, nickt Phillip.

„Worum gehts denn?“, will Paul wissen.

Er und die anderen kehren vom Büfett zurück und stellen ihre Tassen, Becher und Teller auf den Tisch. Es sieht aus, als hätten sie das halbe Vorratslager leer geräumt.

„Es geht um eure Luftmatratzen und wo ihr sie heute Abend ausrollen werdet“, antworte ich grinsend.

„Hä?“, macht Lukas.

„Anastasia hat angerufen. Sie hat einen Wohnwagen für uns. Wir können direkt nach dem Frühstück umziehen“, erklärt Nikoline.

„Mega!“ Cynthia-Cayenne klatscht in die Hände. „Hab ich euch schon erzählt, dass wir mal mit einem Wohnmobil im Schwarzwald waren?“

„Ja, hast du!“, rufen Anna und ich im Chor.

Lena schüttelt den Kopf.

Die Jungs grinsen.

Nikoline schlürft ihren Kaffee und seufzt verhalten.

Dann fangen wir endlich an zu frühstücken. Es ist wirklich höchste Zeit, wie mir mein Magen knurrend zu verstehen gibt. Ich besänftige ihn schnell mit einem Schluck Kakao und einem Stück Melone, bevor ich in das Brötchen beiße und mich zufrieden kauend umschaue. Alle meine Freunde sind bei mir, das ist so schön! Okay, Dina und Billi fehlen natürlich. Aber vielleicht denken sie ja gerade an uns. Und beim nächsten Mal sind sie dann hoffentlich auch dabei.

Lena hat ihr Smartphone neben die Müslischüssel gelegt. Während sie löffelt, scrollt sie durch die Nachrichten. Bei einer bleibt sie hängen und lächelt.

„Gibts was Neues von Mr Summerfield?“, ziehe ich sie auf.

„Ja, allerdings“, bestätigt sie. „Er lädt uns zur Aftershow-Party ein. Heute Abend, gleich nach dem Konzert – falls wir noch nichts anderes vorhaben.“

Anna verschluckt sich an einem Stückchen Schinken.

Lukas klopft ihr auf den Rücken.

„Aua! Nicht so doll!“, jault sie auf.

„Eine Aftershow-Party?“, haucht Cynthia-C. „Wie cool ist das denn!“

„Wow, ja … Das ist wirklich ziemlich cool!“ Ich spüre, wie mein Puls in die Höhe schießt. „Haben wir überhaupt das Passende zum Anziehen dabei? Was zieht man zu so was an?“

„Irgendwas Schickes. Ein Glitzer-T-Shirt vielleicht? Geht das?“ Annas Wangen glühen.

„Glitzer geht immer“, sage ich.

Neben mir röchelt Phillip unterdrückt. Ich trete ihm auf den Fuß. „Sag nichts“, zische ich.

„Nichts“, presst er mühsam hervor.

Mir fällt leider keine passende Erwiderung ein. Ich verdrehe nur dezent die Augen und widme mich der Melone auf meinem Teller. Sie schmeckt köstlich.

„Was für 'ne Party?“ Lukas unterbricht die konzentrierte Nahrungsaufnahme. Ich starre fasziniert auf seine Augenbrauen, die sich wie zwei behaarte Raupen kringeln. Sein Gesicht ähnelt dem eines nachdenklichen Primaten. Der gefüllte Löffel schwebt zwischen der Müslischale und seinem Mund. Milch tröpfelt auf den Tisch.

„Eine Aftershow-Party. So nennt man das, wenn nach dem Auftritt noch mal alle zusammenkommen, um zu feiern. Die Band, Familie, Freunde, Manager und Helfer." Anna wischt die verkleckerte Milch mit ihrer Serviette weg. Fehlt nur noch, dass sie Lukas den Mund abtupft und ihn füttert.

„Okay", brummt Lukas. Er schaufelt das Müsli vom Löffel in den Mund und kaut. Er wirkt etwas überfordert. Denken, kauen und dann auch noch runterschlucken ist eindeutig zu viel auf einmal. Anna scheint das nicht zu stören. Sie schmachtet ihn verliebt an.

Ich trinke schnell einen Schluck Kakao, um nicht zu lachen.

Als Lenas Smartphone sich meldet, nimmt sie den Anruf entgegen, ohne auf das Display zu schauen.

„Krischan? Hi!" Ihr Gesicht strahlt wie eine Weihnachtsgirlande, während sie sich das Handy ans Ohr presst und der Stimme ihres Freundes lauscht. „Hier ist alles okay. – Nein, der Sturm ist weitergezogen. – Ja, ich vermiss dich auch total. – Hm, tja, mal sehen. Spätestens morgen irgendwann. – Ich dich auch. Ciao!"

„Lass mich raten …", sage ich, als sie das Gespräch beendet hat. „Krischan vermisst dich?"

„Ja." Sie legt das Telefon weg. „Und ich ihn auch."

„Hey, morgen habt ihr euch wieder." Ich stupse sie an.

Sie antwortet mit einem traurigen Fiepen.

Ich kann sie gut verstehen. Wäre Phillip nicht zufällig hier, genau neben mir, würde ich garantiert auch fiepen.

Das Frühstück zieht sich ziemlich in die Länge. Immer wieder geht einer von uns los, um sich noch etwas vom Büfett zu holen. Doch irgendwann sind tatsächlich alle satt.

Paul reibt sich den Bauch. Phillip grunzt zufrieden.

Ich gebe ihm einen Kuss.

„Wofür war der denn?", fragt er.

„Nur so", antworte ich.

„Wollen wir uns jetzt den Wohnwagen ansehen?", mischt Nikoline sich ein. „Anastasia will uns direkt dort treffen. Sie hat mir den Weg beschrieben."

„Ich glaub, ich weiß, wo der Wohnwagenpark ist", sage ich und nehme Phillips Hand. „Wir sind gestern auf dem Weg zum *Spiderfish*-Dorf daran vorbeigekommen."

Wir gehen nach draußen und bleiben stehen, um uns zu orientieren, als zwischen den Zelten plötzlich Cooper und seine Band auftauchen. Es gibt ein großes Hallo, Gelächter und Umarmungen. Die Jungs werden mit Handschlag begrüßt. Phillip und Lukas grinsen. Paul betrachtet seine Hand so ehrfürchtig, als würde er darüber nachdenken, sie nie wieder zu waschen, weil ein Rockstar sie geschüttelt hat. Dann lässt er sich von allen Autogramme geben. Mit einem dicken Filzstift, den Nikoline in der Tasche hat, auf die Haut seines Unterarms. Auch den wird er in der nächsten Zeit vermutlich nicht waschen. Wobei das beim Duschen natürlich etwas schwierig werden könnte. Aber vielleicht verpackt er den Arm ja in Frischhaltefolie, wie damals, als er sich heimlich ein Tattoo hat machen lassen?

Anna und Cynthia zücken ihre Handys und machen Fotos von uns und der Band. Lena zieht eine wilde Grimasse. Und ich? Ich bin froh, dass ich heute nicht mehr wie ein verschmutztes Erdferkel aussehe, sondern einigermaßen menschlich.

Cooper lädt uns alle noch einmal offiziell zu der Aftershow-Party ein.

„Wenn alles gut geht und das Wetter so schön bleibt, haben wir unseren Gig gegen neun. Wir werden ein, zwei Stunden spielen. Danach treffen wir uns am besten hier." Er deutet mit dem Daumen auf das VIP-Zelt und den offenen Bereich daneben. Der ist mit Sitzkissen, Korbmöbeln und echtem Seesand wie eine Chill-out-Area angelegt, eine Art Ruhebereich. Es gibt sogar künstliche Palmen in großen Kübeln, die den Sturm erstaunlicherweise unbeschadet überstanden haben. „Nach der Party wird uns ein Taxi direkt zu die Airport bringen. Morgen Abend haben wir eine Show in Barcelona." Cooper unterdrückt ein Gähnen. Ganz wach scheint er noch nicht zu sein.

„Heute hier, morgen Barcelona …", raunt Phillip mir zu. „Rockstar müsste man sein."

„Was nicht ist, kann ja vielleicht noch werden", flüstere ich zurück. „Klimperst du nicht hin und wieder noch auf deiner Gitarre?"

„Ich fange gleich morgen wieder damit an", verspricht er.

Ich schaue ihn von der Seite an und versuche ihn mir als Musiker vorzustellen. Das gute Aussehen hätte er auf jeden Fall. Manchmal singt er mir auch was vor. Das hört sich gar nicht so übel an. Warum also nicht? Für mich ist er eh ein Rockstar.

„See you later!", unterbricht Cooper meine Vision. Er und seine Freunde wollen endlich frühstücken. Sie verabschieden sich von uns und wünschen uns einen schönen Tag und ein tolles Konzert, bevor sie im Zelt verschwinden.

„Das war ja krass!", quietscht Cynthia-Cayenne. „Ich hab noch nie in meinem Leben richtige echte Stars getroffen. Und jetzt gleich so viele auf einmal!"

Wir drehen uns um und gehen voraus. Sie stolpert hinter uns her und plappert einfach weiter, obwohl keiner mehr zuhört.

„Irgendwie ist sie niedlich", meint Paul. „Ein bisschen anstrengend vielleicht. Aber niedlich."

Alle lachen, nur Cynthia nicht. Kein Wunder, sie ist total in ihr Selbstgespräch versunken.

Nach einem Marsch über das halbe Festivalgelände gelangen wir irgendwann in den abgesperrten Bereich für große Wohnwagen und Campingmobile. Tiefe Reifenspuren haben den Boden aufgewühlt. Zwischen den Camper-Reihen klaffen Lücken. Es ist nicht zu übersehen, dass einige Besucher die Flucht ergriffen und das Festival ziemlich überstürzt verlassen haben.

„Warum sind die eigentlich abgehauen? So ein Anhänger ist doch viel stabiler als ein Zelt", wundert sich Anna.

„Die Wohnwagen haben bei dem Sturm letzte Nacht bestimmt ganz schön gewackelt", vermute ich.

„Vielleicht ist jemand seekrank geworden", meint Paul.

Ein paar unverdrossene Camper haben Tische und Stühle

ins Freie gestellt. Nasse Jeans, T-Shirts, Socken und lehmverschmierte Turnschuhe baumeln zum Trocknen an einer Wäscheleine. Aus einem Wohnmobil kommt Radiomusik. Bei den anderen sind Türen und Fenster noch geschlossen und die Vorhänge zugezogen. Vor einem weiteren Wohnwagen brutzeln Würste auf einem Elektrogrill. Die Bewohner winken uns zu. Wir winken zurück. Paul hebt schnuppernd die Nase.

„Hast du schon wieder Hunger?", fragt Cynthia.

„Sportler haben immer Hunger", antwortet er.

„Oh, was für Sport machst du denn?"

„Hauptsächlich spiele ich Fußball."

„Wirklich? Das finde ich ja toll!" Cynthia schiebt sich an seine Seite und schaut wimpernklimpernd zu ihm auf.

Paul quittiert es mit einem geschmeichelten Schmunzeln.

Anastasia erscheint fast gleichzeitig mit uns auf dem Wohnwagenplatz. Allerdings kommt sie aus einer anderen Richtung und wirkt im Gegensatz zu uns total gestresst. Entsprechend knapp begrüßt sie uns.

„Kommt am besten gleich mit. Euer Wagen steht ganz hinten in der Reihe. Da habt ihr eure Ruhe." Sie geht voraus und bleibt vor einem unfassbar riesigen, hellgrau lackierten Luxuswohnwagen stehen.

„Boah", macht Lukas.

Phillip hebt eine Augenbraue und nickt anerkennend.

Anna, Lena und ich starren uns an.

„Wie viele Schlafplätze hat der?", fragt Nikoline neugierig.

Anastasia blättert in ihren Unterlagen.

„Insgesamt neun, wenn ich es richtig sehe. Ja, hier stehts.

Vorne und in der Mitte des Wagens jeweils ein großes Doppelbett und zwei Etagenbetten im hinteren Bereich. Im Heck ist noch eine kleine Koje eingebaut, die man als Notbett nutzen kann. Zwischen dem vorderen und hinteren Segment liegen die Pantry und das Bad. Ihr werdet sehen, dass alles sehr praktisch ist. Tagsüber sind die Betten als Sofas beziehungsweise Sitzecke zu nutzen, abends könnt ihr sie mit wenigen Handgriffen zu Schlafplätzen umfunktionieren. Ein Sponsor hat uns den Wagen als Ausstellungsstück zur Verfügung gestellt. Er ist fabrikneu und –"

„– kostet ein Vermögen", beendet Phillip den Satz. „Mein Vater hat sich mal für so was interessiert. Luxuswagen in dieser Größenordnung liegen im fünf- bis sechsstelligen Bereich."

Anna reißt die Augen auf.

„Über den Kaufpreis weiß ich nichts", sagt Anastasia schnell. „Wie gesagt: Er wurde uns vom Hersteller für besondere Gäste überlassen. Der Kühlschrank ist voll. Bettwäsche und Handtücher findet ihr in den Schränken. Genießt den Aufenthalt."

Das ist alles so aufregend! Ich halte die Luft an und drücke Phillips Hand.

„Noch Fragen? Soll ich euch noch was erklären?" Anastasia ist schon auf dem Sprung, das ist deutlich zu spüren.

„Ich glaube, wir finden uns schon allein zurecht." Nikoline lächelt. „Wir laufen gleich zurück und holen unsere Sachen aus dem Zelt. Super, dass du uns so großzügig geholfen hast. Vielen Dank."

„Gern geschehen." Anastasia überreicht ihr die Schlüssel. „Vielleicht sehen wir uns heute Abend beim Konzert oder auf der Aftershow-Party? Bis dahin: have fun! Und falls noch was ist, ruft mich an."

Sie macht eine Geste, als hielte sie sich ein Telefon ans Ohr.

Wir nicken, stumm und überwältigt. Anastasia winkt noch einmal, dann dreht sie sich um und trabt davon.

Ich gucke Lena an. Sie guckt zurück.

„Yess!", sagt sie schließlich und klatscht uns der Reihe nach ab.

KAPITEL 16

Genieße es, wenn das Leben es gut mit dir meint!

„Wollen wir erst mal unsere Sachen aus dem Zelt holen und uns dann häuslich einrichten?“, fragt Nikoline, nachdem wir den Anblick unseres neuen Domizils mit einer Schweigeminute ausreichend gewürdigt haben.

„Wollen wir uns die Butze nicht zuerst mal angucken und die Schlafplätze verteilen?“, fragt Lena zurück.

Ich stimme ihr zu. Die anderen auch. Wir sind viel zu neugierig, was uns erwartet und wie dieser Wagen wohl von innen aussieht.

„Unsere Klamotten können wir doch immer noch in Ruhe packen“, sage ich. „Wir haben den ganzen Tag Zeit. Auf den Bühnen ist im Moment eh noch nichts los.“

„Na gut.“ Nikoline klimpert mit dem Schlüsselbund und sucht das dazu passende Schlüsselloch.

„Das ist ein elektronischer Schlüssel“, sagt Phillip lässig. „Drück einfach drauf.“

Nikoline streckt die Hand aus und drückt. Ein Klicken ist zu hören. Die Leuchten am Heck des Mobils blinken auf. Kurz darauf öffnet sich unterhalb der Tür eine Verblendung und eine

Treppe fährt heraus, die sich Stufe für Stufe langsam entfaltet. Nikoline macht große Augen und drückt noch einmal. Die Eingangstür schwingt lautlos auf. Total abgefahren!

Wir steigen aus unseren lehmigen Stiefeln und lassen sie draußen stehen, während wir auf Socken über die Treppe in das Innere des Wagens klettern. Dort setzt sich das helle Grau der Außenlackierung bei den Einbaumöbeln fort. Es gibt viel Holz, dazu etwas Weiß und getönte Panoramafenster. Alles riecht total sauber, frisch und neu.

„Wie schön ist das denn!“ Lena lässt sich auf eines der Betten fallen und umarmt ein Kopfkissen. Das zweite Doppelbett ist momentan noch eine komfortable Sitzecke.

Als wir uns staunend weiterschieben, kommen wir an der Küche vorbei. Kühlschrank, Herd, Dunstabzugshaube, alles da! Phillip öffnet eine Tür, hinter der sich das Badezimmer mit Waschbecken, WC und einer Duschkabine verbirgt. Im hinteren Raum kleben links und rechts je zwei Betten übereinander an der Wand. Für die oberen Matratzen gibt es eine Trittleiter. In der Mitte dazwischen steht ein Tisch. Dahinter versteckt sich noch eine eingebaute Koje im Heck.

Das von Anastasia erwähnte Notbett, nehme ich an.

„Wahrscheinlich kann man die Etagenbetten hochklappen und die beiden unteren zu Sofas umbauen, wenn man will“, sagt Paul.

„Wir sind doch nur zum Schlafen hier drin. Wir können die Betten ruhig so lassen, wie sie sind“, meint Phillip.

Wir schauen uns an. Ich glaube, uns fliegen die gleichen Gedanken durch den Kopf: Du. Ich. Wir beide, heute Nacht. Zusammen unter einem Dach. Aber bestimmt nicht getrennt durch einen blöden Tisch.

Nikoline unterzieht die Betten einer kurzen Prüfung. Ich kann förmlich sehen, wie es in ihr arbeitet, während sie darüber nachdenkt, wie die Plätze am besten zu verteilen sind.

„Wisst ihr, was?", sagt sie nach einer Weile. „Macht das einfach unter euch aus. Hauptsache, ich bekomme ein eigenes Bett für mich allein. Was meine Nachtruhe angeht, bin ich extrem egoistisch. Ich teile nicht gern. Schon gar nicht mein Kopfkissen oder die Bettdecke."

Phillip und ich gucken uns immer noch an. Ich nicke unauffällig.

„Conni und ich, wir würden gerne eins von den vorderen Betten nehmen", sagt er, ohne den Blick von mir zu lösen.

„Aber natürlich nur, falls keiner was dagegen hat", füge ich hinzu.

„Zwei Verliebte, ein Gedanke, was?" Lena lacht.

„Können Lukas und ich dann vielleicht das andere große Bett haben?", fragt Anna.

„Klar, von mir aus. Ich hab doch gesagt, dass ihr das unter euch ausmachen sollt." Nikoline klopft an die Umrandung über den Etagenbetten. „Solange ihr euch an meine Regeln haltet, ist alles okay."

„Was für Regeln?" Lukas kratzt sich hinterm Ohr.

„Jeder schläft in seinem eigenen Schlafsack und die Reißverschlüsse bleiben zu", antwortet Nikoline trocken.

„Welche Reißverschlüsse?" Lukas guckt sie verständnislos an.

Nikoline verschränkt die Arme vor der Brust und seufzt.

„Die von euren Schlafsäcken", sagt sie. „Ich habe ein sehr feines Gehör. Wenn ich irgendetwas höre, was euren Eltern möglicherweise missfallen könnte, gibts Alarm. Haben wir uns verstanden?"

Lukas wird tatsächlich ein bisschen rot. Anna kichert verlegen. Phillip grinst. Ich muss husten.

Nikoline, Cynthia, Lena und Paul teilen die vier Wandbetten unter sich auf. Es geht schnell und unkompliziert. Paul und Cynthia-Cayenne wollen oben schlafen, Nikoline und Lena unten. Keiner hat etwas dagegen, dass Phillip, Anna, Lukas und ich die Doppelbetten im vorderen Abschnitt für uns beanspruchen.

Phillip legt einen Arm um mich und drückt mich leicht an sich. Er macht ein zufriedenes Gesicht. Ich bin mir sicher, ich auch.

„Fein, fein", sagt Nikoline. „Dann holen wir jetzt mal unseren Kram aus dem alten Zelt. Kommt ihr?"

Sie dreht sich um und schiebt sich durch den Gang. Wir folgen ihr wie wohlerzogene Gänseküken ihrer gefiederten Mama. Phillip geht vor mir her. Ich komme aus dem Grinsen gar nicht mehr heraus.

Weil wir nach unserer Ankunft gar nicht erst großartig ausgepackt haben, müssen wir auch nicht viel einpacken. In Rekordzeit haben wir alles geregelt. Wir räumen das Zelt auf, spülen die Teebecher ab, die wir benutzt haben, und stellen sie wieder an ihren Platz. Wir geben uns große Mühe, das Zelt so zu verlassen, wie wir es vor dem Unwetter vorgefunden haben. Es gelingt uns auch ganz gut – abgesehen von den klatschnassen Teppichen, für die wir nichts können, und der Tatsache, dass die Planen und der Boden ebenfalls noch feucht sind. Nicht einmal die Sonne wird es schaffen, in absehbarer Zeit daran etwas zu ändern. Die Feuchtigkeit hat sich inzwischen sogar auf die Möbel und Matratzen gelegt. Ich bilde mir ein, dass alles schon anfängt zu müffeln. Ich bin ehrlich froh, dass wir eine neue Unterkunft haben. Eine weitere Nacht hätte ich hier nicht verbringen mögen. Nicht einmal mit Phillip an meiner Seite.

Auch unsere Schlafsäcke sind klamm und riechen komisch.

„Wenn wir sie gleich raushängen und auslüften, sind die heute Abend trocken", sagt Phillip voller Zuversicht.

„Dann mal los, auf gehts!" Ich klemme mir meine Schlafsackrolle unter den einen Arm, schiebe den Rucksack über den anderen und gehe von dem Gewicht fast in die Knie. Im Stillen verfluche ich mich für all das nutzlose Zeug, das ich mitgenommen habe.

Lena, Anna, Nikoline und Cynthia-Cayenne geht es ähnlich. Tja, selbst schuld, ich weiß.

Im Gegensatz zu uns sind die Jungs mit leichtem Gepäck unterwegs. Kein Wunder, schließlich haben wir sie von den Gummistiefeln befreit, und den größten Teil ihres Überlebensvorrats – Energydrinks, Schokoriegel & Co – haben sie inzwischen vernichtet. Ihre Rucksäcke dürften demnach so gut wie leer sein – bis auf die Zahnbürsten, Handyladekabel und solche Sachen, die aber mit Sicherheit kaum etwas wiegen.

„Nurbert! Wo bist du?", ruft Lena, während sie sich mit ihrer Tasche abmüht.

„Wer?", fragt Paul.

„Unser Chauffeur“, klärt sie ihn auf. „Nie ist er da, wenn man ihn braucht. Es ist echt schwer, heutzutage zuverlässiges Personal zu finden, das kann ich dir sagen. Dabei hat er wirklich einen guten Eindruck auf mich gemacht.“

Paul zeigt ihr einen Vogel.

Fluchend, schnaufend, ächzend und lachend machen wir uns auf den Rückweg zu unserem schicken Wohnwagen. Ich liebe ihn jetzt schon.

„Wir sollten ihm einen Namen geben“, sage ich zu Lena, die neben mir herwankt und -schwankt.

„Wem?“

„Unserem Luxuscamper.“

„Wie wärs mit Fred?“

„Fred ist gut! Es könnte die Abkürzung für ‚Fantastisches, radikales, einzigartiges Ding‘ sein.“

Wir stapfen weiter. Es ist mühsam und anstrengend. Nicht nur wegen des glitschigen Untergrunds, sondern auch, weil die Festivalgemeinde mittlerweile aus dem kollektiven Tiefschlaf erwacht ist. Immer wieder kommen uns Gruppen feierfröhlicher Menschen entgegen und wollen wissen, wie es uns geht, was wir vorhaben, wie wir heißen, wo wir herkommen beziehungsweise hinwollen, ob wir Bier oder etwas Essbares bei uns haben und warum wir an einem so wunderschönen Sommertag wie diesem mit unserem ganzen Hausstand spazieren gehen. Zuerst beantworten wir alle Fragen geduldig, bis wir irgendwann nur noch grinsen und so tun, als kämen wir aus Island und verstünden kein Wort. Zum Glück treffen wir keine echten Isländer.

„Fred!“, rufe ich mit letzter Kraft, als wir endlich vor unserer Unterkunft stehen. Phillip wirft mir einen besorgten Blick zu.

„Alles gut“, versichere ich.

Lena lässt ihre Schlafsackrolle in den Matsch fallen.

„Mist!“, flucht sie.

„Nee, Modder“, sage ich.

Wir gucken uns an und prusten gleichzeitig los.

Sie hebt den Schlafsack mit spitzen Fingern hoch. Zum Glück steckte er in seiner Schutzhülle.

„Fast nix passiert!“, verkündet sie fröhlich.

Nikoline drückt auf Freds fantastischen Zauberschlüssel.

Fasziniert schauen wir zu, wie die Treppe ausfährt und die Tür sich öffnet. Fred ist wirklich einzigartig. Beim Einsteigen tätschele ich seine glatte Außenhaut und sage ihm, wie toll ich ihn finde.

Phillip, Lukas und Paul wechseln einen beunruhigten Blick. Ob sie es inzwischen bereuen, nicht bei ihren Spielekonsolen geblieben zu sein?

„Da müsst ihr jetzt durch“, sage ich freundlich zu ihnen. „So schlimm, wie ihr gerade denkt, sind wir eigentlich gar nicht. Höchstens vielleicht ein bisschen albern. Aber das kennt ihr doch schon, oder?“

Sie sagen nichts, sondern gucken nur weiter bedeutungsvoll, während ich mich mit meinen Siebensachen und einem breiten Grinsen an ihnen vorbeischiebe.

*

Den Rest des angebrochenen Tages verbringen wir faul und entspannt. Das Bühnenprogramm läuft inzwischen zwar wieder, aber wir sind zu träge, um hinzugehen. Die letzte Nacht war eindeutig zu kurz, und die Musik hören wir auch hier. Paul und Lukas haben im Hinterteil des Campers einen Stauraum mit Klappstühlen und Liegen entdeckt und sie draußen aufgestellt. Auf Knopfdruck ist eine gestreifte Markise über ihnen ausgefahren. Phillip schlägt vor, den Grill anzuschmeißen. Er hat tatsächlich schon wieder Hunger. Aber wir anderen sind dagegen. Warum grillen, wenn wir jederzeit freien Zugang zum Büfett haben? Außerdem müssten wir vorher irgendwo einkaufen gehen. In unserem Kühlschrank lagern nur Getränke und Snacks, aber nichts Grillbares.

Nikoline setzt die Kaffeemaschine in Gang und befriedigt ihre Koffeinsucht. Ich bin noch nie in meinem Leben einem Menschen begegnet, der so viel Kaffee in sich reinschüttet! Sie hat sich ein zerlesenes Taschenbuch geschnappt, einen großen Pott von der braunen Brühe eingeschenkt und sitzt nun vollkommen zufrieden mit sich und der Welt im Sonnenschein.

Überhaupt, die Sonne! Sie strahlt von einem blitzblauen Bilderbuchhimmel, als wolle sie uns für die vergangene Nacht entschädigen. Danke, lieber Planet!

Die Wärme tut uns allen gut. Und ganz nebenbei trocknet sie unsere müffelnden Schlafsäcke und die Klamotten, die wir zum Lüften über eine Wäscheleine gehängt haben.

Ich schaue mich zufrieden um, während Phillip sich mit unseren Nachbarn unterhält, einem belgischen Pärchen. Schräg gegenüber hat eine Gruppe Franzosen ihren Wohnwagen geparkt.

Ich schnappe einige Wortfetzen auf und muss automatisch lächeln. Es fühlt sich fast so an, als würden wir Urlaub in Frankreich machen. Herrlich.

Ich sitze in meinem Campingstuhl, schlürfe Zitronenbrause und strecke die Beine aus. Die Gummistiefel habe ich längst ausgezogen. Es ist zwar immer noch matschig ringsherum, aber an manchen Stellen kommen tatsächlich schon wieder schüchterne Grashalme zum Vorschein.

Von der Hauptbühne wehen immer wieder Musik und Beifall herüber. Ich lehne mich behaglich seufzend zurück und wackele mit den Zehen.

So müsste es immer sein, denke ich. Mit guten Freunden chillen. Gemeinsam das Wochenende genießen. Lauwarme Limo trinken und Musik hören …

Die Wärme macht mich schläfrig. Ich muss gähnen und spüre, wie meine Augenlider immer schwerer werden. Ein Wunder ist es nicht. Schließlich habe ich nicht besonders viel geschlafen, seit wir auf dem Festival sind. Wenn ich so darüber nachdenke, eigentlich fast gar nicht. Vielleicht sollte ich ein Nickerchen machen. Nur ein Viertelstündchen oder so …

„Hey, Conni!"

Etwas pustet mir ins Gesicht. Oder jemand? Keine Ahnung.

Was soll das? Ich träume gerade so schön. Von einem Strand und sanften Wellen, die ans Ufer schwappen. Das Meer glitzert, Möwen schreien. Es riecht nach Salz, Seetang und –

„Aufwachen!"

„Nein, danke", murmele ich. „Ich möchte weiterschlafen."

Ich versuche mich auf die Seite zu drehen, weg von der

Stimme und dem blöden Gepuste. Leider schaffe ich es nicht, weil ich immer noch in dem engen Klappstuhl hänge beziehungsweise klemme. Es ist wirklich schwierig, sich in so einem Ding umzudrehen. Vielleicht sogar unmöglich.

Statt Meeresrauschen und Möwengeschrei dringt jetzt Gelächter in meine müden Ohren. Was soll das denn? Das passt doch überhaupt nicht zu meinem Traum!

Ich öffne ein Auge und starre in Phillips Gesicht. „Hast du mich gerade angepustet?"

„Anders warst du leider nicht wach zu kriegen."

„Hättest du's nicht vielleicht mit einem zärtlichen Kuss probieren können?"

„Hab ich ja. Aber es hat nicht funktioniert. Du hast mich angeknurrt!"

„Ups, sorry … Wo sind die anderen alle?" Ich rappele mich mühsam hoch und schaue mich um.

„Denen war es zu langweilig, dir beim Schnarchen zuzuhören. Sie wollen was essen und sich danach das *Spiderfish*-Dorf angucken. Auf dem Rückweg schauen sie bei der Hauptbühne vorbei, welche Bands da heute noch so spielen."

Ich setze mich aufrecht hin.

„Erstens schnarche ich nicht", sage ich streng. „Und zweitens: Warum habt ihr mich denn nicht geweckt?"

„Ich habs ihnen verboten." Phillip grinst. „Du hast so süß ausgesehen."

Ich würde ihm gerne etwas an den Kopf werfen. Vielleicht ein Grasbüschel? Einen Lehmklumpen? Meine Gummistiefel?

Stattdessen gebe ich ihm einen Kuss.

Danach überlegen wir, was wir mit dem angebrochenen Nachmittag anfangen sollen.

„Wir können noch ein bisschen chillen und die Ruhe genießen, bis die Meute zurück ist“, schlägt Phillip vor.

„Nö, wie langweilig!“ Ich fühle mich total energiegeladen. „Los, komm! Wir suchen die anderen.“ Ich springe auf, nehme seine Hand und gebe ihm noch einen Kuss. „Müssen wir den Wohnwagen abschließen?“

„Nein, Nikoline hat den Schlüssel mitgenommen. Wir sollen einfach die Tür zuklappen, hat sie gesagt.“

„Na, dann.“ Ich gebe der Tür einen Stoß. Sie schließt sich mit einem mechanischen Klicken.

„Können wir vielleicht zuerst irgendwo einen Happen essen?“, fragt mich mein verfressener Freund.

„Phillip! Du kannst doch unmöglich schon wieder hungrig sein!“ Ich gucke ihn fassungslos an. „Du solltest dich wirklich auf einen Bandwurm untersuchen lassen. Soll ich meine Mutter mal fragen? Sie ist Kinderärztin. Die kann dir bestimmt helfen.“

Er schiebt die Hände in die Taschen seiner Shorts und lacht. „Ich brauch keine Hilfe. Nur was zu essen.“

Ich gebe mich geschlagen.

„Okay. Von mir aus futtern wir eben zuerst was. Ich möchte auf keinen Fall schuld sein, wenn du einen Schwächeanfall bekommst. So wie in Paris, auf den Champs-Élysées. Erinnerst du dich? Da musste ich dich fast tragen, weil du so schwach warst, dass du kaum noch laufen konntest!“

„Ich hab dich lieb“, sagt Phillip unschuldig lächelnd und ohne auf meine Bemerkung einzugehen.

„Und ich dich erst.“ Ich zupfe an seinem T-Shirt. „Dich – und deinen süßen Bandwurm auch.“

Im Büfettzelt treffen wir Lukas, Paul und Anna. Wie kommt es nur, dass ich kein bisschen überrascht bin, sie hier zu sehen? Wahrscheinlich, weil die Mägen von Paul und Lukas ein ähnliches Fassungsvermögen haben wie der von Phillip.

Die beiden lehnen an einem Stehtisch und schaufeln einen Berg Pommes frites mit Mayonnaise und Ketchup in sich rein, als würde es einen Pokal dafür geben, wer schneller essen kann, ohne dabei zu atmen und zu kauen.

Anna verdrückt genüsslich ein Stück Schokoladentorte.

„Hi!“, sagt sie, als sie Phillip und mich bemerkt.

„Wo hast du die Torte her? Die sieht echt lecker aus.“ Ich starre auf ihren Teller.

„Von da drüben.“ Sie zeigt mit der Kuchengabel in die entsprechende Richtung. „Wenn ich gewusst hätte, dass ihr auch noch kommt, hätte ich ein Stück für dich –“

Ich höre nicht mehr, was sie sagen will. Ich bin schon auf dem Weg zum Büfett. Phillip folgt mir. Er steuert nach links in Richtung Deftiges. Ich gehe nach rechts, wo die Kuchen und Torten aufgebaut sind. Pommes gibts vielleicht zum Nachtisch, beschließe ich. Zuerst brauche ich Schokolade.

Ich kehre mit meiner Beute an den Tisch zurück und habe die Gabel vergessen.

„Nimm meine“, bietet Anna an. „Ich bin fertig.“

„Danke“, sage ich und greife zu. Der Rest ist Schweigen und Genießen.

Neben mir setzt Phillip alles daran, den Rekord im Pommes-Essen zu brechen, den Paul und Lukas aufgestellt haben. Es scheint ihm zu gelingen. Ich höre ihn zufrieden grunzen.

„Allein dieses Büfett ist es schon wert, hierhergekommen zu sein", meint Anna. „Findet ihr nicht?"

„Allerdings." Ich nicke. „Ich hab bestimmt ein Kilo zugenommen."

„Na und?", meint Anna.

Wir klatschen uns ab.

Phillip holt sich eine zweite Portion. Paul scheint satt zu sein. Auf seinem Teller liegen nur noch Krümel. Lukas legt einen Arm um Anna und zupft an ihrem Zopf.

„Wo stecken eigentlich Lena, Nikoline und Cynthia-Cayenne?", frage ich sie. Anna zuckt mit den Schultern.

„Die wollten nur kurz rüber zur Hauptbühne", sagt sie, „und dann herkommen. Im *Spiderfish*-Dorf war nicht viel los. Die Wege stehen da immer noch unter Wasser. Die meisten Buden hatten geschlossen, als wir vorhin da waren."

„Das kommt davon, wenn man ein Festival nach einem Fisch benennt", meint Paul.

„Hä?", macht Lukas.

„*Spiderfish.* Spinnenfisch … Fische brauchen Wasser", sagt Paul. „Ist doch klar."

„Du gibst also dem armen *Spiderfish* die Schuld, dass wir fast ertrunken wären?" Ich schüttele prustend den Kopf.

„Wem denn sonst?", fragt Paul ungerührt zurück.

Phillip nickt, als wäre er derselben Meinung.

Anna und ich gucken uns an.

„Gibt es nicht vielleicht zufällig irgendwo ein *Sunshine*-Festival?“, frage ich sie.

„Keine Ahnung.“ Sie zuckt mit den Schultern. „Warum?“

„Weil ich – vorausgesetzt, dass Pauls Theorie stimmt – für ein Festival, das Sonnenschein in seinem Namen trägt, sofort Tickets vorbestellen würde. *Sunbeams, Sunshine and Summertime* … Nur Sonne und Wärme, kein Regen. Wäre das nicht herrlich?“

„Hey, ja!“, ruft sie. „Ich wär sofort dabei!“

KAPITEL 17

Two Hearts Of Glass

Kurz darauf sind wir wieder komplett. Lena, Cynthia-Cayenne und Nikoline kehren von ihrem Spaziergang zurück und holen sich was zu trinken. Hunger haben sie nicht. Nicht mal auf Schokotorte, obwohl ich die wirklich wärmstens empfehlen kann.

Zusammen verlassen wir das Zelt. Es ist später Nachmittag, fast schon Abend. Kaum zu fassen, wie schnell die Zeit vergangen ist. Morgen um diese Zeit sind wir schon wieder zu Hause.

Die Sonne steht tief. Der Himmel hat seine Farbe verändert. Ein paar Wolken sind aufgezogen. Ich hoffe, sie haben keinen Regen im Gepäck. Leider ist es auch spürbar kühler geworden, weshalb wir beschließen, unsere Pullis und Jacken aus dem Wohnwagen zu holen, bevor wir zum Nachholkonzert von *Thousand Pieces Broken* gehen. Wir haben noch genug Zeit. Auf der Bühne läuft gerade das Vorprogramm, das sich wegen des Unwetters verschoben hat. Die Musik weht über den Platz.

Vor unserem Wohnwagen steht ein großer Pappkarton.

„Was ist das?“ Paul stößt leicht mit dem Fuß dagegen und runzelt die Stirn.

„Hast du Angst, das Ding könnte explodieren?“, zieht Phillip ihn auf.

„Man weiß nie“, gibt Paul zurück.

Lena pult einen Haftzettel ab, der auf der Oberseite klebt. „Hey, die Kiste kommt von Cooper! Es ist eine kleine Aufmerksamkeit von ihm und der Band. Steht jedenfalls hier drauf.“ Sie wedelt mit dem Post-it.

„Das ist ja nett“, finde ich.

„Mach doch mal auf“, sagt Anna.

„Und wenn das ein fieser Trick ist? Wenn da vielleicht doch eine Bombe oder so was drin ist?“

Cynthia-Cayenne versteckt sich hinter Pauls Rücken.

„Das werden wir dann schon merken, wenns knallt.“

Lena hebt den Karton hoch und betrachtet ihn von allen Seiten. Besonders vorsichtig ist sie nicht gerade. Im Gegenteil, sie schüttelt die Kiste, wirft sie mit beiden Händen in die Luft und tut dann auch noch so, als würde sie das Ding fallen lassen. „Hopsala!“

Cynthia schreit erschrocken auf.

„Nix passiert!“ Lena lacht und fängt an, das Klebeband abzureißen. Ich helfe ihr dabei.

„Boah!“, rufen wir gleichzeitig, als wir den Deckel lüften.

T-Shirts, Caps, Schlüsselanhänger, Trinkbecher, CDs und noch mehr Goodies quellen uns entgegen – alles bedruckt mit dem Logo der Band, dem zersplitterten Spiegel.

„Das ist ja klasse!“, sagt Anna.

„Sehr großzügig.“ Ich nicke und ziehe eine von den Baseball-Caps heraus. Phillip nimmt sie mir aus der Hand und setzt sie sich auf. Das Teil steht ihm ausgesprochen gut. „Möchtest du auch noch ein dazu passendes T-Shirt haben?“

„Warum nicht? Das zieh ich gleich zum Konzert an.“

Ich reiche ihm ein Shirt in Größe L. Er schlüpft aus seinem Trikot und zieht sich das schwarze Band-Shirt über den Kopf. Es passt wie angegossen.

Auch Lukas und Paul nehmen sich je ein Fan-Shirt und eine Cap. Ich entdecke eine verspiegelte Sonnenbrille mit Band-Logo und schiebe sie mir in die Haare. Den Rest lassen wir erst mal im Karton, um die Sachen später unter uns aufzuteilen. Ich möchte unbedingt eine von den CDs mit nach Hause nehmen – als Andenken an das Wochenende mit meiner Lieblings-Clique. Und weil ich außerdem auf die Musik gespannt bin.

Nikoline drückt auf den vollautomatischen Zauberschlüssel und öffnet die Wohnwagentür. Den Karton nehmen wir mit rein. Cynthia-Cayenne verschwindet sofort im Badezimmer, um sich aufzubrezeln. Wir anderen verzichten darauf, uns großartig umzuziehen. Sogar Anna nimmt Abstand von ihrem knappen Glitzershirt. Wir schlüpfen lieber in wärmere Klamotten. Die Gummistiefel werde ich auf jeden Fall auch zum Konzert anbehalten, das steht fest. Meine Chucks sind immer noch klatschnass und bieten so einen traurigen Anblick, dass ich seufzen muss, sobald ich sie sehe.

Cynthia-Cayenne braucht ziemlich lange. Lukas setzt sich in einen Campingstuhl und macht ein Nickerchen. Anna krault ihm den Nacken. Wenn es noch lange dauert, fängt er an zu schnarchen, jede Wette.

Als Cynthia-Cayenne endlich auftaucht, starren wir sie an.

Anna schnappt geräuschvoll nach Luft. Lukas schlägt die Augen auf und schaut sich verwirrt um.

„Was hast du denn vor?“, fragt Nikoline mit hochgezogenen Augenbrauen.

„Wieso?“ Cynthia verzieht die dunkelroten Lippen zu einem Schmollmund, während sie in ein Paar neue Riemchensandalen schlüpft, die sie aus ihrem Riesenrucksack gezaubert hat. Zu einem nachtschwarzen Spaghettiträger-Top trägt sie glänzende Leggins.

„Du siehst aus wie ein Zombie-Panda auf dem Weg in die Disco!“ Lena fängt an zu kichern.

Cynthia achtet nicht auf sie und schließt in aller Ruhe die Schnallen an ihren Schuhen. Dass wir sie unverhohlen anstarren, scheint sie nicht im Geringsten zu stören. Sie summt leise vor sich hin.

„Was hast du denn mit deinen Augen gemacht? Bist du mit dem Kajalstift ausgerutscht?“, fragt Anna sie.

„Das sind *Smokey Eyes*.“ Cynthia-Cayenne öffnet und schließt die Augenlider ein paarmal hintereinander.

„Ach …“, meint Anna. „Hübsch.“

„Willst du auch welche? Soll ich dir zeigen, wie man die macht?“

„Vielleicht lieber ein anderes Mal“, sagt Anna schnell.

„Okay.“ CC zuckt mit den Schultern.

Die Jungs bemühen sich, nicht loszuprusten, das ist deutlich zu sehen. Ich muss mich auch ziemlich beherrschen. Cynthia-C. hat sich wirklich sehr viel Mühe mit ihrem Look gegeben, das erkenne ich neidlos an.

„Wollen wir dann mal?“, schlage ich vor.

„Ja, los!“ Lena versenkt ihr Handy in der Hosentasche. „Cooper hat gesagt, dass wir uns am Einlass bei den Security-Typen melden sollen. Die schleusen uns dann bis ganz nach vorne durch.“

„Ganz nach vorne?“, frage ich. „Ich will nicht in der ersten Reihe stehen und zerquetscht werden. Das weißt du doch!“

„Doch, das willst du“, erwidert Lena ungerührt. „Also nicht zerquetscht werden, klar. Aber in der ersten Reihe stehen, schon. Jetzt kommt endlich!“

Sie dreht sich um und zieht mich mit sich. Phillip schnappt sich schnell meine andere Hand und hält sie fest. Zusammen stolpern wir hinter Lena her.

Der Rest folgt uns. Auch Cynthia-Cayenne in den schicken Riemchensandalen, die schon nach den ersten paar Metern durch den Matsch ihren Geist beziehungsweise die Nähte aufgeben.

„Haltet mal an, bitte!“, quiekt sie hinter uns her. „Meine Schuhe lösen sich auf!“

Wir bleiben stehen. Nikoline seufzt.

„Zieh sie am besten aus und lauf barfuß. Oder lauf zurück und hol dir deine Gummistiefel.“ Sie hält Cynthia den Schlüssel hin.

Die zögert kurz, doch dann schüttelt sie den Kopf.

„Ach, nee“, meint sie. „Es wird schon gehen. Ist ja nicht für lange.“

Tapfer ist sie, das muss ich ihr lassen.

Der Meinung scheint Paul auch zu sein. Er schaut sie ganz

verträumt an. Wahrscheinlich überlegt er gerade, ob er sie sich für den Rest des Weges einfach über die Schulter werfen und tragen soll. Zum Glück entscheidet er sich dagegen. Bis zur Hauptbühne ist es nämlich noch ein ganzes Stück.

Lena hat meine Hand inzwischen losgelassen. Phillip nicht. Ich spüre den leichten Druck seiner Finger und genieße die Nähe zu ihm. Wir gehen eng nebeneinanderher. Unsere Arme und Schultern berühren sich. Als ich einmal stolpere, zieht er mich wieder hoch und hält mich fest.

„Ups … danke“, sage ich.

„Jederzeit gerne“, antwortet er augenzwinkernd.

Je näher wir dem Konzertgelände kommen, desto unsicherer werde ich. Ich meine, die erste Reihe in einem Rockkonzert … Ernsthaft, Klawitter?

Ich ertappe mich bei dem Gedanken, dass ich mich lieber verdrücken würde, um mit Phillip spazieren zu gehen und den Abend auf etwas romantischere Art zu verbringen. Wir könnten uns zum Beispiel den Mond angucken, auf Sternschnuppen warten und uns etwas wünschen, wenn wir welche sehen. Aber nein … Stattdessen stapfe ich in total unromantischen Gummistiefeln durch den Matsch und bekomme bei dem bloßen Gedanken daran, in einer Menschenmenge ganz weit vorne zu stehen, Herzrasen und Beklemmungsgefühle in der Brust.

Was denkt Lena sich nur? Das Gedränge wird immer unangenehmer, je näher wir dem Eingang kommen. Doch sie lässt sich davon überhaupt nicht beeindrucken. Die Chaosqueen hat eine Mission und kennt den Weg. Zielstrebig steuert sie auf einen breitschultrigen Ordner zu und hält ihm den VIP-Pass unter die Nase, der an ihrem Halsband baumelt.

Der Security-Mann steht wie der sprichwörtliche Fels in der Brandung mitten in dem Gewühle und schaut von oben auf sie herab.

„Wohin soll's denn gehen, Frollein?", fragt er. Er verschränkt seine dicken Oberarme und lässt den tätowierten Bizeps spielen.

Wir halten vorsichtshalber etwas Abstand.

„Wir haben eine persönliche Einladung von Cooper Summerfield", höre ich Lena sagen. Sie lächelt zuckersüß.

„Ach ...", sagt der Muskelmann gedehnt. „Tatsächlich?"

„Ja, tatsächlich", erwidert meine unerschrockene Freundin. Sie zückt ihr Handy und tippt darauf herum. „Falls es Probleme geben sollte, möchten Sie bitte diese Nummer hier anrufen." Sie tippt auf das Display und zeigt dem Sicherheitsmenschen eine Nachricht von Cooper.

„Kann der Typ überhaupt lesen?", murmelt Anna.

„Vielleicht hat er nur seine Lesebrille nicht dabei", meint Cynthia-Cayenne.

Nikoline schiebt sich an Lenas Seite und stupst den Ordner mit dem Zeigefinger an.

„Wir sind VIP-Gäste von *SpaceOneRainbow*, dem Radiosender", sagt sie freundlich. „Anastasia kümmert sich darum, dass es uns an nichts fehlt. Sie ist die persönliche Assistentin des Veranstalters. Vielleicht möchten Sie sie auch kurz anrufen?"

Sie holt ebenfalls ihr Smartphone hervor und hält es neben Lenas. Der Ordner starrt auf die Telefone und kratzt sich hinterm Ohr. Ich kann mir ein Kichern nicht verkneifen.

„Der ist total überfordert", raune ich Phillip zu.

„Das wäre ich an seiner Stelle auch", antwortet er trocken.

Es gibt einen kurzen Wortwechsel, bis der Security-Mann mit einem Mal anfängt, mit seinem Hemd zu sprechen. Ungelogen. Er hebt den Hemdkragen an, spricht hinein und wartet auf Antwort. Möglicherweise wartet er auch auf grüne Männchen, die ihn mit einem Raumschiff abholen und in Sicherheit bringen. Ich bin mir nicht ganz sicher. Fasziniert beobachte ich, wie er lauscht. Nur worauf?

Ich erfahre es, als er seinen hoch konzentrierten Blick von dem unsichtbaren Punkt, auf den er während des Lauschens minutenlang gestarrt hat, zurück auf Lena lenkt.

„Ist okay", brummt er. „Ihr könnt durch."

„Wie jetzt?", fragt Lena. „Echt?"

„Ja", antwortet der Typ knurrig. „Schiebt euch links an der Absperrung durch und geht ganz bis nach vorne durch. Gunnar wartet da auf euch."

„Gunnar?", wiederholt Lena.

„Genau", sagt der Security-Fels in der Brandung. Er lässt seinen Hemdkragen los, verschränkt die Arme wieder vor der Brust und setzt eine abweisende Miene auf. Ganz klar, das Thema ist für ihn erledigt und wir sollen ihn ja nicht noch länger belästigen. Eine Frage bleibt allerdings, die mich beschäftigt: Mit wem hat er gesprochen?

„Danke sehr", flötet Nikoline.

Der Felsen nickt ihr gönnerhaft zu. Dabei sehe ich, dass in seinem rechten Ohr ein Knopf steckt, eine Art Hörgerät, von dem ein dünnes Spiralkabel direkt in sein Hemd führt.

Okay, er hat also nicht mit unsichtbaren grünen Männchen kommuniziert, sondern trägt ein verstecktes Headset, über das er mit irgendwelchen wichtigen Leuten verbunden ist. Und diese wichtigen Leute haben ihm anscheinend gerade mitgeteilt, dass wir weitergehen dürfen. Sehr nett von denen.

Wir schieben uns an ihm vorbei. Ich grinse die ganze Zeit.

Phillip zieht mich hinter sich her.

Kurz darauf lernen wir Gunnar kennen. Dank des Aufdrucks auf seinem T-Shirt wissen wir sofort, dass er auch zur Security gehört. Seine Oberarme sind ebenfalls beeindruckend dick – und er trägt eine ähnliche Geheimagentenausrüstung wie sein Kollege vom Einlass.

„Ihr seid die VIPs von *SpaceOneRainbow*?", fragt er uns.

Wir nicken und zeigen zum Beweis unsere Pässe vor, die er allerdings gar nicht sehen will. Anscheinend hat der Fels uns ausreichend beschrieben. Gunnar hegt keinerlei Zweifel an unserer Identität. Er öffnet die Kette zwischen den hohen Absperrgittern und lässt uns passieren. „Viel Spaß!", wünscht er uns noch.

„Danke", sage ich und schaue mich neugierig um.

Wir stehen in einem abgesperrten Bereich seitlich neben der Bühne. Aus riesigen Lautsprechertürmen kommt laute Musik vom Band. Ich trete einen Schritt zurück. Anna folgt meinem Beispiel.

Um uns herum herrscht eine Mischung aus geordnetem Chaos und unglaublicher Betriebsamkeit. Frauen und Männer, ausgestattet mit einheitlichen Crew-T-Shirts und Handwerkergürteln, schleppen dicke Kabel, Scheinwerfer und Musikinstrumente an uns vorbei. Jeder scheint ganz genau zu wissen, wohin er muss.

Einige andere VIPs stehen ähnlich verloren wie wir herum. Ich erkenne sie an den Lanyards, die genau wie unsere aussehen. Ich winke ihnen zu. Sie winken grinsend zurück.

Auf der Bühne werden Mikrofone aufgebaut und getestet. Ein bärtiger Typ mit Kopfhörern hockt hinter dem Schlagzeug und trommelt selbstvergessen vor sich hin. Der Bühnenvorhang ist noch gesenkt. Trotzdem johlt und pfeift das Publikum schon wie verrückt.

„Wow!“, ruft Lena. „Hier geht es direkt weiter zum Backstage-Bereich. Dahinten stehen die Wohnwagen der Musiker. Und da ist das Catering, falls wir Hunger kriegen. Ist das nicht der Wahnsinn?“

Ich nicke stumm. Ich bin viel zu beeindruckt, um auch nur ein Wort herauszubekommen. So etwas wie das hier hab ich überhaupt noch nicht gesehen, geschweige denn selbst erlebt. Ich komme mir vor wie in einem total verrückten Film.

Zum Glück ist Phillip bei mir. Er hat einen Arm um meine Schulter gelegt. Ich lehne mich gegen ihn und fühle mich gleich ein bisschen geerdeter.

„Ganz schön krass“, höre ich ihn gedämpft murmeln.

„Was?“

„Krass“, wiederholt er. „Das alles hier.“

„Ja, allerdings!“

Paul steht mit offenem Mund neben uns und staunt.

Wir alle staunen. Sogar Nikoline.

Und dann geht die Show los.

Wir haben es gar nicht so schnell mitbekommen, aber plötzlich sind die Roadies von der Bühne verschwunden. Wie aus dem Nichts springen Cooper und seine Bandkollegen an uns vorbei. Sie laufen über eine flache Rampe und nehmen ihre Positionen ein. Die Schweinwerfer werden gedimmt. Die Tonbandmusik bricht ab. Eine Fanfare ertönt. Der Jubel des Publikums erreicht volle Orkanstärke, als der Bühnenvorhang sich hebt.

Die Band legt los. Um uns herum scheint das Universum zu explodieren.

„Woah!", schreit Lena. Sie fängt auf der Stelle an zu hüpfen und zu tanzen. Wir anderen auch. Es geht gar nicht anders. Die Musik schießt direkt in die Blutbahn und reißt uns mit.

Es ist absolut fantastisch.

Thousand Pieces Broken spielen fast zwei Stunden lang ununterbrochen ihre größten Hits. Einige erkenne ich wieder, weil ich sie irgendwann schon mal im Radio gehört habe. Dazwischen mischen sich neuere Songs, die Cooper jedes Mal extra ankündigt und bei denen er ein bisschen was über den Text und die Entstehungsgeschichte erzählt.

Bei den langsamen Balladen breitet sich eine fast andächtige Stimmung aus. Wieder leuchten im Publikum Tausende Lichter auf. Auch Phillip zückt sein Handy. Er knipst die Taschenlampe an und hält sie hoch, während er mich in seinem anderen Arm hält und leicht wiegt.

Ich schließe die Augen und spüre, wie sein Herz klopft.

Passenderweise besingt Cooper gerade zwei Herzen aus Glas. Er beschreibt, wie sehr sie glänzen und leuchten; wie stark und gleichzeitig zerbrechlich sie sind. *Two Hearts Of Glass* heißt der Song. Er ist wunderschön.

„Wenn du ein Herz aus Glas hättest, wäre es garantiert rot-weiß gestreift“, raunt Phillip mir ins Ohr.

„Und auf deinem wäre das Logo deines Lieblingsvereins“, erwidere ich grinsend.

Er schüttelt den Kopf. „Nein. Meins wäre genauso gestreift wie deins, nur mit einem großen C in der Mitte.“

Hach, ist das nicht süß?

Nach drei Zugaben ist alles vorbei. Zum Abschluss gibt es ein großes Feuerwerk, das krachend und zischend im Nachthimmel über der Bühne verglüht. Ich drehe mich zu Phillip um und gebe ihm einen langen Kuss. Wir schauen uns ein bisschen benommen an. Es ist ein ganz besonderer Abend, den ich nie vergessen werde. Und ihm geht es garantiert genauso.

Aus den Lautsprechern kommt Musik von einer Tonspur. Die Band hat die Bühne inzwischen unbemerkt verlassen. Der Vorhang hat sich gesenkt. Die Crew macht sich sofort an den Abbau.

Wir stehen an unseren Plätzen und grinsen um die Wette. In meinen Ohren rauscht und fiept es. Hoffentlich gibt sich das bald wieder. Lena hüpft wie ein durchgeknallter Flummi zwischen uns herum. Woher nimmt sie diese Energie? Ihr Gesicht leuchtet förmlich vor Begeisterung.

„Und jetzt gehts zur Party! Los, Leute!“, ruft sie und springt voraus.

Ach ja, die Aftershow-Party …

An die hatte ich schon gar nicht mehr gedacht. Wirklich große Lust habe ich nicht darauf, ehrlich gesagt. Meine Beine fühlen sich von dem endlosen Herumlaufen, dem langen Stehen und vielen Tanzen an, als hätte ich drei Stunden Sport hinter mir. Von dem Ohrensausen mal ganz zu schweigen.

Ich hätte gern ein bisschen Stille und Mondschein, aber das würde Lena niemals akzeptieren. Und mal ehrlich: So etwas wie das hier werde ich garantiert nicht so schnell noch mal erleben. Vielleicht sogar nie wieder. Also nehme ich Phillips Hand und gehe mit ihm und den anderen in den Backstage-Bereich, wo Lena längst in der Menge verschwunden ist und vermutlich immer noch wie aufgezogen herumhüpft.

Mir fällt ein, dass Cooper erzählt hat, dass er und die Band gleich nach der Party zum nächsten Flughafen gefahren werden, um nach Barcelona zu fliegen. Vielleicht wird die Fete also gar nicht so lange dauern. Er und die Jungs müssen doch erschöpft sein nach ihrer Show. Vielleicht sehnen sich Rockstars manchmal auch nach Stille, überlege ich. Wer weiß …

„Das war echt cool, oder?“, unterbricht Phillip meine Gedanken.

Ich nicke. „Mir haben die langsamen Stücke am besten gefallen.“ Ich summe die Melodie von *Two Hearts Of Glass.*

Phillip lächelt.

„Ich fand alles mega!“, ruft Anna von vorne.

„Ja, stimmt. Das Gesamtpaket war spitze“, gibt Lukas ihr recht.

„Es war richtig, richtig toll!“, quietscht Cynthia-Cayenne.

Paul stapft grinsend neben ihr her, die Hände in den Taschen seiner ausgebeulten Shorts. Nikoline checkt wortlos ihr Smartphone, aber sie lächelt dabei, woraus ich schließe, dass sie ebenfalls Spaß hatte und es nur nicht so gut zeigen kann.

Mittlerweile ist es Nacht geworden. Der Mond ist fast rund.

Über unseren Köpfen funkeln einzelne Sterne. Wären nicht so viele wildfremde Menschen um uns herum, könnte es ein romantischer Spaziergang sein. Sogar das Wetter spielt mit. Die Luft ist lau und duftet nach Gras und feuchter Erde.

Die Party findet unter freiem Himmel statt. Lampions und Lichterketten funkeln in der Dunkelheit. Brennende Fackeln tauchen die Zelte und unsere Gesichter in flackerndes Licht. Es gibt Getränkestände, einen riesigen Schwenkgrill, Suppen und Eintöpfe aus Gulaschkanonen, frisch gebackenes Brot und Salate. Sogar vegetarische und vegane Burger sehe ich im Vorbeigehen.

Überall stehen gemütliche Lounge-Möbel herum: Sofas und Sessel aus geflochtenem Rattan, die zum Chillen einladen. Cynthia läuft herum und macht Fotos.

Wir holen uns Eintopf, Burger, Brot und Getränke und nehmen eine der Sitzecken in Beschlag. Meinen Ohren geht es schon besser. Vielleicht liegt es an der gechillten Easy-Listening-Musik, die uns sanft umspült.

Phillip und ich teilen uns einen Korbstuhl und mümmeln zufrieden vor uns hin. Ich habe wirklich Hunger, stelle ich fest, und der Gemüseeintopf schmeckt himmlisch. Ratzfatz habe ich die erste Portion verdrückt und wische den Teller mit einem Stück Brot aus. Phillip lacht, als er es sieht.

„Soll ich dir einen Nachschlag holen?“, fragt er und steht schon auf.

„Ja, bitte! Das Gleiche noch mal.“ Ich reiche ihm den Teller.

Kaum ist Phillip weg, taucht Lena auf.

„Hey!“, sagt sie und lässt sich auf Phillips Platz fallen. Sie streckt die Beine aus. „Was für eine Nacht!“

„Hast du schon was gegessen?“, fragt Nikoline.

Lena nickt und gähnt gleichzeitig. Ihr Energielevel scheint sich langsam auf das eines durchschnittlichen und erschöpften Festivalbesuchers einzupendeln. Wie beruhigend. Ich hatte schon befürchtet, dass sie vielleicht irgendeine atomare Superpower besitzt, von der ich bisher noch nichts wusste.

Sie legt den Kopf in den Nacken und blinzelt verzückt in den Himmel.

„Wo ist Cooper? Hast du ihn gesehen?“ Ich stupse sie an.

„Ja, hab ich. Wir haben aber nur ganz kurz gesprochen. Er muss noch seine Sachen packen. Sobald das Bühnen-Equipment verstaut ist, fahren die Trucks los. Cooper und die Jungs werden von Nurbert abgeholt, glaub ich. Er hat von einem Yellow Cab gesprochen.“ Sie gähnt noch einmal. „Wie viele gelbe Taxis gibts hier in der Gegend?“

„Wahrscheinlich nur das eine“, erwidere ich lächelnd.

„Eben“, sagt sie.

Es dauert eine Weile, bis Phillip wiederauftaucht. Er reicht mir meinen gefüllten Teller und hockt sich zu mir auf die Armlehne. Lena will aufstehen und ihm seinen Platz zurückgeben, aber er winkt ab.

„Bleib ruhig sitzen.“

„Danke." Sie gähnt noch einmal.

Ich löffele behaglich vor mich hin. Auch die anderen haben sich inzwischen eine zweite Portion geholt. Anna zwinkert mir durch ihre Brillengläser zu. Wir lächeln gleichzeitig.

„Ist das nicht ein wunderschöner Abend?", frage ich seufzend. Eigentlich hatte ich es gar nicht laut aussprechen wollen. Es ist mir so herausgerutscht. Alle nicken.

„Absolut", bestätigt Phillip.

„Aber echt!", meint Lena.

„Und so schön friedlich", schließt Nikoline sich an.

Cynthia-Cayenne steht neben mir und schreibt einen ellenlangen Text. Die Finger fliegen nur so über die Tastatur des Smartphones. Ihr Gesicht ist hoch konzentriert. Ich halte es nicht länger aus.

„Sag mal, wem schickst du eigentlich immer diese ganzen Fotos und Videos?", frage ich neugierig.

Sie tippt die Zeile noch zu Ende. Erst dann nimmt sie den Blick von ihrem Handy und guckt mich leicht verwirrt an.

„Hab ich euch das gar nicht erzählt? Echt nicht?"

„Ähm, nö", antworte ich freundlich.

Sie legt den Kopf leicht schräg. „Die Sachen gehen direkt an einen Freund von der Schülerredaktion. Wir sind Jugendredakteure. Einmal im Monat haben wir eine ganze Seite in der Tageszeitung zur Verfügung. Da schreiben wir über alles Mögliche: aktuelle Themen, Politik, Ereignisse, Veranstaltungen … Nebenbei berichte ich in meinem eigenen Blog über das *Spiderfish*-Festival", sagt sie, als wäre das die normalste Sache der Welt. „Ich will nach dem Abi unbedingt Journalismus studieren. So eine Reportage ist eine super Vorbereitung für das Studium. Es macht mir Spaß, knackige Texte zu schreiben und brandaktuell zu berichten. Dass meine Oma das Ticket ersteigert hat, war das Beste, was mir passieren konnte. Schade, dass es so kurzfristig war, sonst hätte ich vielleicht einen Presseausweis bekommen und etwas mehr hinter die Kulissen schauen können. Aber so ist es auch okay." Sie tippt weiter. „Der Redakteur wird sich freuen."

„Das ist …" Mir fehlen die Worte. Ich glaube, mir fällt sogar der Unterkiefer herunter. Jedenfalls fühlt es sich so an. Ich habe CC komplett falsch eingeschätzt und sie für eine naive, ziemlich nervige Zicke gehalten. Und jetzt entpuppt sie sich als Reporterin? Ich bin schwer beeindruckt.

Den anderen geht es ähnlich.

„Cool!", sagt Anna mit großen Augen.

„Nicht schlecht, Itsy-Bitsy!" Lena hebt einen Daumen.

Phillip nickt anerkennend.

„Für welches Blatt schreibst du denn? Und wie heißt dein Blog? Steht da auch was über uns drin?", fragt Paul.

Cynthia schaut auf und verrät uns den Namen der Zeitung und des Blogs. „Ihr könnt es euch ja mal anschauen. Ich schreibe über meine ganz persönlichen Eindrücke und Erlebnisse. Aber keine Angst –", fügt sie schnell hinzu, als Nikoline hörbar nach Luft schnappt. „Ich nenne natürlich keine Namen und veröffentliche auch keine Fotos von euch. Es sei denn, ihr gebt mir euer Einverständnis. Schließlich gibt es Persönlichkeitsrechte und ein Datenschutzgesetz. Da achte ich schon drauf."

„Dann bin ich ja beruhigt", murmelt Nikoline.

Plötzlich jault irgendwo ein Automotor auf. Am Rande der

Feier entsteht Unruhe. Laute Rufe, Flüche und Gelächter sind zu hören. Wir gucken uns fragend an.

„Klingt, als hätte jemand Probleme mit seinem Wagen", meint Phillip. Er steht auf und blickt in die Richtung, aus der die Geräusche kommen.

„Wollen wir nicht mal nachsehen, was da los ist?" Lena reckt den Hals.

„Seit wann verstehst du was von Motoren?", frage ich.

„Tu ich gar nicht", gibt sie zu. „Aber vielleicht können wir trotzdem helfen."

„Lasst uns nachschauen", schlägt Lukas vor.

„Logo." Paul nickt.

„Auf jeden Fall!", sagt Cynthia-Cayenne. In ihren Augen blitzt es auf. Wahrscheinlich wittert sie eine neue Story. Und wir sind live dabei. Das ist wirklich spannend!

„Wir sollten sowieso langsam aufbrechen." Nikoline zieht die Schultern hoch, als wäre ihr kalt, und gähnt hinter vorgehaltener Hand. „Oder möchte jemand noch was essen?"

Wir schütteln die Köpfe.

„Alle satt!", ruft Cynthia-Cayenne. „Ich hab das Essen schon gepostet. Von mir aus können wir gehen."

„Super", sagt Nikoline. „Dann können wir auf dem Weg zum Wohnwagen ja mal sehen, was passiert ist und ob jemand Hilfe braucht."

Ich lasse mich von Phillip hochziehen. Dann traben wir los. Zuerst bringen wir unser Geschirr weg. Anschließend folgen wir einfach nur unserem Gehör und dem Motorengeräusch.

Wir müssen nicht lange suchen.

„Au Backe!", ruft Cynthia-Cayenne. Sie hebt ihr Smartphone und schießt eine ganze Reihe Fotos.

„Ist das Nurbert?", fragt Lena ungläubig.

„Ja, ich glaub schon", sagt Anna.

„Wow", meint Paul. „Seid ihr mit dem hergekommen?"

Anna nickt.

„Ein original 1987er Chevrolet Caprice Sedan – boah!"

Phillips Augen bekommen einen schwärmerischen Glanz.

„Unser schönes Taxi!" Ich bleibe neben ihm stehen. Er legt mir eine Hand auf die Schulter.

„Der sitzt fest", sagt er. „Schade um den Wagen. Das ist ein echter Klassiker."

„Vielleicht ist ja gar nichts kaputtgegangen", sage ich optimistisch. „Wenn er frisch gewaschen und poliert ist, sieht er bestimmt aus wie neu."

„Hoffentlich", murmelt Phillip. „Die Dinger sind echt rar."

Die Szenerie, auf die wir starren, mutet seltsam und unwirklich an. Unser wunderschönes, vormals sonnengelbes New Yorker Taxi steckt bis über beide Achsen im Schlamm. Es ist wirklich ein sehr trauriger Anblick.

Das Fahrerfenster ist heruntergelassen. Bert hockt hinter dem Lenkrad. Er schaut über die Schulter und gibt vorsichtig Gas, aber mit jeder Umdrehung der Räder gräbt sich der Wagen nur noch tiefer in den Dreck. Die durchdrehenden Reifen schleudern fette Lehmbrocken und ausgerissene Grasbüschel nach hinten.

Einige Helfer mühen sich unter den Anfeuerungsrufen der Umstehenden vergeblich ab, das schwere Fahrzeug anzuschieben und frei zu bekommen. Sie versinken fast bis zu den Knien im Modder und sind von oben bis unten mit Lehmspritzern bedeckt. Was für eine Schlammschlacht!

Mitten zwischen ihnen steht Anastasia. Sie hat die Hosenbeine hochgekrempelt, hält ihr Walkie-Talkie in der Hand und wirkt wild entschlossen, die Situation schnellstmöglich unter Kontrolle zu kriegen.

„Nurbert sieht gar nicht glücklich aus“, stellt Anna fest.

„Der Arme“, sage ich mitfühlend.

Cynthia knipst, was das Zeug hält.

In dieser Sekunde sieht Bert ein, dass es keinen Sinn hat, das Gaspedal weiter zu quälen. Der Motor blubbert noch einmal, als würde er absaufen, dann verstummt er. Nur ein leises Klicken ist noch zu hören. Und das Stöhnen der Helfer.

„Wer sitzt denn da noch drin?“ Lena stellt sich auf die Zehenspitzen.

Erst jetzt bemerke ich, dass Bert nicht allein im Taxi ist. Neben und hinter ihm hocken mehrere dunkel gekleidete Personen. Zuerst sehe ich sie nur im Profil. Erst als einer von ihnen sich umdreht und winkt, erkenne ich, wer es ist.

„Das sind Cooper und die Jungs!“ Lena steht immer noch auf Zehenspitzen und winkt mit beiden Händen zurück.

„Huhu, Cooper!“

„Wieso steigen die nicht aus?“, fragt Anna.

„Sollen die sich etwa ihre handgenähten Cowboystiefel versauen?“, fragt Lena kopfschüttelnd zurück.

Anna zieht kichernd den Kopf ein.

„Die müssen doch zum Flughafen! Und jetzt sitzen sie hier

fest und verpassen ihren Flug nach Barcelona! Können wir nicht irgendwas tun?", frage ich Phillip.

„Schieben bringt nichts", murmelt er nachdenklich. „Dadurch fahren die sich nur noch mehr fest. Man müsste den Wagen irgendwie rausziehen. Mit einem Jeep, einem Bergepanzer oder einem Trecker vielleicht."

„Hast du gerade Trecker gesagt?" Lena hört auf zu winken und dreht sich zu uns um.

„Ja, klar. Für eine große Zugmaschine wäre das ein Klacks", meint Phillip.

Lena angelt ihr Handy aus der Hosentasche, öffnet die Kontaktliste und wählt eine Nummer. Dann wendet sie sich wieder zu dem Taxi um und gibt Cooper ein Handzeichen. Er zückt ebenfalls sein Telefon und presst es sich ans Ohr. Ich sehe ihn hinter der Scheibe grinsen. Er kurbelt das Fenster ganz herunter und beugt sich heraus.

„Hi, ich bin's", sagt Lena.

Ich frage mich, warum sie telefonieren. Genauso gut könnten sie sich direkt miteinander unterhalten, auf Zuruf sozusagen. Zwischen ihnen liegen nur ein paar Kubikmeter Matsch. Und jetzt, wo der Motor nicht mehr jault wie ein sterbender Dinosaurier, ist es sogar still genug. Na gut, bis auf die Männer vielleicht, die lautstark über die weiteren Rettungsmaßnahmen diskutieren.

„Hör mal", sagt Lena zu Cooper. „Ich hab eine super Idee. Yes, listen …"

Ich höre nicht weiter hin, weil in diesem Augenblick Bert versucht, die Fahrertür zu öffnen. Leider geht die Tür nur einen winzigen Spalt auf. Der Wagen ist schon viel zu tief eingesunken. Die Stimmung im Innern scheint trotzdem gut zu sein. Der Schlagzeuger der Band drischt mit seinen Trommelstöcken rhythmisch auf die Kopfstütze des Vordermanns ein. Seine Kollegen lachen.

Lena hat das Gespräch mit Cooper beendet. Bevor ich sie nach ihrer genialen Idee fragen kann, tippt sie schon eine weitere Kurzwahlnummer an. Es ist mitten in der Nacht. Wen ruft sie jetzt noch an?

Ich erfahre es zwei Sekunden später.

„Krischan, hi!", flötet sie ins Telefon. „Hast du schon geschlafen?"

Moment mal … Krischan? Trecker? Zugmaschine?

In meinem Gehirn setzen sich die Puzzleteilchen zusammen. Ich glaube, ich weiß, was Lena plant. Zumindest ahne ich es. Die Bestätigung bekomme ich, als sie mit dem Anruf fertig ist.

„Krischan kommt, so schnell er kann!" Sie grinst.

„Lass mich raten", sage ich, ebenfalls grinsend. „Er bringt seinen Trecker mit?"

Sie nickt. „Den besten, den er für solche Fälle hat. Und Ketten, Abschleppseile, alles Mögliche, um das Taxi rauszuziehen, nimmt er auch mit."

„Genial!" Wir klatschen uns ab.

„Tja, es ist manchmal ganz praktisch, einen Bauern zum Freund zu haben, was?" Sie wedelt mit dem Handy. „Ich sag Cooper und Bert Bescheid."

„Und Anastasia", füge ich hinzu. „Damit Krischan auch aufs Gelände kommt. Die wird sich freuen!"

KAPITEL 18

Manchmal hilft nur Bauer-Power!

Natürlich dauert es eine halbe Ewigkeit, bis Krischan endlich mit seiner Landmaschine aufkreuzt. In der Zwischenzeit spielt sich rund um das versunkene Taxi eine Art Happening ab. Jemand spielt Gitarre. Groupies tanzen im Matsch. Zugedröhnte Jungs bewerfen sich gegenseitig mit Lehm.

Cynthia-Cayenne berichtet live. Es ist so verrückt!

Irgendwann hören wir in der Ferne das charakteristische Tuckern eines Treckermotors.

„Yeah, da kommt mein Bauer!", ruft Lena glücklich, während sie mit gespitzten Ohren auf das näher kommende Motorengeräusch lauscht. „Das Knattern erkenne ich drei Meilen gegen den Wind!"

Ich lehne mich müde gegen Phillip. Paul und Lukas haben ein paar Flaschen Cola und eine Handvoll Bananen-Schoko-Müsliriegel geholt, mit denen wir uns wach zu halten versuchen. Aber es bringt nicht viel. Ich sehne mich nach meinem Bett. Anna schläft schon fast im Stehen ein. Es ist spät geworden.

Bert, Cooper und der Rest der Band sind immer noch in dem Taxi gefangen, aber sie scheinen sich mit der Situation arrangiert zu haben. Sie hören Musik, singen lauthals mit, flirten mit den Groupies und bedienen sich zwischendurch fleißig aus der Minibar. Dass ihr Flugzeug vermutlich längst ohne sie abgehoben hat, scheint sie nicht sonderlich zu beeindrucken. Vielleicht nehmen sie einfach morgen früh die erste Maschine nach Barcelona. Wenn man eine berühmte Rockband ist, hat man schließlich einen Manager, der sich um so was kümmert. Flüge umbuchen, neue Tickets besorgen und das alles.

Ich wundere mich nur ein bisschen, dass Krischan nicht mit seinem nagelneuen, riesigen Turbo-Traktor auftaucht, den er sich erst im letzten Jahr zugelegt hat. Stattdessen rumpelt er in diesem Moment mit einem eher unscheinbaren, kleineren und deutlich älteren Modell über die aufgeweichte Wiese. Lena hat mir mal erzählt, dass dieser abgewetzte Trecker schon Krischans Opa gehört hat und immer noch brav seinen Dienst verrichtet. Wahrscheinlich ist er – der Trecker, nicht der Opa – trotz seines Alters und der vielen Rostlöcher das zuverlässigste Pferd im Stall und Krischan hängt an ihm. Ich kann das gut nachvollziehen. Schließlich liebe ich mein Fahrrad auch, obwohl es nicht mehr das neueste Exemplar ist und die Kette sich hin und wieder selbstständig macht.

Krischan und sein Opa-Traktor nähern sich bedächtig ihrem Einsatzort. Lena klettert auf ein Bierfass und rudert mit den Armen, um ihn einzuweisen.

„Huhu, Krischi! Hierher!“, brüllt sie.

Ihr Freund blendet kurz die Schweinwerfer auf und schaukelt weiter durch den Matsch.

Nurbert startet den Motor des Taxis, schaltet den Warnblinker ein und hupt. Seine Passagiere hängen sich jubelnd aus den Fenstern und feuern Krischan an. „Just carry on!", rufen sie, und: „Way to go!", was so viel wie „Weiter so!" bedeutet.

Krischan hält an, stellt den Motor ab und klettert aus dem Führerhaus. Lena hüpft von dem schwankenden Fass, läuft auf ihn zu und fällt ihm um den Hals. Alle applaudieren. Wir natürlich auch. Phillip pfeift so laut auf zwei Fingern, dass mein Ohr gleich wieder anfängt zu fiepen. Zur Revanche ramme ich ihm wenig liebevoll meinen Ellbogen in die Seite. Er lacht nur darüber.

Krischan lacht auch. Allerdings guckt er dabei sehr verlegen.

„Das ist ja mal 'ne nette Begrüßung", sagt er und fährt sich grinsend mit der Hand durch die Haare.

Lena hängt immer noch wie ein Äffchen an seinem Hals. Es sieht so witzig aus, dass ich ein Foto von den beiden schieße.

Als Lena endlich von ihm ablässt, kommt Krischan rüber, um uns zu begrüßen. Ich mag ihn. Er ist zwar ein paar Jahre älter als wir, aber total in Ordnung. Vor allem ist er unheimlich praktisch veranlagt und fackelt nicht lange. Wenn es ein Problem gibt, packt er es an. Genau wie jetzt.

Er wechselt ein paar Sätze mit Anastasia und den Helfern, winkt Bert und der Band zu und verschafft sich nebenbei einen Überblick über die Lage. Dann stiefelt er seelenruhig zu seinem Trecker, zieht dicke Arbeitshandschuhe an und wirft sich eine Eisenkette über die Schulter.

„Gut, dass er Gummistiefel anhat", meint Anna, als Lenas Freund an uns vorbeistapft und sich, ohne zu zögern, dem Taxi nähert. Auf den Modder achtet er gar nicht.

„Ich glaub, der ist auf seinen Äckern schon durch tiefere Furchen gewatet", antworte ich.

„Ja, wahrscheinlich." Anna kichert.

Gespannt schauen wir zu, wie Krischan die Kette irgendwo unterhalb der Vorderseite des Taxis befestigt. Dazu muss er mit beiden Händen im Dreck wühlen, was ihm anscheinend auch nichts ausmacht. Anschließend unterhält er sich durch das heruntergelassene Fenster kurz mit Bert und erzählt ihm, was er vorhat. Cooper und seine Freunde hören aufmerksam zu. Der Schlagzeuger spielt einen schnellen Trommelwirbel auf der Kopfstütze. Es ist, glaube ich, so ziemlich das Verrückteste und Absurdeste, was ich jemals erlebt habe.

Cynthia filmt die ganze Zeit mit ihrem Handy. Lukas und Paul machen Fotos. Nikoline hat die Hände in die Hüften gestemmt. Ihr Gesicht ist skeptisch.

Paul und Cynthia-Cayenne wechseln zwischendurch immer wieder lange Blicke. Als ich Anna darauf aufmerksam mache, sagt sie: „Ach, wie süß!"

Wir kichern.

Phillip schüttelt den Kopf über uns, aber dann lacht er auch.

Währenddessen ist Lenas Lieblingsbauer schon wieder bei seinem Traktor, hängt dort das andere Ende der Kette ein und befestigt es mit einem riesigen Schäkel. Bevor er auf den Fahrersitz klettert, prüft er noch einmal, ob alles richtig sitzt. Dann krabbelt er ins Führerhaus und drückt auf den Starterknopf. Der Dieselmotor erwacht röhrend und stinkend zum Leben. Der Auspuff schickt eine fette Abgaswolke in den Nachthimmel. Wir rümpfen die Nasen und treten vorsichtshalber ein ganzes Stück zurück.

„Wenn die Kette sich anspannt und das Taxi aus dem Modder zieht, möchte ich nicht so gern direkt danebenstehen“, meint Phillip.

„Nee, ich auch nicht.“ Ich verstecke mich halb hinter ihm.

Wer jetzt denkt, das Taxi würde so geschmeidig aus dem Schlick flutschen wie ein Spiegelei aus einer Teflonpfanne, irrt sich gewaltig. Es passiert zunächst mal gar nichts.

Obwohl Krischan gefühlvoll Gas gibt, hockt die Limousine wie eine fette gelbe Kröte in ihrem Schlammbett und rührt sich maximal einen Millimeter von der Stelle. Es kommt mir fast so vor, als würde jemand von unten festhalten. Vielleicht ein Sumpfmonster oder so etwas. Möglicherweise hat sich auch ein Vakuum am Unterboden gebildet, was weiß ich. Ich bin wirklich keine Expertin in solchen Dingen. Auf jeden Fall ist es ein richtig übles Geziehe und Gezerre.

Krischans oller Opa-Trecker ächzt, stöhnt, knattert und stinkt, während er sein Bestes gibt. Wir fiebern alle mit. Dabei habe ich die ganze Zeit das ungute Gefühl, dass die straff gespannte Kette jeden Augenblick durchknallen und uns um die Ohren fliegen könnte. Ich schiebe mich noch ein bisschen weiter hinter Phillip. Obwohl ich natürlich auch nicht möchte, dass er von den herumfliegenden Kettengliedern getroffen wird. Sollte ich mich nicht lieber schützend vor ihn stellen als hinter ihn?

Ich bin hin- und hergerissen.

Ganz ähnlich scheint es Cooper und seinen Bandkollegen zu gehen, die ziemlich still geworden sind, während Bert hoch konzentriert hinter dem Lenkrad thront und Krischans Anweisungen befolgt.

Urplötzlich gibt das Sumpfmonster den Widerstand auf und lässt seine Beute los. Mit einem schmatzenden Geräusch löst sich der Boden des Wagens aus dem Schlamm. Die Reifen finden keinen Halt und drehen sofort durch, aber Krischan lässt nicht locker und zieht einfach weiter. Der Trecker bäumt sich unter ihm auf wie ein Pferd. Die Vorderräder hängen kurz in der Luft, dann gibt es einen Ruck und das Taxi steht auf festem Boden.

Der Jubel, der in derselben Sekunde losbricht, kann locker mit dem Beifall beim Konzert mithalten. Um uns herum brandet ein Mix aus lautem Johlen, Pfiffen, Klatschen und erleichtertem Gelächter auf. Klar, dass wir mitmachen. Wir springen, tanzen und freuen uns. Natürlich hüpft Lena mal wieder am höchsten.

„Jawollo!", ruft sie und reckt einen Zeigefinger in den Himmel.

Krischan wischt sich den Schweiß von der Stirn und klettert aus dem Führerhaus. Bevor Lena bei ihm ist, tätschelt er das Treckerblech, als wolle er sich bedanken. Dann nimmt er sie in die Arme und wirbelt sie herum.

Bert und seine Fahrgäste öffnen die Wagentüren so vorsichtig, als würden sie dem Frieden nicht trauen. Cooper setzt zuerst einen Fuß heraus, dann den anderen, bis er langsam aus dem Wagen steigt. Seine Bandkollegen folgen ihm. Der Schlagzeuger wirft seine Trommelstöcke in die Luft. Phillip greift blitzschnell zu und fängt einen auf. Paul erwischt den anderen.

„Wie cool ist das denn!", ruft er.

„Die solltet ihr euch gleich signieren lassen", schlage ich vor.

„Jo, unbedingt!", meint Phillip.

Während sie sich die Unterschriften holen, taucht plötzlich Anastasia auf. Sie wedelt mit dem Walkie-Talkie.

„Tut mir leid, Jungs", sagt sie zu Cooper und seinen Kollegen. „Ihr solltet besser gleich wieder einsteigen. Ich hab gerade mit eurem Manager gesprochen. Er hat euch auf die erste Frühmaschine nach Barcelona umgebucht. Bert bringt euch direkt zum Flughafen."

Bert wirkt nicht besonders happy über die Info.

Krischan klopft ihm auf die Schulter.

„Ich zieh dich noch bis zur Straße", schlägt er vor. „Ab da solltest du keine Probleme mehr haben."

„Vielen Dank", seufzt Bert. Er schüttelt Krischan die Hand.

„Dafür nicht", grinst der.

„Kann ich mitfahren?" Lena springt neben dem Trecker hin und her. „Bitte, bitte!"

„Klar, steig auf!" Krischan zwinkert Phillip und mir zu. „Wir sehen uns."

„Bis gleich!", rufe ich.

Wir verabschieden uns von Cooper und winken der Band zu. Die Musiker steigen ins Taxi. Bert dreht den Zündschlüssel um. Krischan startet den Trecker. Die Kette spannt sich. Das Gespann verschwindet in der Dunkelheit. Cynthia schaltet zufrieden ihr Handy aus und schiebt es in die Tasche.

Die plötzliche Stille, die sich über den Platz legt, ist fast greifbar. Ich bilde mir ein, irgendwo einen Frosch quaken zu hören. Vielleicht war es auch das Sumpfmonster, wer weiß.

„Höchste Zeit, schlafen zu gehen", meint Nikoline. „Oder wollt ihr noch länger hier herumstehen?"

Phillip und ich gucken uns an.

„Wir warten noch auf Lena und Krischan", sage ich.

Anna, Lukas, Paul und Cynthia-Cayenne nicken.

„Na gut, macht, was ihr wollt. Ich lass die Tür offen." Nikoline dreht sich um und wedelt mit Freds Schlüssel. „Aber seid leise, falls ich schon schlafe."

„Sind wir", versprechen wir im Chor.

„Tschüssi! Gute Nacht und schlaf schön!", quietscht Cynthia-Cayenne.

Nikoline winkt über die Schulter und entfernt sich mit langen Schritten.

Als sie weg ist, merke ich, dass ich komischerweise überhaupt nicht mehr müde bin. Das heißt eigentlich schon, aber irgendwie gleichzeitig auch nicht. Auf jeden Fall bin ich garantiert viel zu aufgedreht, um schlafen zu können.

„Ob Krischan heute noch nach Hause fahren will?", überlege ich laut.

„Nein, das glaub ich nicht. Wir haben doch das Notbett", meint Anna.

„Ja, klar. Da kann er übernachten", stimme ich ihr zu. „Mal sehen, was er gleich dazu sagt."

Ich schaue mich um. Wir sind fast die Einzigen, die noch auf dem Platz herumstehen. Die anderen haben sich längst verdrückt. Auch von Anastasia und ihren Helfern ist nichts mehr zu sehen. In den Zelten gehen nach und nach die Lichter aus. Auch die Fackeln sind erloschen. Nur die Lichterketten funkeln noch. Und die Laternen an den Wegen.

Im Küchenzelt wird anscheinend aufgeräumt. Ich sehe Schatten hin und her huschen, höre Gelächter und das Klirren von Geschirr. Davon abgesehen ist es ruhig. Es hat fast etwas Gespenstisches. Wie in einem Horrorfilm, kurz bevor der Psychopath mit gruseliger Maske und blutiger Axt ins Bild springt.

Ich kuschele mich an Phillip.

„Ist dir kalt?“, fragt er leise.

„Nein, ich bin nur ein bisschen anlehnungsbedürftig“, murmele ich zurück.

„Dann komm her, Süße.“ Er nimmt mich in seine Arme. Sofort fühle ich mich sicher und geborgen und schnurre wie Mau. Phillip lacht in meine Haare. Es ist ein schönes Gefühl.

Lena und Krischan kommen wenig später zu Fuß zurück.

„Wir haben den Trecker vorne am Eingang auf dem Parkplatz abgestellt“, erklärt Lena. „Wir wollten nicht das ganze Dorf aufwecken.“

„Schlau von euch“, sagt Phillip.

„Sonst wärt ihr garantiert gelyncht worden“, meint Paul. Er und Cynthia-Cayenne stehen nebeneinander. Sie schaut zu ihm auf und lächelt.

Ich wende mich an Krischan. „Du bleibst doch hier, oder?“

„Wir haben gerade darüber gesprochen“, mischt Anna sich ein. „Du kannst das Notbett in unserem Wohnwagen haben, wenn du willst.“

Krischan guckt leicht verwirrt.

„Klar bleibt er hier“, antwortet Lena für ihn. Sie drückt ihm einen Kuss auf die Wange. „Das Notbett ist eine super Idee! – Wo ist übrigens meine Lieblingscousine?“

„Die war müde und ist schon vorausgegangen“, sagt Anna.

„Wir sollen leise sein und sie ja nicht wecken“, füge ich hinzu.

„Nee, ist klar“, flüstert Lena. „Schlafende Drachen soll man auf keinen Fall wecken!“

„Heißt das nicht schlafende Hunde?“ Cynthia-Cayenne zieht die Nase kraus.

„Ist doch egal. Hauptsache, wir sind leise“, brummt Paul.

Wir machen uns auf den Weg.

Phillip hält meine Hand. Wir stapfen nebeneinanderher.

Als wir das Zeltdorf erreichen, gehen wir fast auf Zehenspitzen, was natürlich absoluter Blödsinn ist, weil wir uns auf sehr weichem Boden bewegen und außerdem immer noch Gummistiefel anhaben. Wir machen also garantiert nicht mehr Lärm als eine Gruppe Erdkröten auf Nachtwanderung. Wobei die wahrscheinlich sogar lauter wären als wir. Schließlich quaken wir nicht, sondern unterhalten uns nur im Flüsterton.

Vor manchen Zelten wird noch ein bisschen gefeiert, gegrillt und getrunken. Einige haben sogar noch Musik an. Wir winken den Leuten im Vorbeigehen zu und stiefeln weiter.

Als wir schon fast bei unserem Wohnwagen sind, geht plötzlich ringsherum das Licht aus und wir stehen buchstäblich im Dunkeln.

Ich pralle gegen Anna. Sie schreit erschrocken auf.

„Ups, sorry!“, sage ich schnell. „Wieso ist das Licht aus? Sollte das nicht die ganze Nacht brennen?“

„Das dachte ich auch“, flüstert sie zurück.

„Es ist weit nach Mitternacht. Wahrscheinlich hängt die ganze

Platzbeleuchtung an einer Zeitschaltuhr, um Strom zu sparen", meint Phillip.

„Ist es echt schon so spät?" Ich habe jedes Zeitgefühl verloren.

„Kein Grund zur Panik. Der Mond scheint und die Sonne geht bald auf", brummelt Krischan. „Wer braucht da künstliches Licht?"

Er muss es wissen. Er ist Landwirt und steht bestimmt regelmäßig mitten in der Nacht und im Dunkeln auf, um seine Felder zu bestellen und das Gemüse zu gießen.

„Okay", murmele ich.

Meine Augen gewöhnen sich an die Dunkelheit. Meine Freunde sind bei mir. Phillip hält meine Hand. Was soll schon passieren?

Ich atme ein und wieder aus. Mein Herzschlag beruhigt sich.

Nikoline hat das Außenlicht an unserem Wohnwagen angelassen. Nett von ihr und sehr vorausschauend.

Fred sieht wie ein dicker, freundlicher Leuchtturm aus, der auf der Seite liegt und schläft. Ich freue mich sehr, ihn zu sehen. Noch mehr freue ich mich allerdings auf meine Koje.

Nein, auf *unsere* Koje, korrigiere ich mich. Schließlich wird Phillip seinen Schlafsack neben meinem ausrollen. Wir können die ganze Nacht Händchen halten, wenn wir wollen, und miteinander flüstern.

Mein Herz hüpft vor Glück, als ich daran denke. Und auch ein bisschen vor Aufregung, das gebe ich zu.

KAPITEL 19

Ein kitschiger Sonnenaufgang nur für uns zwei

Im Wohnwagen ist es stockfinster – bis auf die Digitaluhr, die am Herd vor sich hin blinkt. Cynthia-Cayenne stolpert über die letzte Stufe ins Wageninnere. Paul sammelt sie wieder auf und schiebt sie mit sanftem Druck weiter. Hinter den beiden stößt sich Lukas an einem Möbelstück und flucht unterdrückt.

„Pscht!", zischt jemand.

Anna, Lena und ich kichern. Es geht leider nicht anders.

Hinter uns klettern Phillip und Krischan in den Wagen.

„Der Letzte macht die Tür zu", flüstere ich ihnen über die Schulter zu.

Krischan zieht die Tür so leise wie möglich ins Schloss. Das Klicken klingt trotzdem laut.

„Guten Morgen", murmelt jemand. „Sind wir vollzählig?"

Nikoline knipst eine winzige Leselampe über ihrem Bett an und mustert uns verschlafen. Ich muss an den schnarchenden Drachen denken und presse schnell die Lippen zusammen, um nicht loszuprusten.

„Sorry, dass wir dich geweckt haben", flüstert Lena. „Wir haben noch jemanden mitgebracht. Krischan schläft im Notbett. Ist das okay?"

„Macht, was ihr wollt, solange ihr es leise macht", brummt Nikoline. Sie lässt sich zurücksinken, zieht sich den Schlafsack bis unter die Nasenspitze und klappt die Augen zu. Das Nachtlicht lässt sie brennen.

Lena, Krischan, Paul und Cynthia-Cayenne schieben sich vorsichtig an Nikolines Bett vorbei. Anna, Lukas, Phillip und ich bleiben im vorderen Bereich.

„Gute Nacht", flüstere ich den anderen hinterher.

„Nacht", wispert Lena zurück.

„Ich hab Hunger", höre ich Paul murmeln.

„In meinem Rucksack ist noch eine Tüte Weingummi", antwortet Cynthia-Cayenne.

„Ruhe!", knurrt Nikoline.

Ich gucke Phillip an. Er grinst.

„Ich muss aber noch mal aufs Klo", jammert Anna.

„Ich auch."

Wir tapsen zum Badezimmer und gehen nacheinander auf die Toilette. Ich würde mir eigentlich auch noch gerne die Zähne putzen, aber ich befürchte, dass Nikoline dann wirklich zu einem feuerspuckenden Drachen mutiert. Also spüle ich meinen Mund nur mit viel Wasser aus, gurgele ein bisschen hinterher und lasse es dabei bewenden.

Als ich aus dem winzigen Bad komme, ist Nikolines Nachtlicht wieder aus. Im Dunkeln tasten Anna und ich uns zurück nach vorn, wo Lukas und Phillip schon die Schlafsäcke auf den Matratzen ausgerollt haben.

Wir lassen die Vorhänge offen. Fahles Mondlicht sickert durch die Fenster. Sterne funkeln. Am Himmel ist ein schmaler, grauer Lichtstreif zu sehen. Aber vielleicht bilde ich mir das auch nur ein.

Ich krabbele schnell in meinen Schlafsack und ziehe den Reißverschluss hoch. Es ist unglaublich gemütlich. Was natürlich besonders daran liegt, dass Phillip ganz nah bei mir ist.

Im hinteren Teil des Wagens kichert jemand. Das Rascheln einer Plastiktüte ist zu hören. Ich stelle mir vor, wie Paul von Cynthia-Cayenne mit Gummibärchen gefüttert wird, und muss grinsen.

Phillip nimmt meine Hand. Wir schauen uns in die Augen. Im Licht des Mondes kann ich sehen, dass er lächelt. Phillip, nicht der Mond. Vielleicht lächeln aber auch beide, gut möglich.

Ich seufze vor Glück.

Zehn Sekunden später bin ich eingeschlafen. Nicht sehr romantisch, ich weiß. Aber ich bin doch soo müde …

*

Mitten in der Nacht – beziehungsweise in der Mitte dessen, was davon noch übrig ist – werde ich von einem leisen, gleichmäßigen Klopfgeräusch geweckt. Ich brauche ein paar Sekunden, um es einordnen zu können. Dann weiß ich, was es ist: Regentropfen, die auf das Wohnwagendach fallen.

Oh, wie gemütlich! Ich drehe mich auf den Rücken und schaue an die Decke. Phillip hält immer noch meine Hand.

„Kannst du nicht schlafen?", fragt er flüsternd.

„Nein. Und du?"

„Ich auch nicht."

„Es regnet", raune ich ihm zu.

„Macht doch nichts."

„Nein, ich find's total schön."

„Ich auch", murmelt er.

Wir kuscheln uns aneinander, lauschen auf den Regen und den Herzschlag des anderen. Im hinteren Abteil schnarcht jemand. Nicht laut, aber durchdringend. Phillip und ich kichern leise.

„Wollen wir nicht einen Spaziergang machen?", fragt er mich plötzlich.

„Jetzt? Im Dunkeln? Im Regen?" Ich starre ihn entsetzt an, aber ich bin mir nicht sicher, ob der Blick tatsächlich bei ihm ankommt. Anscheinend nicht.

„Warum nicht?", wispert Phillip ungerührt. „Los, komm!"

Er wühlt sich aus seinem Schlafsack.

Ein romantischer Spaziergang im Morgengrauen?

Er hat recht: Warum eigentlich nicht?

Ich öffne den Reißverschluss, so leise es geht, und krabbele aus dem Bett. Als ich vor Phillip stehe, gibt er mir einen Kuss auf die Nase.

„Du bist echt verrückt!", flüstere ich ihm zu.

„Ich weiß", erwidert er. „Und zwar nach dir."

Ich schmelze dahin. Am liebsten würde ich ihm um den Hals

fallen und ihn küssen, aber wir müssen auf unsere Mitbewohner Rücksicht nehmen, besonders auf Nikoline, also reiße ich mich zusammen. Es fällt mir ganz schön schwer.

Fünf Minuten später stehen wir im Freien. Es regnet wirklich nur ganz leicht. Die Luft fühlt sich angenehm kühl auf der Haut an, ganz besonders nach der abgestandenen, stickigen Wärme des Wohnwagens.

Hand in Hand schlendern wir über das menschenleere Gelände. Hin und wieder bleiben wir stehen und küssen uns.

„Obwohl wir uns schon ewig lange kennen, verdrehst du mir immer noch den Kopf. Wie machst du das nur?", fragt Phillip mich.

„Keine Ahnung", antworte ich ehrlich.

Er nimmt mein Gesicht in beide Hände und guckt mich an. Als er die Arme um mich schlingt und ich mich gegen ihn lehne, fühlt es sich an, als würde er mich in eine weiche Decke hüllen. Eine Decke aus Liebe und Geborgenheit, total kuschelig, behaglich und samtweich.

Unsere Herzen schlagen im selben Takt, das kann ich deutlich spüren.

„*Two hearts of glass* –", singe ich leise.

„*– beating as one*", vollendet Phillip die Strophe des Songs.

Ich fühle, wie sich das Glück in uns beiden ausbreitet, während hinter uns am Horizont ganz langsam die Sonne aufgeht und den Himmel in rotgoldenes Licht taucht. Es wäre total kitschig, wenn es nicht so schön aussehen würde.

„Hey, es hat aufgehört zu regnen!", rufe ich.

„Ein Wunder!“ Phillip hebt mich hoch und wirbelt mich im Kreis herum. Als er mich absetzt, sind wir beide außer Atem.

„Glaubst du, es wird immer so sein?“, fragt er mich.

„Meinst du, mit uns? Natürlich wird es das“, antworte ich. „Das geht doch gar nicht anders!“

Er nickt. „Stimmt.“

Wir schauen uns an und lächeln.

Langsam schlendern wir weiter. Als wir zu einem Hügel kommen, klettern wir hinauf und setzen uns ins feuchte Gras. Okay, feucht ist untertrieben. Es ist eher nass. Aber das stört uns überhaupt nicht. Von dem Hügel können wir das Gelände überblicken und sogar noch ein ganzes Stück weiter bis zum Horizont schauen. Wiesen, Felder, ein dichtes Waldstück und die geduckten Ziegeldächer des nächsten Dorfes schimmern in der Morgenröte. Auch unsere Gesichter schimmern. Das sehe ich, als wir uns angucken.

„Du siehst wunderhübsch aus“, sagt Phillip.

Ich und hübsch?

„Kann gar nicht sein“, widerspreche ich. „Meine Haare sind total struppig und zerzaust. Ich hab, seit wir hier sind, kaum geschlafen und überhaupt –“

Phillip bringt mich mit einem Kuss zum Schweigen.

Die Sonne wärmt unsere Haut und trocknet das Gras, auf dem wir sitzen. In den Bäumen erwachen die Vögel und fangen an zu zwitschern.

„Ich möchte für den Rest meines Lebens mit dir hier sitzen bleiben“, sage ich.

„Du meinst, für den Rest unseres Lebens“, stellt Phillip klar.

„Natürlich", nicke ich. „Das versteht sich doch von selbst, oder? Mich gibts nicht ohne dich."

„Und mich nicht ohne dich."

Es klingt wie ein Versprechen, das wir uns geben, während ein neuer Tag beginnt.

*

Irgendwann kehren wir zu unserem Wohnwagen zurück. Die Tür steht weit offen. Kaffeeduft strömt uns entgegen. Nikoline hockt auf der unteren Eingangsstufe. Sie hält einen Becher in der Hand und genießt die Morgensonne.

„Na, ihr zwei?", begrüßt sie uns lächelnd. „Habt ihr überhaupt nicht geschlafen?"

„Wenig", gestehe ich. „Der Regen hat uns geweckt."

Sie nickt und bietet uns Kaffee an.

„Die Kanne ist voll. Aber seid leise. Die anderen schlafen noch." Sie rückt ein Stück zur Seite, um uns durchzulassen. Phillip verschwindet in Freds Bauch, um sich einen Kaffee zu holen. Ich bleibe draußen stehen.

„Ich mach mir lieber einen Tee, sobald die anderen wach sind. Wollen wir später nicht sowieso alle noch zusammen frühstücken, bevor wir nach Hause fahren?" Ich ziehe einen von den Campingstühlen ein Stück näher heran und lasse mich hineinfallen.

„Doch, klar. Das fände ich schön", meint Nikoline. „Anastasia hat gar nicht erwähnt, bis wann wir den Wohnwagen räumen müssen."

„Dann hat sie wohl auch nicht gesagt, wann wir abgeholt werden, oder?"

„Nein. Ich nehme mal an, dass das Taxi irgendwann vor der Tür steht. Am besten ruf ich sie nachher mal an und frage sie."

Phillip kommt mit einem dampfenden Kaffeebecher aus dem Wohnwagen. Mit dem Fuß schiebt er einen Campingstuhl neben meinen und wirft sich hinein. Er sieht müder aus als noch vor einer Viertelstunde. Seine Augen sind ganz schmal. Er trinkt einen Schluck Kaffee und gähnt, was automatisch dazu führt, dass ich ebenfalls gähnen muss. Warum ist Müdigkeit eigentlich so ansteckend?

„Ich darf gar nicht daran denken, dass wir morgen um diese Uhrzeit in der Schule hocken", brummt er.

„Nein, ich auch nicht. Kaum zu glauben, dass morgen schon Montag ist. Das Wochenende ist viel zu schnell vorbei!" Ich nehme ihm den Becher aus der Hand und nippe daran. Der Kaffee ist heiß und stark und schmeckt so bitter, dass ich mich schüttele. Ich reiche ihn schnell wieder rüber. Kaffee ist eindeutig nicht mein Lieblingsgetränk und wird es wohl auch nie werden. Phillip lacht.

„Es war zwar kurz, aber total schön", füge ich nach einer Weile hinzu.

„Trotz der Sintflut, die uns fast weggespült hat?" Nikoline zieht belustigt die Augenbrauen hoch.

„Ja, im Nachhinein schon", erwidere ich. „Es war auf jeden Fall ein echtes Erlebnis."

„Da hast du recht“, bestätigt sie und lacht.

Im Wohnwagen regt sich etwas. Ich höre Annas und Lukas’ gedämpfte Stimmen. Jemand niest. Kurz darauf klappt die Badezimmertür.

„Ich geh mal rein und setz Teewasser auf. Anna trinkt morgens auch nicht so gern Kaffee.“ Ich schwinge mich aus meinem Stuhl. Phillip hält mich an einem Zipfel meines T-Shirts fest.

„Kannst du bei der Gelegenheit vielleicht mal nachgucken, ob im Kühlschrank irgendwas Essbares ist?“, fragt er mit Dackelblick.

„Mach ich.“

„Im Kühlschrank liegen nur noch ein paar einsame Schokoriegel und zwei Tüten Milch“, meint Nikoline. „Aber in dem Obstkorb neben der Spüle müssten noch Bananen und Äpfel sein.“

„Schokoriegel, Milch und eine Banane … Das klingt doch toll!“ Phillip zwinkert mir zu.

„Ein wirklich ausgewogenes Sportlerfrühstück“, bestätige ich. „Wird sofort geliefert. Und sobald alle wach sind, gehen wir dann richtig frühstücken. Aber vorher muss ich unbedingt duschen, Zähne putzen und endlich mal meine Klamotten wechseln.“

„Es gibt Leute, die drei Tage am Stück dieselben Sachen tragen und sich nicht waschen, solange sie auf einem Festival sind“, sagt Nikoline grinsend.

„Örks!“ Ich rümpfe die Nase. „Wie halten die das aus?“

„Keine Ahnung. Aber ich würde dich trotzdem noch mögen“, grinst Phillip.

„Auch wenn ich stinken würde wie ein Panda?“, frage ich.

„Pandas stinken nicht. Die sind süß“, sagt Phillip. Er zupft an meinem T-Shirt. „Genau wie du.“

Okay, ich gebe mich geschlagen.

Es dauert noch eine ganze Weile, bis schließlich alle wach und angezogen sind. Paul und Krischan ratzen am längsten. Wir anderen haben in der Zwischenzeit die Schokoriegel aufgefuttert, das Obst zwischen uns aufgeteilt und die Milch ausgetrunken. Nur eine Banane ist noch übrig. Und Kaffee und Kamillentee.

„Arme Jungs“, sagt Nikoline, als Krischan und Paul endlich auftauchen. Die beiden sehen noch ganz verstrubbelt und verschlafen aus.

„Arm? Wieso das denn?“ Paul fährt sich mit der Hand über den Hinterkopf und gähnt.

„Weil ihr um die letzte Banane kämpfen müsst. Es sei denn, ihr teilt sie euch.“ Nikoline hält ihnen das Obst hin und macht ein bedauerndes Gesicht.

„Mehr gibts nicht?“, fragt Krischan entsetzt.

Lena drückt ihm einen Kaffeepott in die Hand und tätschelt seine Schulter. „Phasenweises Fasten soll gesund für Körper und Geist sein. Ganz besonders, wenn man schon etwas älter ist und der Stoffwechsel langsamer arbeitet. Außerdem verhungerst du nicht so schnell, mein Schatz. Sobald ihr euch frisch gemacht habt, gehen wir rüber zum Frühstücksbüfett. Wir haben nur noch auf euch gewartet. Also, haut rein!“

„Von mir aus können wir gleich los. Hübscher werde ich heute nicht mehr.“ Paul grinst.

Krischan verschwindet im Wohnwagen. Als er wiederauftaucht, sieht er kein bisschen anders aus als vorher. Kein Wunder, er hat ja weder Waschzeug noch frische Klamotten dabei. Ich vermute, er hat sich nur schnell eine Ladung kaltes Wasser ins Gesicht geschaufelt. Lena guckt ihn trotzdem ganz verliebt an.

„Komm her, du Bauer“, sagt sie und streckt die Hand nach ihm aus. „Ich mag dich auch ungewaschen.“

„Apropos ungewaschen … Ist das Bad frei?“, frage ich.

„Geh ruhig“, sagt Paul. „Ich wasch mich erst zu Hause.“

Ich springe in den Wohnwagen, raffe schnell meine Klamotten und Handtücher zusammen und hüpfe unter die Dusche. Ich seufze vor Wohlbehagen, als das warme Wasser auf meinen Kopf prasselt. Minuten später fühle ich mich wie neugeboren und dufte wie ein Frühlingstag.

„Dann mal los!“, rufe ich unternehmungslustig. Meine Haare kringeln sich, die lasse ich an der Luft trocknen.

Am Büfett ist viel weniger los als am Vortag. Wir werden am Eingang nicht mal mehr kontrolliert und können das Zelt betreten, ohne unsere VIP-Ausweise vorzuzeigen.

Der heutige Sonntag ist offizieller Abschluss- und Abreisetag. Es finden keine Konzerte mehr statt. Die Bühnen, die Lautsprechermasten und das *Spiderfish*-Budendorf werden bereits abgebaut. Das haben wir auf unserem Weg zum Frühstück gesehen. Viele Besucher haben ihre Zelte längst abgebrochen und sind schon auf dem Heimweg. Und die Bands befinden sich bereits auf dem Weg zu ihrem nächsten Auftritt.

Wir werden erst am späten Vormittag von Bert abgeholt. Das

hat Nikoline erfahren, als sie mit Anastasia telefoniert hat. Wir haben also noch viel Zeit, um ganz in Ruhe zu futtern und unsere Sachen zusammenzupacken.

Das Frühstücksangebot ist so reichhaltig, als hätte der Küchenchef die Vorratskammer geplündert und alles aufgefahren, was er finden konnte. Wahrscheinlich stimmt das sogar. Ich glaube nicht, dass etwas übrig bleiben soll. Schon gar nichts von den frischen Sachen. Das ist natürlich super für uns. Besonders für die ausgehungerten Jungs, die bei einem Blick auf das Büfett glasige Augen bekommen. Lukas sieht aus, als würde er jeden Augenblick anfangen zu sabbern. Ich hoffe, dass Anna ihm rechtzeitig ein Lätzchen umbindet oder ihm wenigstens eine Serviette reicht.

Es gibt fingerdicke amerikanische Pancakes mit Ahornsirup, Schokocreme oder Apfelmus, Rührei mit und ohne Schinken, Spiegeleier, Würstchen, frische Brötchen, Croissants und Brot, Salate, Käse in Scheiben und am Stück, Weintrauben, Ananas, Melonenscheiben, Joghurt, Quark, verschiedene Säfte und jede Menge Müsli, Cornflakes und andere Cerealien.

„Wahnsinn!“ Phillip wirkt ein bisschen überfordert. Ich drücke ihm einen leeren Teller in die Hand und schiebe ihn sanft vorwärts.

Nikoline hält einen Tisch neben dem Ausgang für uns frei. Als Phillip und ich mit unseren Tellern dort auftauchen, haben die anderen schon angefangen zu futtern. Wir lassen uns ganz viel Zeit, unterhalten uns und holen zwischendurch immer wieder einen Nachschlag. Phillip und ich füttern uns gegenseitig mit verschiedenen Häppchen.

„Wie wollen wir das eigentlich mit der Rückfahrt machen?“, fragt Nikoline. „Wir werden ja nicht alle in das Taxi passen.“

Ups, stimmt. Daran hab ich noch gar nicht gedacht.

Die anderen anscheinend auch nicht.

Bis auf zwei Ausnahmen: Lena und Krischan.

„Krischan und ich fahren mit dem Trecker zurück. Das haben wir schon besprochen“, verkündet Lena. „Mein Platz im Taxi wäre also frei.“

„Das ist super. Schön für euch“, erwidert Nikoline etwas spitz. Keine Ahnung, warum sie so guckt. Vielleicht hätte sie es gern gehabt, dass Lena sie früher informiert hätte?

„Mein Opa holt mich nachher ab“, mischt Cynthia-Cayenne sich ein. „Ich hab ihn vorhin angerufen. Wir können bestimmt noch ein oder zwei Leute mitnehmen. Meinen Opa stört es nicht, einen Umweg zu machen. Der fährt total gerne Auto. Das ist sein Hobby.“

Nikoline trinkt einen Schluck Kaffee.

„Okay, dann lasst uns mal überlegen …“, murmelt sie. „Wie viele sind wir noch, wenn Lena, Krischan und Cynthia wegfallen?“

„Es bleiben Anna, Lukas, Phillip, Paul, ich und du“, zähle ich auf. „Sechs Leute für vier Sitzplätze in Berts Wagen.“

„Das sind zu viele.“ Phillip linst auf meinen Teller und klaut mir ein Stück Melone, indem er es blitzschnell mit seiner Gabel aufspießt und es sich in den Mund schiebt, bevor ich überhaupt Piep sagen kann.

„Dann fahrt ihr beide doch bei mir mit.“ Cynthia-Cayenne guckt zuerst Nikoline und dann Paul an. Bei Paul verweilen ihre

Augen ein bisschen länger, was dazu führt, dass seine Ohren rosarot anlaufen.

„Klar, warum nicht. Von mir aus“, brummt er.

Nikoline wendet sich an Anna, Lukas, Phillip und mich. „Wäre es okay für euch, wenn ihr alleine mit Bert zurückfahrt?“

„Sicher“, sage ich.

„Logo.“ Phillip nickt. Ich weiß, dass er ganz wild darauf ist, mit dem schicken Chevrolet zurückzufahren. Vielleicht lässt sich sein Wunsch ja erfüllen.

Auch Anna und Lukas sind sofort einverstanden. Es ist also beschlossene Sache.

„Du und ich in einem echten New Yorker Taxi …“, sagt Phillip zu mir. „Davon träume ich schon lange.“

„Wirklich? Das wusste ich ja noch gar nicht“, antworte ich grinsend.

„Natürlich träume ich davon, dass wir eines Tages mal mit einem Yellow Cab durch Manhattan rollen. Also nicht mit Anna und Lukas im Schlepptau, sondern nur wir zwei. Aber das heute ist doch schon mal ein guter Anfang, finde ich.“

„Das finde ich auch.“ Ich schiebe ihm noch ein Stück Melone zwischen die Zähne. „Wir üben einfach schon mal für später, wenn wir eines Tages in unserem schäbigen Apartment in Brooklyn hausen und zur Arbeit in die City müssen.“

„Genau“, nuschelt er. „Danke für die Melone. Ich glaub, ich bin satt.“

„Gut. Dann gehen wir jetzt alle mal packen“, beschließt Nikoline.

Sie schlürft den letzten Schluck Kaffee aus ihrem Becher und stellt anschließend das Geschirr zusammen. Dann springt sie auf und gibt damit das Zeichen zum Aufbruch.

Das Packen und Aufräumen geht blitzschnell. Im Handumdrehen sieht Fred aus wie neu. Wir klappen nur noch fix die Campingstühle zusammen und verstauen sie in ihrem Fach. Den Tisch stellen wir neben die Eingangstür.

„Habt ihr alles? Nichts vergessen?“, fragt Nikoline, bevor sie die Tür zuklappt und den Schlüssel einsteckt.

Ich gucke Phillip an. Solange er bei mir ist, habe ich alles, was ich brauche.

Wir schultern unser Gepäck und stiefeln los. Obwohl es trocken und warm ist, sind die Wege und Zufahrten immer noch aufgeweicht. Oder wie Phillip sagt: „Matschig mit Aussicht auf Pfützen.“

Wir beschließen daher, Bert und seinem Taxi ein Stück entgegenzulaufen, damit er sich nicht wieder festfährt. Krischans Traktor steht eh vorne auf dem Parkplatz und auch Cynthia-Cayennes Großvater will dort auf sie warten.

Auf dem Weg dorthin begegnen wir Anastasia, die uns eine pannenfreie Abreise wünscht. „Vielleicht sehen wir uns im nächsten Jahr wieder?“, sagt sie zum Abschied.

Ja, vielleicht, denke ich im Stillen. Wer weiß, was nächstes Jahr ist und wo wir dann sind …

Wenn Phillip fleißig auf seiner Gitarre übt, ist er irgendwann selbst ein Rockstar. Ach, das ist er doch jetzt schon: MEIN Rockstar. Ich lerne Schlagzeug und werde seine Managerin. Und dann gehen wir zusammen auf Tournee. Schließlich muss ihm ja jemand die Groupies vom Hals halten, oder? Ich muss grinsen.

Nikoline überreicht Anastasia Freds fantastischen Zauberschlüssel. Wir bedanken uns noch einmal. Anastasia entschuldigt sich für die Unannehmlichkeiten.

„Kein Problem“, winkt Lena ab. „War echt witzig!“

Wir nicken zustimmend.

Als wir uns umdrehen, sehen wir, dass das gelbe Taxi schon auf uns wartet. Es sieht aus wie neu. Keine Spur mehr von dem nächtlichen Schlammbad. Bestimmt war Bert in der Waschstraße und hat den Lack eigenhändig getrocknet und auf Hochglanz poliert. Er lehnt an der geöffneten Tür und winkt uns lässig zu.

Neben dem Taxi parkt der Wagen von Cynthia-Cayennes Großvater. Ein paar Meter weiter steht Krischans Trecker.

Wir lassen wie auf Kommando unsere Taschen und Rucksäcke fallen und umarmen uns. Es dauert lange, bis jeder jeden wenigstens kurz gedrückt hat und das Gepäck anschließend richtig sortiert und verstaut ist.

Cynthia-Cayennes Opa begrüßt uns. Er ist lang und dünn, hat einen Schnurrbart und ein freundliches, offenes Gesicht.

„Falls ihr euch übrigens wundert, dass ich zu meinen Großeltern fahre …“, wendet sich Cynthia an uns. „Meine Eltern lassen sich gerade scheiden und bei mir zu Hause ist deswegen nur noch Zoff. Ich musste dringend mal raus. Deshalb hat meine Oma das Ticket für mich besorgt. Das *Spiderfish*-Festival war die perfekte Ablenkung. Ich hab eine Reportage geschrieben, meinen Blog gefüttert, ein paar neue Follower gewonnen und außerdem richtig nette Leute kennengelernt." Sie guckt uns der Reihe nach an. „Ihr seid wirklich cool."

„Du aber auch", erwidert Lena. „War ziemlich witzig mit dir."

„Das mit deinen Eltern tut mir leid. Hoffentlich finden sie bald eine friedliche Lösung", sage ich aufrichtig. „Vielleicht können wir ja in Kontakt bleiben?"

Anna nickt.

„Ja, das wär schön." Cynthia-Cayenne stupst Paul an. Der grinst breit.

Dann steigen sie in den Wagen. Nikoline sitzt vorn. Die beiden Turteltäubchen rutschen auf die Rückbank und tauschen ihre Handynummern aus. Lena und Krischan klettern in das Führerhaus des Traktors, wir in unser Taxi. Ein paar Minuten Lachen, Hupen, Türenschlagen und Winken später rollen wir langsam in verschiedene Richtungen los.

Beim Anlassen des Motors spuckt Krischans Trecker eine tuffige Abgaswolke aus. Es sieht aus, als wolle er mit dem Rauchzeichen signalisieren, dass er endlich wieder nach Hause in seinen Schuppen will.

„Eine Umweltplakette kriegt das Ding nie", bemerkt Phillip mit kritischer Miene. Ich kann ihn beruhigen.

„Lena hat erzählt, dass Krischan den Trecker normalerweise nur noch für Arbeiten auf dem Hof benutzt. Seine anderen Fahrzeuge sind nicht solche Luftverpester." Irgendwie fühle ich mich verpflichtet, die Ehre der Rostbeule zu verteidigen. Immerhin hat er letzte Nacht eine weltberühmte Rockband samt Taxi und Chauffeur davor bewahrt, von einem Sumpfmonster verschlungen zu werden.

Weil er die breitesten Schultern hat, hockt Lukas vorne auf dem Beifahrersitz. Anna sitzt direkt hinter ihm, Phillip in der Mitte und ich links am Fenster. Im Autoradio singen Mark Ronson und Bruno Mars.

Anna und ich schmettern den Refrain lauthals mit:

„Don't believe me, just watch.

Don't believe me, just watch …"

Phillip schüttelt lachend den Kopf. Lukas hält sich die Ohren zu. Bert guckt in den Rückspiegel und dreht das Radio lauter.

Plötzlich vibriert mein Handy in der Tasche. Ich ziehe es mit einer Hand hervor. Eine Nachricht von meiner Mutter. Nanu, was will die denn?

Ich erfahre es, als ich den Text überfliege:

WIR HABEN GERADE IM RADIO EINEN BERICHT ÜBER DAS UNWETTER GEHÖRT. GEHT ES EUCH GUT?
MÜSSEN WIR UNS SORGEN MACHEN?
DEINE ELTERN

Ich lächele, während ich schnell eine Antwort eintippe:

LIEBE ELTERN,
MACHT EUCH KEINE SORGEN.
UNS GEHTS SUPER! WIR SIND GERADE AUF DEM HEIMWEG. ICH BIN IN EINER STUNDE ZU HAUSE.
BIS DANN, HAB EUCH LIEB!
CONNI

Ich schicke die Nachricht ab und will mein Handy wieder in die Tasche schieben, als Phillip mir seinen ziemlich spitzen Ellbogen in die Seite bohrt.

„Musst du wirklich gleich nach Hause?“, fragt er mich mit gesenkter Stimme.

„Hast du einen anderen Vorschlag?“, frage ich zurück.

Er nickt. „Du könntest mit zu mir kommen. Ich muss noch ein bisschen aufräumen, bevor mein Dad und Katharina zurückkommen.“

„Du willst, dass ich dir beim Aufräumen helfe? Ist das dein Ernst?“ Ich funkele ihn an.

„Nee, natürlich nicht! Du darfst dich in die Sonne legen, im Pool planschen oder von mir aus Witze über mich machen, während ich mir eine geblümte Schürze umbinde und schufte. Ist mir ganz egal. Ich will nur nicht, dass das Wochenende so schnell vorbei ist und wir uns erst morgen in der Schule wiedersehen. Wir haben überhaupt nichts voneinander gehabt. Ich möchte gerne noch ein bisschen Zeit mit dir verbringen.“ Er zieht eine lose Haarsträhne hinter meinem Ohr hervor und spielt damit, während er mich erwartungsvoll anguckt.

„Okay, das klingt schon besser“, sage ich. „Besonders der Teil mit der geblümten Schürze. Wie könnte ich da Nein sagen?“

Er zieht an der Haarsträhne und grinst.

Ich tippe die Kurzwahlnummer meiner Mutter ein. Sie meldet sich fast sofort. Als sie mich wegen des Unwetters ausquetschen will, unterbreche ich sie sanft.

„Es war echt spannend“, sage ich. „Aber kann ich euch das nicht lieber nachher ganz in Ruhe erzählen? Vielleicht beim

Abendessen? Ich würde nämlich gerne noch zu Phillip fahren, wenn du nichts dagegen hast."

Ganz kurz liegt mir auf der Zunge, dass Phillip mir was in Mathe erklären muss, aber das würde mir meine Mam sowieso nicht abkaufen, also verkneife ich es mir. Stattdessen verspreche ich, pünktlich zum Abendbrot zu Hause aufzuschlagen.

Sie gibt sich damit zufrieden.

„Macht euch einen schönen Nachmittag", sagt sie. „Viel Spaß und schöne Grüße an alle." Dann legt sie auf.

Phillip grinst immer noch.

Ich stecke mein Handy weg und lasse das Seitenfenster herunter. Die Landschaft zieht wie eine kitschige Filmkulisse vorbei. Hübsche Häuser, Bäume, blühende Wiesen, auf denen dicke Kühe grasen, Felder, Wälder … Es ist ein wunder-wunderschöner Tag, wie für ein Bilderbuch gemalt. Ich nehme das Nickituch ab, das ich auf dem Festival gekauft habe, und lasse es im Fahrtwind flattern. Es sieht lustig aus. Wie eine feuerrote Fahne. Urplötzlich erfasst eine Böe das Tuch und reißt es mir aus der Hand. Es tanzt sekundenlang in der Luft, als wolle es mir noch einmal winken. Dann wird es herumgewirbelt und verschwindet aus meinem Blickfeld.

Zuerst will ich Bert bitten, dass er anhalten soll. Ich überlege es mir anders.

„Flieg, du bist frei!", rufe ich dem Tuch hinterher, obwohl ich es schon nicht mehr sehen kann.

Alle lachen. Phillip auch.

Er legt seinen Arm um meine Schultern. Ich schmiege mich an ihn und antworte mit einem Lächeln.

Was für ein verrücktes, superschönes Wochenende, denke ich und schließe die Augen.

Ich könnte stundenlang so weiterfahren, mit Phillip neben mir. Am liebsten für immer. Doch irgendwann ist die Fahrt zu Ende und wir sind am Ziel.

KAPITEL 20

Fühlt sich wie Weihnachten an

Phillip und ich steigen als Erste aus. Anna und Lukas fahren noch ein Stück weiter in die Stadt. Wir verabschieden uns von den beiden, bedanken uns überschwänglich bei Bert und klettern aus dem Taxi, das wir so lieb gewonnen haben.

Phillip macht noch schnell ein Foto von mir vor der knallgelben Motorhaube.

„Irgendwann …", sagt er leise und streicht mit der Hand über das Blech.

Ich weiß genau, was er meint: wir beide, irgendwann in New York. Ein schöner Traum.

Hier und jetzt müssen wir allerdings erst einmal unser Gepäck ausladen. Okay, Phillip hat nur einen fast leeren Rucksack und seine Schlafsackrolle dabei. Ich dagegen etwas mehr. Zum Glück verkneift er sich jeden Kommentar. Ich bin ihm sehr dankbar dafür, während ich mit meinem Krempel neben ihm herschlurfe.

Leider habe ich keine Hand mehr frei, um zu winken. Phillip übernimmt meinen Part und wedelt Anna, Lukas und Nurbert hinterher. Kurz darauf ist unser Traumauto hinter der nächsten Kurve verschwunden.

Phillip stellt Rucksack und Schlafsackrolle ab und zieht seinen Hausschlüssel aus der Hosentasche. Er will gerade aufschließen, als nebenan die Tür geöffnet wird.

„Hallo, Phillip!", ruft Herr Worthmann. Er ist ein Nachbar der Grafs, den ich nicht in besonders guter Erinnerung habe. Vor Urzeiten wollte er mal eine etwas ausufernde Party sprengen und die Polizei rufen, weil ihm die laute Musik und eine Alarmanlage den Schlaf geraubt haben. Aber das ist wirklich lange her. Er scheint sich nicht mehr an mich zu erinnern. Vielleicht bemerkt er mich auch gar nicht hinter all meinem Gepäck. Gut möglich. Jedenfalls spricht er Phillip direkt an und bedenkt mich nur mit einem beiläufigen Kopfnicken.

„Hallo, Herr Worthmann. Was gibts denn?" Phillip schiebt den Schlüssel ins Schloss, ohne ihn umzudrehen, und geht zu der hüfthohen, perfekt gestutzten Buchsbaumhecke, die die beiden Grundstücke voneinander trennt.

„Der Paketdienst hat das hier gestern bei mir abgegeben. Bei euch war anscheinend niemand zu Hause." Der Nachbar reicht ein mittelgroßes Paket über die Hecke.

„Nett von Ihnen, vielen Dank." Phillip nimmt es mit beiden Händen entgegen. „Wir waren gestern alle unterwegs. Mein Vater kommt erst heute Abend zurück. Mussten Sie was bezahlen?"

„Nein, nein. Alles in Ordnung." Herr Worthmann zieht sich wieder zurück.

„Schönen Tag noch!", ruft Phillip hinter ihm her, aber die Haustür ist schon zu.

Ich lehne mich mitsamt meinem Gepäck gegen die Hauswand. „Cool, ein Überraschungspaket! Hat jemand Geburtstag?"

„Nö." Phillip betrachtet den Aufkleber und schüttelt den Karton vorsichtig. „Das ist aus Kalifornien, von meinen Gasteltern. Ah, Moment!" Seine Miene erhellt sich. „Ich glaub, ich weiß, was da drin ist!"

„Wie schön für dich! Willst du's gleich hier draußen auspacken, während ich zusammenbreche, oder schließt du mir vorher die Tür auf und lässt mich rein?", erkundige ich mich freundlich.

„Hä? Ah, ach so … Sorry!" Er klemmt sich das Paket unter den Arm und schließt endlich auf.

Ich wanke mit letzter Kraft an ihm vorbei in den Flur und lasse den Ballast, der an mir hängt, einfach an Ort und Stelle fallen. Am liebsten würde ich gleich daneben zu Boden sinken, aber dann bin ich doch zu neugierig. Schließlich bekommt man nicht jeden Tag Post aus Kalifornien. Ich jedenfalls nicht.

„Was ist es denn, was du glaubst zu wissen, was da drin ist?", frage ich etwas umständlich.

Phillip antwortet nicht. Er ist schon dabei, das Klebeband abzureißen und den Pappdeckel zu öffnen. In dem großen Karton stecken zwei kleinere Päckchen. Das eine erkenne ich sofort. Schließlich habe ich es vor Urzeiten selbst verpackt und verschickt und vorher höchstpersönlich die kleinen Glitzersterne aufgeklebt. Die sehen inzwischen allerdings schon reichlich ramponiert und abgeblättert aus.

„Mein Weihnachtsgeschenk!", rufe ich und will schon danach greifen.

„Nix da! Das ist MEIN Weihnachtsgeschenk!", widerspricht Phillip. Er zieht mir das Päckchen blitzschnell unter den Händen weg.

Ich greife ins Leere und schnappe empört nach Luft. „Ich habs gepackt!"

„Ja, und zwar für mich! Da steht MEIN Name drauf!" Phillip grinst mich triumphierend an.

„Aber, aber –", setze ich an. Ich gebs auf. Mir fallen keine Argumente mehr ein. Es ist wahr: Ich habe das Päckchen für ihn gepackt, als er noch in seinem Austauschhalbjahr in Berkeley war. Leider habe ich die Postlaufzeiten zwischen Deutschland und den USA damals völlig falsch eingeschätzt. Deshalb ist die Weihnachtsüberraschung erst angekommen, als Phillip längst wieder zu Hause war. Das Päckchen war wochenlang unterwegs, hing dann noch ewig beim Zoll fest und wurde irgendwann bei seinen Gasteltern abgegeben, die es jetzt endlich, nach einer halben Ewigkeit, zurückgeschickt haben.

„Wenn du erzählen könntest", sage ich zu dem kleinen Karton und streichele ihn liebevoll.

„Soll ich mal aufmachen?", fragt Phillip.

„Von mir aus kannst du's auch bis nächstes Weihnachten weglegen. Die paar Monate hält es sich bestimmt noch", antworte ich spöttisch. Ich weiß ja, was in dem Päckchen steckt: ein ellenlanger Liebesbrief, violette Tinte auf himmelblauem Papier, den ich ihm geschrieben habe, und dazu eine von mir eigenhändig gehäkelte Beanie aus roter und weißer Baumwolle. Beides liebevoll in rosa Herzchenpapier eingepackt und garantiert lange haltbar – trotz der Weltreise, die hinter den Sachen liegt. „Du könntest natürlich auch erst mal den anderen Karton öffnen", schlage ich vor.

„Ich glaub, der ist für dich", sagt Phillip. Er hat inzwischen einen Zettel gefunden, der zwischen den Päckchen steckte, und faltet ihn auseinander. „Ich hab meine Gasteltern gebeten, etwas zu besorgen. Als Entschädigung für das Geschenk für dich, das zusammen mit meiner Reisetasche im Nirwana verschwunden ist."

Ach ja, die Liste der unauffindbaren Dinge …

Nicht nur mein Weihnachtsgeschenk war verschollen, sondern auch Phillips Gepäck auf dem Rückflug. Er hat inzwischen zwar eine Entschädigung von der Versicherung der Airline bekommen, aber die Tasche ist immer noch weg – zusammen mit einem Geschenk für mich. Er weigert sich seit seiner Rückkehr beharrlich, mir zu verraten, was es ist beziehungsweise war. Ich befürchte, dass die Fluggesellschaft es inzwischen längst versteigert hat. So etwas passiert mit unauffindbaren Dingen. Aber mir gefällt die Vorstellung eigentlich ganz gut, dass sich irgendwo auf dem Globus ein wildfremder Mensch über die Mitbringsel freut, die ursprünglich für mich gedacht waren.

Und jetzt haben Phillips Ex-Gasteltern in seinem Auftrag Ersatz für mich besorgt? Das ist wirklich süß!

„Du packst deins aus und ich meins", ordne ich an. „Aber nicht hier im Flur. Lass uns eine schöne Bescherung machen!"

„Du meinst, so richtig mit Kerzen, Lametta und Tannenbaum?" Phillip starrt mich entsetzt an.

„Nee, Quatsch. Wir wollen ja nicht gleich übertreiben", beruhige ich ihn. „Aber ein bisschen würdevoll sollte es schon sein, oder? Schließlich ist Weihnachten normalerweise nur einmal im Jahr."

„Hey, wir haben eine große Tanne hinten im Garten. Wenn

du willst, kann ich gerne mal nachschauen, wo das Lametta ist", bietet Phillip mir an.

Ich antworte mit einer perfekt platzierten Kopfnuss.

„Aua!", jault er auf.

Dann beschließen wir, in sein Zimmer zu gehen und dort eine Kerze anzuzünden. Auf das Lametta verzichten wir.

Unser Gepäck lassen wir im Flur zurück. Daran, dass Phillip eigentlich noch aufräumen wollte, verschwenden wir keinen Gedanken. Das hat alles Zeit bis später. Jetzt ist erst mal Weihnachten.

Oben angekommen drapieren wir die Päckchen auf dem Bett. Phillip zündet ein Teelicht an, aber weil taghelles Sonnenlicht durch das Fenster fällt, ist der Effekt weniger festlich, als wir es uns vorgestellt haben. Ich finde es trotzdem total schön. Schließlich ist es der gute Wille gepaart mit Fantasie, der zählt. Von beidem haben wir eine ganze Menge.

Wir hocken uns auf die Matratze – Phillip links, ich rechts – und überreichen uns gegenseitig unsere Weihnachtsgeschenke. Ich komme mir ein bisschen bescheuert vor, aber wirklich nur ein kleines bisschen. In erster Linie ist es witzig. Originell. Und romantisch auch.

Phillip fragt mich, ob er Musik auflegen soll. „Wie wärs mit *Jingle Bells*? Oder lieber *White Christmas*? *Rudolph the Red Nosed Reindeer*?"

„Wie wärs hiermit?" Ich werfe ihm ein Kuschelkissen an den Kopf.

Er wehrt es lachend ab. Dann steht er auf, zieht die CD von

Thousand Pieces Broken, die wir auf dem Festival bekommen haben, aus der Seitentasche seiner Cargo-Shorts und schiebt sie in den CD-Player seines Laptops. Die ersten Akkorde von *Two Hearts Of Glass* erklingen. Kurz darauf erfüllt Coopers samtweiche Gänsehautstimme den Raum und sorgt dafür, dass sich die Härchen auf meinen Unterarmen einzeln aufrichten.

„Perfekt!“ Ich hebe einen Daumen.

Als Phillip wieder sitzt, zählen wir laut von drei runter: „Drei, zwei, eins.“ Bei null zerfetzen wir das Geschenkpapier buchstäblich in der Luft. Keine Spur mehr von Romantik, festlicher Weihnachtsstimmung oder vornehmer Zurückhaltung. Wir können uns einfach nicht länger beherrschen.

„Wow!“, sage ich, als ich einen hellgrauen College-Pullover in den Händen halte. Auf der Vorderseite prangt in leuchtend gelben Buchstaben der Schriftzug UNIVERSITY OF CALIFORNIA BERKELEY.

„Der sieht ja genauso aus wie deiner! Den wollte ich dir schon lange klauen!“

„Ich weiß.“ Phillip lacht. „Deshalb hast du jetzt endlich deinen eigenen.“

„Danke!“ Ich ziehe den Pulli sofort über. Er ist gefühlt zwei Nummern zu groß, weshalb ich die Ärmel umkrempeln muss, aber ich liebe ihn. Der Stoff ist so schön weich und kuschelig. „Der ist toll!“

„Steht dir gut“, meint Phillip. Er hat die Beanie-Mütze ausgepackt und betrachtet sie von allen Seiten.

„Setz mal auf!“, verlange ich.

Er stülpt sich das Werk meiner rastlosen Hände und vieler

einsamer Stunden über die Locken und sieht damit so süß aus, dass ich ihn sofort küssen muss. Als wir wieder atmen können, meint er: „Da ist noch was für dich in dem Paket."

„Für dich auch." Ich zeige auf das himmelblaue Kuvert, auf das ich vor vielen Monaten mit violetter Tinte ‚Für Dich!' geschrieben und ein kleines Herz gemalt habe.

„Du hast mir einen Brief geschrieben?" Er nimmt den Umschlag in die Hand, als wäre er zerbrechlich. „Das ist echt schön. Niemand schreibt mehr Briefe."

Ich habe inzwischen das zweite Geschenk für mich entdeckt. Es lag in dem Paket unter dem Pulli. Dieses Mal reiße ich das Papier so vorsichtig auf, als würde ich ahnen, dass etwas Kostbares zum Vorschein kommt.

„Das ist eine alte Ausgabe von *Leaves of Grass* von Walt Whitman", erklärt Phillip mir ein bisschen verlegen. „Eine Sammlung seiner Gedichte. Du weißt schon … *When I give, I give myself* und so."

Ich muss schlucken. Zuerst der Lieblingspullover und jetzt dieses Buch …

Ich drücke es fest an mein Herz und weiß, dass es ein ganz besonderer Schatz ist, der mich immer an Phillip und diesen Moment erinnern wird.

„Danke schön", sage ich leise.

„Bitte schön", antwortet er lächelnd. Er wedelt mit dem Briefumschlag. „Willst du mir den Brief nicht vorlesen?"

„Nur, wenn du mir zuerst ein Gedicht vorliest", erwidere ich und blättere in dem Buch. Mit dem Finger tippe ich auf eine zufällig aufgeschlagene Seite.

Phillip nimmt mir den schmalen Band aus der Hand und fängt an zu lesen. Ich lehne mich zurück, schließe die Augen und lausche seiner Stimme.

„You are not thrown to the winds,
you gather certainly and safely around yourself …"

Natürlich verstehe ich nicht alles, aber das muss ich auch gar nicht. Einfach nur hier bei Phillip in seinem Zimmer zu sein und mir von ihm ein Gedicht vorlesen zu lassen, ist so romantisch und wunderschön, dass es fast wehtut.

Als er fertig ist, reicht er mir meinen Brief.

„Jetzt du", sagt er.

„Okay." Ich öffne den Umschlag, ziehe die Blätter heraus und falte sie auseinander.

Plötzlich erinnere ich mich an jedes Wort, an jeden einzelnen Satz. Es war kurz vor Weihnachten. Ich fühlte mich zu dem Zeitpunkt total einsam und habe einfach versucht auszudrücken, was Phillip mir bedeutet. Wie sehr ich ihn liebe und brauche. Ich räuspere mich, dann fange ich an zu lesen.

„Liebster, erinnerst Du Dich daran, als wir uns zum ersten Mal begegnet sind? Es war der Tag nach den Sommerferien. Das neue Schuljahr hatte gerade angefangen und …"

Ich lese, ohne ein einziges Mal Luft zu holen. Jedenfalls fühlt es sich so an. Irgendwann lasse ich den Brief sinken und spreche auswendig weiter.

„Bis heute spüre ich Deine Hand, auch wenn Du nicht bei mir bist. Sie gibt mir Sicherheit und Geborgenheit. Sie gibt mir die Gewissheit, dass ich mit Dir an meiner Seite aus jedem Wald finden kann, und wenn er noch so finster ist."

Phillip nimmt mich in den Arm. Wir sinken rückwärts auf die Tagesdecke und gucken uns an.

„Wow …“, sagt er und streicht mir eine Haarsträhne aus der Stirn.

Ich lasse den Brief fallen. Er schwebt lautlos zu Boden und segelt halb unters Bett, wo er wahrscheinlich erst einmal liegen bleiben wird, denn Phillip und ich müssen uns jetzt sehr dringend küssen.

Als wir uns eine halbe Ewigkeit später voneinander lösen, lächeln wir. Das tapfere kleine Teelicht spiegelt sich in Phillips Augen und lässt die goldenen Sprenkel darin funkeln.

„Selber wow“, antworte ich.

„Und was machen wir jetzt?“ Phillip stützt sich auf den Ellbogen.

„Jetzt schlüpfst du in deine schicke Blümchenschürze und räumst den Partykeller auf, während ich das Ganze auf Video festhalte und ein paar hübsche Erinnerungsfotos für die Nachwelt schieße.“

„Okay“, meint Phillip. „Obwohl …“

„Nix da, keine Ausreden! Du hast mir eine Schürze versprochen!“

„Ich fürchte, wir haben keine geblümten Schürzen. Unsere Haushälterin trägt immer nur gestreifte oder einfarbige mit Rüschen. Würdest du das akzeptieren?“

„Ausnahmsweise“, sage ich großzügig. „Und jetzt schnapp dir endlich einen Staubwedel und leg los! Oder willst du etwa den ganzen Nachmittag verplempern?“

„Warum nicht?“

Ich will aufstehen, aber Phillip hält mich fest und zieht mich an sich. Ich furchte, der Partykeller wird noch eine Weile warten müssen.

„Ich liebe dich", raunt er mir ins Ohr.

„Ich dich auch", sage ich lächelnd. „Bis zum höchsten Wolkenkratzer der Welt, mit dem Fahrstuhl rauf, wieder runter und zurück."

„Wirklich?" Er schaut mich an.

„Klar." Ich nicke. „Schließlich bist du mein Rockstar!"

Und dem ist nichts mehr hinzuzufügen.

*

Wie wird es weitergehen?
Wir freuen uns auf Band 6.

LESEPROBE

Wenn dir dieses Buch gefallen hat, liest du bestimmt gerne auch andere Bücher von Dagmar Hoßfeld. Hier kommt eine Leseprobe aus

„Carlotta – vom Internat in die Welt"

Carlotta hat das Abitur in der Tasche und geht mit ihrer guten Freundin Katie auf eine Reise durch Europa.

„Bitte versprich mir, dass du nicht deine ganze Fotoausrüstung mitschleppst!" Katie schiebt zwei Schlafsackrollen beiseite und lässt sich auf Carlottas Bett fallen. Sie pustet sich eine Haarsträhne aus dem Gesicht. Es ist ein ausgesprochen freundlicher, warmer Sommertag. Das Fenster zum Garten steht sperrangelweit offen. Eine leichte Brise weht herein und lässt die Vorhänge tanzen.

„Natürlich werde ich das. Okay, vielleicht nicht die komplette Ausrüstung, aber das meiste davon schon." Carlotta zieht die Augenbrauen zusammen, während sie zwei Kameraobjektive in den Händen wiegt und vergleicht. „Aber mach dir deswegen keine Sorgen. Schließlich musst du die Sachen nicht tragen."

„Das wäre ja wohl noch schöner!" Katie lacht. „Allerdings hab ich auch keine Lust, dich wie einen Bremsklotz hinter mir herzuziehen. Oder mir die ganze Zeit dein Gejammer anzuhören, weil dir dein Rucksack zu schwer ist."

Carlotta grinst.

„Ich werde ganz sicher kein Bremsklotz sein. Und ich werde auch nicht jammern. Ich schwörs!“

„Darf ich dich daran erinnern, wenn wir bei 35 Grad im Schatten durch Athen latschen?“, fragt Katie.

„Gerne“, meint Carlotta. „Von mir aus auch bei 40 Grad in Rom.“

„Oder in Paris, London, Madrid.“ Jetzt grinst Katie auch.

„Budapest, Brüssel, Mailand …“ Carlotta legt die Objektive zurück. „Ich kann nicht fassen, dass es jetzt wirklich bald losgeht!“

„Und ich kanns kaum erwarten.“ Katie schwingt sich vom Bett und stellt sich mitten in den Raum. Sie stemmt die Hände in die Taille. Ihr Blick fällt auf eine Europakarte, die Carlotta mit ein paar Heftzwecken an die Wand gepinnt hat. Verschiedenfarbige Stecknadeln markieren die Städte, die sie auf ihrer geplanten Interrail-Tour unbedingt besuchen wollen. Die Nadeln sind durch einen roten Baumwollfaden miteinander verbunden. Der soll die Routen darstellen, die sie im Laufe ihrer Reise per Bahn oder mit einer Fähre zurücklegen wollen.

„Sieht aus wie ein Spinnennetz“, meint Katie.

„Und wir sind die Spinnen.“ Carlotta stellt sich neben sie und stupst sie an. „Wanderspinnen.“

Seit dem Abitur und ihrem Abschied vom Internat sind einige Wochen vergangen. In den ersten Tagen hatte Carlotta noch jeden Morgen beim Aufwachen das Gefühl, nur ganz gewöhnliche Ferien zu haben. Erst nach und nach ist ihr bewusst geworden, dass die Schulzeit tatsächlich endgültig hinter ihr liegt. Wenn sie künftig nach Prinzensee fährt, dann nicht mehr als Internatsschülerin, sondern als Besucherin. Als Gast zu einem Jubiläum zum Beispiel, zu einem Klassentreffen oder einem ähnlichen Anlass.

Manchmal wird ihr ein bisschen wehmütig zumute, wenn sie daran denkt. Aber das passiert nur selten. Die meiste Zeit fühlt sie sich rundherum großartig. Sie hat einen wichtigen Abschnitt im Buch ihres Lebens abgeschlossen. Jetzt blättert sie eine Seite um und ein brandneues Kapitel liegt vor ihr. Sie freut sich darauf. Hin und wieder muss sie sich kneifen, um sicherzustellen, dass sie nicht träumt.

Das Gleiche gilt für die Sommerreise, die Katie und sie sich als Belohnung für ihr bestandenes Abitur gewünscht haben. Schon in wenigen Tagen soll es losgehen.

Auch das findet Carlotta ziemlich unglaublich.

Katie ist inzwischen mehr oder weniger bei ihr eingezogen. Es gibt noch so viel zu bequatschen und zu planen! Außerdem verbringt sie eh die meiste Zeit bei Carlotta und Guido. Der Umzug mit Sack und Pack in Carlottas altes Kinderzimmer war daher absolut logisch. Das haben Katies Eltern, die nur ein paar Häuser entfernt wohnen, sofort eingesehen.

In dieser Sekunde klopft es an der Tür. Kurz darauf schiebt Guido Prinz seinen Kopf ins Zimmer. Carlotta dreht sich zu ihm um.

„Hi, Dad. Was gibts?“

„Ich hab die Rucksäcke mitgebracht und noch etwas, das ihr vielleicht gut gebrauchen könnt.“

„Cool! Ich mag Überraschungen“, sagt Katie. „Was ist es

denn? Ein strapazierfähiger Packesel? Oder ein Reiseelefant, der Carlottas ganzen überflüssigen Fotokrempel schleppt?"

„Nicht ganz. Kommt runter, dann seht ihr's." Guido lacht, bevor er den Kopf wieder zurückzieht. „Die Penne sind auch gleich fertig."

„Essen? Yeah!" Carlotta und Katie stoßen fast zusammen, als sie sich gleichzeitig durch die Tür schieben wollen.

„Schönheit kommt vor Alter!", ruft Katie und drängelt sich energisch vor.

Carlotta folgt ihr durch den Flur und die Treppe hinunter.

Im Wohnzimmer stehen zwei riesige Wanderrucksäcke, die Guido mitgebracht hat, ein grüner und ein roter. Sie stammen aus dem Fundus des Privatsenders, für den Carlottas Vater hin und wieder als freiberuflicher Dokumentarfilmer arbeitet. Auch an Isomatten und ein Zelt hat er gedacht. Es ist ein winziges Zweimannzelt, kaum größer als eine Schlafsackrolle.

„Wie süß ist das denn!", ruft Katie begeistert.

„Ein Zelt?", fragt Carlotta skeptisch.

„Klar", meint Guido. „Ihr werdet unterwegs vielleicht nicht immer in Hostels oder Pensionen absteigen wollen. Besonders im Süden ist ein eigenes Zeltdach über dem Kopf wirklich sehr praktisch. Außerdem spart ihr damit Geld. An den Küsten von Spanien, Italien und Griechenland gibt es richtig tolle, bezahlbare Campingplätze. Die sind manchmal sogar besser ausgestattet als die Jugendherbergen."

„Ganz schön praktisch, einen Vater zu haben, der regelmäßig auf Weltreise geht und sich in solchen Dingen auskennt", stellt Carlotta fest. „Danke, die Sachen sind klasse!"

„Vor allem sind sie expeditionserprobt“, bestätigt Guido nickend. „Wasserfest, ultraleicht und auch auf längeren Strecken bequem zu tragen.“

„Genau das, was wir brauchen“, strahlt Katie. Sie hievt sich das Tragegestell des froschgrünen Rucksacks über die Schultern und passt die Riemen an, bevor sie die Schnallen an Brust- und Bauchgurt schließt. „Sitzt, passt, wackelt und hat Luft. Von mir aus kanns losgehen!“

„Von mir aus auch.“ Carlotta streichelt das blaue Nylon des Minizelts. „Wo das wohl schon überall war?“

„Das kann ich dir sagen. Unter anderem in Australien, Patagonien, Nepal, Neufundland und –“ Aus der Küche hört man das Klappern eines Topfdeckels und kurz darauf ein lautes Zischen. Guido springt auf, als wäre ein Mördermoskito hinter ihm her. Fluchend sprintet er durch den Flur in Richtung Küche. „Nein, nicht die Nudeln!“

Ein Scheppern ist zu hören und ein weiterer Fluch.

Carlotta seufzt.

„Mein Vater, der Haushaltsheld“, sagt sie trocken. „Komm mit. Wir sollten ihm besser helfen, bevor ein Unglück geschieht.“

„Du meinst, deinem Vater passieren tatsächlich noch größere Unglücke als überkochendes Nudelwasser?“ Katie kichert.

„Ja, allerdings. Auslaufende Waschmaschinen sind eine Spezialität von ihm. Oder explodierende Tomatensoße. Das letzte Mal war das echt nicht schön. Wir haben Stunden gebraucht, um alles zu putzen und die Wand hinterm Herd neu zu streichen. Manchmal finde ich heute noch eingetrocknete Soßenflecken.“

„Hauptsache, es schmeckt“, sagt Katie.

„Oh ja, das tut es. Wenn mein Vater eins kann, dann ist es kochen."

Während des Essens gibt es nur ein einziges Gesprächsthema: Katies und Carlottas bevorstehende Europareise. Carlotta hat das Gefühl, als würde Guido sie am liebsten begleiten. Auf jeden Fall ist er genau wie sie vom Reisefieber infiziert. Immer wieder erkundigt er sich nach den einzelnen Etappen, den Fahrzeiten der Züge und wie lange sie an welchem Ort bleiben wollen.

„Wir wollen das spontan entscheiden", antwortet Katie, bevor sie sich einen Berg Penne mit Soße in den Mund schiebt.

Carlotta nickt. „Wozu macht man so eine Reise, wenn man vorher alles auf die Sekunde plant und festlegt? Wir wollen uns überraschen lassen! Wenn wir uns irgendwo besonders wohlfühlen, hängen wir einfach ein oder zwei Tage dran, bevor wir weiterfahren. Wenn es uns irgendwo nicht so gut gefällt, hauen wir gleich wieder ab. Wir möchten zeitlich flexibel bleiben."

„Jung müsste man sein." Ihr Vater füllt noch eine Portion Pasta auf seinen Teller und löffelt Tomatensoße darüber. „Jung, frei und ungebunden. Ich beneide euch wirklich."

„Armer Papa", sagt Carlotta mitfühlend. „Bestimmt darfst du auch bald mal wieder auf eine Exkursion."

„Das wäre schön", brummt Guido.

Carlotta hat vollstes Verständnis für das Fernweh ihres Vaters. Schließlich hat sie es von ihm geerbt.

Mit einem besonderen Dank
an meine großartige Lektorin Susanne Schürmann,
ohne die es dieses Buch und so viele andere
wunderbare Bücher nicht geben würde.

AUCH ALS
HÖRBUCH BEI
SILBERFISCH

Carlsen-Bücher gibt es überall im Buchhandel und auf carlsen.de

Umschlag- und Innengestaltung: Gunta Lauck
Abbildungen Stiefel, Taxi: © Gunta Lauck
Foto Konzert: © istock, Cesare Ferrari
Foto Gitarre: © istock, megaflopp
Foto Gitarrenkabel: © istock, deepblue4you
Foto Saftglas: © istock, baibaz
Foto Backstagepass: © istock, JDawnInk
Foto Ticket: © istock, Yevhenii Dubinko
Illustration Spiderfisch: © Steffen Meier
Lektorat: Susanne Schürmann
ISBN 978-3-551-26005-5
Printed in Germany

Connis Soundtrack: Lenny Kravitz,
Rita Ora, Ava Max, Michael Patrick Kelly, Camila Cabello,
Die Broilers, Eule, SDP & Adel Tawil,
Mark Ronson, Bruno Mars u.a.

FSC
www.fsc.org
MIX
Papier aus verantwortungsvollen Quellen
FSC® C014496